Anastasia Wiebe

Rosenstich

Roman

Bibliografische Information der Deutschen Nationalbibliothek:
Die Deutsche Nationalbibliothek verzeichnet diese Publikation in der
Deutschen Nationalbibliografie; detaillierte bibliografische Daten sind
im Internet über http://dnb.dnb.de abrufbar.

© 2020 Anastasia Wiebe

Herstellung und Verlag: BoD – Books on Demand, Norderstedt

ISBN: 978-3-7526-2886-9

PROLOG

""Dämonen weiß ich, wird man schwerlich los."

Johann Wolfgang von Goethe

„Du bist die Liebe meines Lebens", die Faust schlägt mit der maximalen Schlagkraft gegen die Wand.

„Du bist das Beste, was mir je passiert ist".

Ein Loch in der Tür, Blut an der Wand, keine Kontrolle.

„Ich bin nicht gut genug für dich".

Verbote, es könnte ja jemand besser sein, also gar nicht an sie ranlassen. Alle fernhalten. Schaut sie jemand an? Angreifen, nicht ausweichen, ausrasten.

Ich gehe und liebe und beides zugleich. Und du kommst mit. Unerwartet. Nicht eingeladen. Folgst mir auf Schritt und Tritt.

Predigst mir von der großen Liebe, erstickst mich in ihr

– innerlich weiß ich doch längst es gibt kein "wir".

Und ich sage nicht nein.

Bin ich zu schwach?

Hab' ich nur Angst vor noch mehr Krach?

Weiß ich nicht selbst, was ich denn will?

Täum' ich noch immer von Notting Hill?

Stelle mir vor die süße Romanze, wie ich mit dir unter dem Mondschein tanze.

Wir beide, das glückliche Paar, in vollem Glanze.

Wusste ich nicht schon vom ersten Tag an, dass es falsch ist, oder hat vielleicht genau das mir den Ansporn gegeben. Die Versuchung, das Böse.

Lügen, über Lügen:

„Ich tue alles nur für dich".

Verdammt, das ist doch lächerlich.

„Du hast mich zu dem gemacht, der ich heute bin."

Und nein, der warst du ohnehin.

Doch heimlich frag ich mich:

Hab' ich das wirklich? Ist es meine Schuld? Habe ich den Menschen zerstört, den ich zu lieben glaubte? Es mir zumindest einreden wollte? Oder bin ich an den Falschen geraten? Fragen über Fragen und doch keine Antwort.

Vertrauen – Ja, aber „Vertrauen ist gut, Kontrolle ist besser".

Rammst mir in meinen Träumen hinein das Messer.

Anrufe, Telefonate - ist sie das da hinten?

Warum schaut er sie an, warum spricht sie mit ihm?

Nach außen hin sind wir das perfekte Team.

Versuchte Verbote, die zu eskalieren drohen.

Du willst mich besitzen, über mir thronen.

Denn nein, für mich gibts keine Verbote, zumindest nicht von dir.

Ich mach mein Ding, auch wenn ich Tag und Nacht um Fassung ring.

Ich gehe und liebe und beides zugleich. Und du kommst mit. Unerwartet. Ich sage nicht ja und nicht nein.

Und doch mein Herz schreit nein, aber der Wunsch flüstert ja.

Ich bereue und bin dankbar zugleich.

Mein Herz pocht, meine Hände zittern, die Tränen fließen. Ich weiß nicht wohin, denn du bist da und alles was uns trennt ist die schneeweiße Tür. So unschuldig. Und beide sitzen wir davor, denn ich kann nicht weg – und du gehst nicht weg. Ich stopfe mir meine Decke in den Mund, um meinen Schrei zu ersticken, weiteratmen, leben. Einatmen – ausatmen, wie beim Yoga.

„Mach endlich diese verdammte Tür auf oder ich brech' sie auf".

Mein Herz pocht, meine Hände zittern, die Tränen fließen.

„Ich liebe dich, mein Leben ohne dich macht keinen Sinn, du bist das Beste was mir je passiert ist".

Und nein, ich glaube nicht mehr, ich will raus. Weg. Ich will, dass meine Hände aufhören zu zittern, meine Beine fest sind, ich auf ihnen laufen kann, denn sie brechen mir weg. Brechen weg, bei jedem Schritt. Ich will, dass meine Augen nicht mehr geschwollen sind, von all den Tränen, und doch hören sie nicht auf zu Tränen- denn kein Ende ist in Sicht.

Und du brichst ein in mein Zimmer. Du durchsuchst, durchforstest, jagst Hinweisen hinterher. Und du publizierst sie. Einfach so. Geschichten. Wahr oder nicht wahr? Du publizierst sie. Einfach so. Ohne Wenn und Aber schreist du sie in die große weite Welt hinaus. Und ich genieße den Tag. Denn endlich bin ich geflohen, untergekommen, ein weiteres Mal. Nicht mein zuhause und doch mehr zuhause als dort. And diesem Ort. Und du brichst in mein Zimmer ein. Du durchsuchst. Du durchforstest. Du publizierst. Und ich komme nach Hause, auch wenn ich es nicht mehr mein „Zuhause" nennen kann. Und wo ist überhaupt mein Zuhause? Und ich erfahre es, dass du durchsucht hast, durchforstet hast, publiziert hast. Und ich schreie. Übelkeit steigt in mir auf.

„Ich liebe dich. Du bist die Liebe meines Lebens, ich habe alles für dich getan"

Publizierte Lügen, alte Geschichten, und doch hast du alles für mich getan. Wie gütig.

„Du Hure" – mir bleibt nichts mehr übrig. Ich nehme das Einzige was noch geblieben ist: meinen Stolz, und spucke dir ins Gesicht. Ich gehe, nur wohin?

Und ich lache. Und ich strahle. Denn das ist das, was ich habe, und was auch du mir niemals nehmen kannst.

"We are made of all those who have built and broken us."

Atticus Poetry – Leave her wild

Lejla

Ich schraube dieses Glas zu. Erinnerungen. Wie gerne würde ich behaupten, es handelt sich um ein Marmeladenglas, das ich mit zuckersüßen Erinnerungen gefüllt habe, an die ich mich mein Leben lang erinnern möchte. Aufmachen, dran schnuppern, zurückblicken, darin schwelgen. Das Seufzen danach, weil es doch so schön war.

Ich schraube dieses Glas zu. Erinnerungen. Ein verdrecktes vergammeltes Glas. Will es nicht mehr anschauen, anfassen, es aus meinem Blickfeld packen, und doch steht es abends auf meinem Nachttisch. Jede Nacht. Und es schaut mich an, der modrige Geruch kommt immer wieder hoch, lässt mich aus meinen Träumen hochschrecken, auch wenn ich täglich denke, ich bin über den Berg. Und ja, eigentlich geht es mir gut, sehr sogar. Ich weiß nicht, wann ich so einen tollen Sommer hatte, und jeder Tag wird besser und besser, einfach "amazing". Doch wie sagt man so schön: Erinnerungen verblassen, aber nicht vergehen. Also trage ich quasi ein kleines Pflaster auf mir. Zugeflickt, zugenäht. Es ist unsichtbar. Doch manchmal geht es einfach wieder auf, wie eine Narbe, die im Krankenhaus nicht richtig genäht wurde. Die Nähte platzen auf, doch die Ärzte wollen es nicht hören, denn sie haben ihr Werk vollbracht.

Weiter geht's. Nichts verpassen. Dabei sein. Leben genießen. Du bist nur einmal jung. Alles sehen, alles machen.

"Auf dem ist kein Segen, der schlecht über seine Familie spricht."

Jüdisches Sprichwort

Lejla

1 Jahr später

2017

Ich packe meinen Koffer und nehme mit – Auslandskrankenversicherung, Reisepass, ein paar Jeans, Oberteile, Pullis, Unterwäsche, das mit Gold verzierte Medaillon meiner Großmutter, zwei blaue Mikrofaserhandtücher, mein aktuelles Buch "Anna Karenina", dass ich in einem gebrauchten Buchladen ausfindig gemacht habe – "ganz die Schnäppchenjägerin", würde meine beste Freundin Elise jetzt sagen.

Mein Blick wandert wie von selbst zu meinem Notebook, den mir Abel zu meinem 20. Geburtstag geschenkt hat, da ich zu geizig war, mir einen neuen zu besorgen. Meiner fiel damals quasi auseinander und auch wenn sich in mir all' meine Nackenhaare dagegen sträubten, nahm ich das Geschenk doch an. Ich habe alle Dinge, die mich an Abel erinnern, verbannt. Außer meinen weißen Lenovo, der mir nun seit geraumer Zeit pflichtbewusst dient, seien es die seitenlangen Essays für die Uni, oder meine ganz persönlichen Texte. Gedanken, die ich aufschreibe, da ich sonst das Gefühl habe, ich ersticke an ihnen – er ist also nicht mehr wegzudenken.

Abel. Mein Puls fängt wieder an zu rasen, jedes Mal, sobald ich nur seinen Namen in den Mund nehme. Einatmen, ausatmen. Ruhig bleiben, er kann dir nichts mehr anhaben. Du bist sicher hier in Tel Aviv, du hast dein Leben unter Kontrolle. Alles ist so, wie du es dir erträumt hast. Ganz langsam lockere ich meine verkrampften Hände, mit denen ich meinen Oberkörper umschlungen halte. Es ist vorbei. Das vergammelte Marmeladenglas breitet nur noch ab und zu in den einsamen Nächten seinen Geruch in meiner kleinen Studentenwohnung aus.

Das sind die Nächte, in denen ich das Gefühl habe, dass ich nicht mehr kann. Dass ich alleine bin, mich niemand versteht, auch wenn ich es ihnen erkläre, mich ihnen öffne. In denen ich schweißgebadet aufwache, mir Tränen über das Gesicht fließen und ich mich selbst wimmern höre. Und doch kann sich keiner in mich hinein fühlen.

Denn alle kennen ihn als starken, offenen, lebenslustigen Mann, "ein wahrer Gentleman"- höre ich die Frauenstimmen in meinem Kopf tuscheln.

Ich blicke in den Spiegel, vor mir steht eine erwachsene, selbstbewusste Frau, die weiß, was sie will. Also packe ich meinen Koffer und lasse für ein Jahr mein israelisches Leben hinter mir, ich möchte mehr sehen. Mehr Orte, mehr Kulturen. Endlich habe ich die Möglichkeit, ein Jahr in Berlin zu studieren. Ich bin so aufgeregt, ich könnte platzen. Ich wurde an der Humboldt-Universität zu Berlin für die Studiengänge Literatur und Philosophie angenommen und da ich das Glück habe drei sprachig aufgewachsen zu sein, werde ich nun auch wieder die Möglichkeit haben, meine Deutschkenntnisse aufzufrischen – zwei Fliegen mit einer Klappe.

Im Bus nach Eilat blicke ich auf die wunderschöne Landschaft meines Landes. Immer wieder bin ich erstaunt darüber, welches Bild die Touristen von Israel und unserer Kultur haben. Wir wachsen mit Waffen auf, gehen in die Armee, werden ausgebildet, lernen mit unseren Waffen umzugehen, und doch ist es nicht alles was uns ausmacht. Wir haben Familie, Freunde, ein Leben. Ja, wir gehen draußen spazieren, wir fahren mit den öffentlichen Verkehrsmitteln. Wir zeigen auch unsere Haarpracht, tragen Highheels, tanzen in den wildesten Nächten in den angesagtesten Clubs, betrinken uns, lachen, weinen, leben. Denn das ist das einzige Leben, das wir haben. Und das möchte ich in allen meinen Zügen genießen, die ich habe. Grinsend lehne ich mich zurück und denke an das letzte Wochenende im Sputnik mit Elise und unserem schwulen besten Freund Noel, der sich an dem Abend - mal wieder - unsterblich verliebt hat. Was werde ich die beiden vermissen, aber vielleicht kommen sie mich ja besuchen, hoffentlich! Dann können wir gemeinsam Berliner Luft schnuppern – im wahrsten Sinne des Wortes. Bei meiner Recherche über Clubs und co in Berlin, bin ich natürlich auch auf den Pfefferminzlikör aufmerksam geworden. Wie sagt man so schön: "If you never try you'll never know".

Die letzten drei Tage vor meiner Abreise werde ich bei meiner Mutter verbringen. Es waren immer wir beide, deshalb ist unser Verhältnis besonders innig. Ich weiß, dass sie sich über mein Auslandssemester in Berlin freut und stolz auf mich ist. Jedes Mal, wenn sie bei ihren Freundinnen von meinen außerordentlichen Leistungen in der Uni prahlt, glänzen ihre Augen, und genau dann weiß ich, ich habe alles richtig gemacht. Ich habe meine Uni als Priorität dargestellt und doch die ganzen anderen Details so gut es geht verheimlicht. Sie weiß nicht, dass ich immer noch Alpträume habe. Angst habe, dass er mich doch noch finden könnte. Das würde sie nicht verkraften. Ganz zu schweigen von den Joints hier und da, Hauspartys, Abstürzen. Nun ja, ich bin ein gutes Mädchen.

"Lejla, mein schönes Mädchen", meine Mutter drückt mich liebevoll an ihre Brust, der Geruch von Hibiskus Blüten steigt mir in die Nase und ich weiß, ich bin zuhause.

Mama ist eine wunderschöne Frau, wir könnten jedoch nicht unterschiedlicher sein. Sie ist blond, ich habe schwarze Haare. Sie ist klein, ich bin groß. Sie ist kräftiger gebaut, ich habe einen schmalen

Körperbau mit einigen weiblichen Rundungen. Und doch ist sie mein zuhause.

"Ich habe dir Halvaschnecken mit Zartbitterschokolade und einer Prise Zimt gemacht."

"Das riecht köstlich Mama, danke."

"Es sind 80% Kakaoanteil in der Schokolade, perfekt für die Linie, also."

"Perfekt für die Linie ist etwas anderes, aber gut für die Seele ist es allemal", gebe ich lachend zurück.

Der gemischte Geruch von Teig, Zuckersirup und Halva steigt mir in die Nase.

Wir verbringen den Abend lachend in der Küche, trinken mindestens acht Tassen schwarzen Tee und essen genüsslich die leckeren Halvaschnecken, die Mama so akkurat zubereitet hat. Dieses Mal hat sie sich besonders Mühe gegeben. Als ich noch zuhause gewohnt habe, war sie, nun ja, sagen wir mal so, keine sehr begnadete Köchin. Das Blatt hat sich anscheinend gewendet, vielleicht hat Eitan auch etwas damit zu tun. Die beiden haben sich beim Red Sea Jazz Festival kennengelernt, die Musikrichtung haben die beiden schon mal gemein. Eitan könnte auch der Grund dafür sein, dass meine Mutter über beide Ohren strahlt und diese ständige leichte Röte im Gesicht hat, wie ein 14-jähriges Mädchen, dass sich zum ersten Mal verknallt hat.

Am Morgen weckt mich der aromatische Geruch von Kreuzkümmel und Harissa. Ich schlendere in meinem schwarz-weiß gepunkteten Pyjama auf unseren Balkon, der eine wunderschöne Aussicht auf das rote Meer zu bieten hat. Für einen kurzen Moment atme ich die frische Luft ein und genieße diesen Augenblick; höre die Vögel zwitschern, das Radio "Please tell Rosie" spielen. Genieße das hier und jetzt und bin wieder dankbar, für alles was ich habe und erleben darf. Als meine Mutter die Pfanne auf den Tisch stellt erwache ich aus meinen Gedanken.

"Guten Morgen, Sonnenanbeterin. Gut geschlafen?" - "Wie ein Stein" - lächle ich zurück. "Hast du alles gepackt?"

"Ja Mama, ich hatte doch nur diesen einen Koffer mit."

"Hast du an die Jacke gedacht? Berlin ist so furchtbar kalt."

"Es ist Sommer, Mama", gebe ich schon etwas gereizt zurück. Ich bin ja keine 13 mehr.

"Und dann ist bald Winter, und du wirst an mich denken und wünschen, du hättest auf deine Mutter gehört."

"Ist doch super, dann denk ich noch mal mehr an dich – zwei Fliegen mit einer Klappe", gebe ich grinsend zurück.

"Sturkopf", Mama schüttelt den Kopf.

Nach dem Frühstück checke ich noch einmal meine Dokumente, Pass, Geld. Ich bin bereit. Wir fahren zum Flughafen und ich sitze grinsend auf dem Beifahrersitz, meine Hände sind ein bisschen feucht vor Aufregung, ich kann es nicht leugnen. Berlin – the place to be. Ich komme!

Am Terminal angekommen drückt Mama mich noch einmal ganz fest.

"Pass auf dich auf Süße", sagt sie mit erstickter Stimme.

"Mache ich, mach dir keine Sorgen". Ich nehme meinen Koffer und gehe in den Terminalbereich, schaue noch einmal zurück auf meine Mutter, die mir beinahe hysterisch winkt und sich die Tränen vom

Gesicht wischt. Ich merke, wie meine Augen feucht werden, ich kann es nicht sehen, wenn mir nahestehende Menschen weinen. Für einen kurzen Moment zieht sich mein Herz ein kleines bisschen zusammen. Aber es ist ja nur für 1 Jahr. Ich erinnere mich daran, als ich von zuhause auszog. Das war nochmal ein ganz anderes Kaliber. Und Mama hat ja nun Eitan, der ihr die Welt zu Füßen legt. Einatmen, ausatmen, nicht blinzeln, sonst verschmierst du dir noch deine Mascara, du willst doch bereit sein für Berlin City! Let's go!

Im Wartebereich vertreibe ich mir die Zeit mit Tagebuch Schreiben, und an einem Cappuccino schlürfen, bis es heißt: Das Flugzeug nach Berlin ist nun flugbereit. Die Sitzreihe teile ich mir mit einer älteren Dame aus Köln, die zuerst nach Berlin fliegt, um ihren Sohnemann zu besuchen und anschließend nach Hause fährt. Nachdem sie mir ihre Wochenpläne und ihre Einkaufsrituale inklusive Einkaufsliste mitteilt, mir eine Predigt über cholesterinbewusste Ernährung abhält, von ihrem Treffclub Ü60 erzählt und nicht den Anschein macht, sich mit sich selbst zu beschäftigen, nehme ich ihr diese Entscheidung ab und setze meine großen roten Beats auf. Danke liebe Technologie, für dieses Teil, das nun alle Geräusche um mich herum dämpfen wird und mir den siebenstündigen Flug samt Zwischenstopp in Riga um das zehn-fache versüßen wird. Oh ja, wieder ein Punkt, den ich in mein Tagebuch auf meine Dankbarkeitsliste schreiben kann, es sind die kleinen Dinge im Leben – you know? Wobei die Beats wohl das Gegenteil von klein sind, aber das mal nur so am Rande.

-1999-

Jeden Sonntag holen Mama und ich frische Milch und Eier vom Bauern, einige Straßen weiter.

Jeden Sonntag freue ich mich, die Tiere auf dem Bauernhof anzuschauen, anzufassen.

Jeden Sonntag, sowie auch diesen.

Wir kennen das alte Pärchen schon lange, sind ihre treuen Sonntagskunden, sowie auch diesen.

"Komm, ich zeig dir die Schafe in der Scheune", lächelt mich der alte Mann an.

Ich schaue Mama erwartungsvoll an, warte noch auf ihre Erlaubnis. Sie freut sich, mir eine Freude an diesem Sonntag machen zu können.

"Geh nur Lejla, ich besorge in der Zeit die Milch und die Eier."

Ich freue mich, noch nie durfte ich alleine in den Stall mit dem alten Mann. Nicht dass ich mich erinnern kann. Endlich kann ich die Schafe anfassen, ich habe sie dann fast für mich alleine in der Scheune. Nur der alte Mann und ich.

Wir gehen in die Scheune, ich sehe drei Schafe um uns herumstehen. Der alte Mann geht in die linke Ecke der Scheune. Sein dreckiges, mit Flecken übersätes T-Shirt wird von seinem großen Bauch gestrafft. Er schaut mich an, erwartungsvoll. "Komm Lejla, komm zu mir." Ich schaue ihn an. "Ich möchte dir etwas zeigen." ich laufe etwas unsicher zu ihm, wir wollten doch die

19

Schafe streicheln, denke ich mir. Er zieht schnurstracks seine Hose runter und hält seinen dicken großen schlaffen Penis in der einen Hand, mit der anderen Hand fasst er meine kleine Hand und führt sie zu diesem großen Teil. "Fass mal an Lejla, komm streichle ihn mal." Ich fasse ihn an. Warum wir das machen, weiß ich in dem Moment auch nicht. Mir fällt auf, dass meine Hand ungefähr drei Mal so klein ist wie seine. Mir fallen so einige Sachen dabei auf, seine dreckigen Fingernägel zum Beispiel. Die Haare an dem großen Teil. Und dann ist das Ganze auch vorbei. Er packt das Teil weg, ganz schnell. Schaut mir in die Augen. "Das ist unser kleines Geheimnis, Lejla. Du sagst doch nichts der Mama, ja?"

Nein, in Geheimnissen bin ich gut.

"Na Lejla, hast du die Schafe gestreichelt?", fragt mich Mama lächelnd. Ich lächle und nicke.

-3-

"Bin nicht sonderlich schön, aber schön sonderlich"

Großstadtgeflüster - Blaues Wunder

Lejla

2017

Ich schaue aus dem kleinen Flugzeugfenster und erblicke die grüne Landschaft und die großen Gebäude, so grün habe ich mir Berlin gar nicht vorgestellt. Aufregung breitet sich in mir aus, bis jede Pore meines Körpers schreit: Ich bin da, ich will raus! Will was erleben, Berlin sehen. Here I come Baby!

Wie immer belegen sich meine Ohren, ich drücke die Nase mit meinen zwei Fingern zusammen und blase die Luft aus den Ohren heraus, der gute alte Tipp, den ich einmal von Elises Mutter erhielt. Bei der Gepäckausgabe habe ich Glück, mein Koffer ist ganz vorne. Ich schnappe mir meinen Koffer, hänge die Handtasche über meine Schulter und spaziere hinaus in die Freiheit. Berlin Tegel haut mich jetzt nicht gerade vom Hocker. Grau, klein, nichts besonderes.

Ich steige in den Bus Richtung Alexanderplatz ein und lasse die Stadt auf mich wirken. Es ist ein sonniger Tag, all' die Leute sitzen an der Spree, gehen spazieren, lecken an einer Kugel Eis, laufen händchenhaltend durch die Stadt. Es sind so viele Eindrücke auf einmal, dass ich gar nicht weiß, wohin ich zuerst schauen soll.

Vorab habe ich im Internet eine WG ausfindig machen können, 9qm² Zimmer, 320 Euro Miete. Wuchtige Preise für die Größe, aber man nimmt was man kriegt. Die WG befindet sich bei der Station Charlottenburg. Ich bin super gespannt, wem ich nun in der Wohnung begegnen werde, da ich schon von vornherein mit Mark geklärt hatte, dass er auf mich warten wird, um mir den Schlüssel zu überreichen.

"Neumann, Voigt" lese ich auf der Klingel. Ich drücke. Mein Herz pocht ein kleines bisschen. Ich bin gespannt, mit wem ich mir diese Wohnung nun für ein ganzes Jahr teilen werde. Hoffentlich sind sie nett, hoffentlich verstehen wir uns – geht mir gerade noch so durch den Kopf, als ein Geräusch zu hören ist und die Tür geöffnet wird.

3. Etage. Vor mir steht Mark, Jogginghose, schwarzes T-Shirt, weiße Socken mit einem Loch am Zeh, Adiletten, blondes Haar, braune Augen. Mark ist etwa 1,80groß.

"Hey, du bist dann wohl Lejla, komm rein".

Mark grinst mich an und lässt mich hinein in die Höhle des Löwen - wobei, viel gibt es nicht zu sehen. Ich sehe einen Flur, weiße Wände, eine kleine DSL-Box vor einem Zimmer, und das war es auch schon.

"Das hier ist das Badezimmer, klein aber fein. Hier haben wir Julias Zimmer, Julia ist gerade nicht zu hause."

"Was studiert ihr beiden?", frage ich interessiert.

"Ich studiere Sport auf Lehramt, Julia studiert an der Fachhochschule irgendetwas."

"Du weißt nicht was?", frage ich lachend.

"Nee, so oft haben wir uns noch nicht unterhalten".

"Wie lange wohnt ihr denn zusammen?"

"Naja jetzt etwa vier Monate"

Richtiges WG-Leben also, denke ich mir.

Mark fährt fort mit seiner Wohnungsführung.

"Hier haben wir die Küche, und am Ende des Flurs ist dein Zimmer. Es ist echt nicht groß, aber deine Vormieterin hat eigentlich alles sehr mädchenhaft eingerichtet. Sie hat ganz spontan ihre Sachen gepackt und ist abgehauen. Keine Ahnung wohin, hat es wohl nicht länger hier ausgehalten."

Mark grinst mich wieder schelmisch an.

Na das kann ja was werden, denke ich mir.

"Also dann, ich bin wieder in meinem Zimmer, wenn du noch was brauchst oder Fragen hast oder so, sag Bescheid", wirft mir Mark noch hinterher und weg ist er.

Ich schaue mich um, daraus kann man doch etwas machen, ich bin optimistisch eingestellt. Es ist zwar wirklich klein, aber ganz süß. In der Mitte des Zimmers steht ein weißes Doppelbett, das fast den ganzen Raum einnimmt. Platz zum Schlafen ist also genug. An der Wand befindet sich ein großes Fenster mit Aussicht auf ein bisschen grün. Links von der Tür steht noch ein weißer Kleiderschrank mit einem großen Spiegel und ein Schreibtisch inklusive Klappstuhl ist auch noch im Zimmer dabei. Was braucht man mehr, denke ich mir zufrieden. Ich lasse meinen Koffer fallen und lege mich mit dem Gesicht zur Decke aufs Bett. Ich weiß in dem Moment nicht viel, doch was ich gewiss weiß ist, dass ich ganz dringend eine Dusche gebrauchen könnte. Das Badezimmer ist klein und dreckig. Die Waschbecken Armatur ist mit einer dicken Schicht Staub bedeckt. Ich lasse meine Kleidung fallen und betrachte mich im Spiegel. Schwarze Locken, die bis über die Brust gehen, volle leicht rosige Lippen, hohe Wangenknochen, gerade Nase, ein paar Sommersprossen im Gesicht. Eigentlich bin ich ganz zufrieden mit mir, klar die ein oder andere Delle an den Oberschenkeln, aber wer hat die nicht, außer ein paar Instagram Models, die nach der Photoshop Bildbearbeitung nicht mehr wiederzuerkennen sind. Beim ein shampoonieren meines Haars schaue ich in den kaum sichtbaren Abfluss, bewachsen mit Haaren in unterschiedlicher Länge und Farbe. Auf dem Flur laufe ich noch einmal Mark über den Weg, der verzweifelt an seiner DSL-Box rüttelt.

"Sag mal, hast du heute Abend schon was vor? Einer meiner Kumpels schmeißt 'ne Hausparty ein paar Straßen weiter. Wenn du Lust hast bist du herzlich eingeladen."

Mark scheint ein wirklich Netter zu sein. Und ja, warum nicht... Die eine Party heute wird mich schon nicht umhauen, ich habe ja noch ein paar Tage Zeit bis die Uni beginnt.

"Ja wieso nicht, bin dabei", erwidere ich grinsend.

"Super, lass uns so um 22 Uhr los, wir können die Tram nehmen."

Meine Entscheidung fällt auf eine blaue Skinny Jeans und einem weißen Top mit Ausschnitt, die roten Sneakers passend zum knallroten Lippenstift runden das Outfit ab.

Die Altbauwohnung befindet sich im dritten Obergeschoss. Wir betreten das Reich der Haschischoase, die wir schon vom Erdgeschoss aus erschnuppern konnten. Robin, Fabi, Marc und ich teilen uns einen Tisch mit Larissa und Daniel.

Die beiden sind ein Paar seit drei Jahren, doch Daniel wird nun für ein Erasmussemester nach Dänemark gehen. Die Lovestory sieht auch nach mehr Schein als Sein aus, zumindest meinte Marc das vorhin.

Zwei Stunden später bin ich so dicht, dass ich gerade noch meinen Studiengang, Name und Alter korrekt angeben kann. Alles andere lalle ich mehr, als dass ich es erzähle. Robins Hand landet wie von selbst auf meinem Knie unter dem Tisch, auf dem wir unsere Schnapsgläser gewissenhaft nachfüllen, während wir "Ich hab' noch nie spielen."

"Ich hab' noch nie in der Öffentlichkeit einen fahren lassen".

Wir trinken alle, bis auf Larissa, de arme sitzt mit einem roten Kopf ganz verhalten neben uns.

"Ich hab' noch nie in der Öffentlichkeit masturbiert", verkündet Daniel.

Robin ist der Einzige, der trinkt.

"Scheiße man, wo denn das?", fragt Fabi.

"Das ist jetzt schon ein bisschen creepy", stimme ich zu.

Schlagartig muss ich an den Mann an der Busstation denken, der sich selbst befriedigte und mich dabei innig ansah.

"Naja, es war im Kino. Ich saß in der hintersten Reihe, war ohne Begleitung da und vor mir saßen ein paar Senioren, da habe ich es mir selbst besorgt. Wisst ihr was, das solltet ihr auch mal ausprobieren. Es gibt einem den gewissen Kick, erwischt werden zu können und so."

Robin schmunzelt und schenkt mir ein verschmitztes Lächeln, während er die Worte ausspricht. Er sieht gut aus, nicht ganz mein Typ, aber ein attraktiver Mann. Das leicht hochgestylte Haar bringt sein symmetrisches Gesicht ideal zur Geltung. Er hat braune Augen und Grübchen im Gesicht. Während seine Hand langsam mein Bein hochwandert, ertappe ich mich jedoch ständig dabei, wie ich meinen Blick nicht von Fabi abwenden kann.

"Ich hab' noch nie einen Dreier gehabt."

Nun ist mein Sitznachbar Robin der Einzige, der den Alkohol fließen lässt. Er befeuchtet seine Lippen mit der Zunge und hebt sein Glas.

"Auf die wilden Zwanziger."

Er grinst in die Runde.

Fabis und mein Blick treffen sich, er schaut mich etwas verunsichert an, wohingegen mein Blick schon der unanständigeren Kategorie zugeordnet werden könnte. Mein Blick wandert von Fabi zu Robin und wieder zurück. Ich weiß was ich will, und ich kriege auch das was ich will.

Theoretisch.

Nach dem mehr oder weniger erfolgreichen "Ich hab noch nie"-Spiel gehen wir über zu Tabu.

Fabi, Robin und ich bilden eine Gruppe und versagen kläglich, während Marc gemeinsam mit Larissa und Daniel schnurstracks mit ihrem Spielmännchen auf die Ziellinie zulaufen. Der Dank gilt hier vor allem den Insidern des jahrelangen Pärchens.

"Wir gehen dann mal, ist schon echt spät und ich muss morgen arbeiten".

Larissa und Daniel scheinen keine wirklichen Draufgänger zu sein. Ich tippe auf eine eingeschlafene Beziehung, zusammen aus Gewohnheit. Während Larissa einige Male versuchte, verzweifelt seine Aufmerksamkeit zu gewinnen, ließ Daniel sie wie eine heiße Kartoffel zappeln und schenkte ihr kaum Beachtung – Traumpaar des Jahres. Welch' Glück, Single zu sein!

Auch mein Mitbewohner Mark verabschiedet sich eine halbe Stunde später mit Magenkrämpfen, ich hoffe es ist nicht schlimmes.

"Gute Nacht", sagen wir drei im Chor. Und dann waren es nur noch wir, der Kern dieses Abends.

Im Hintergrund höre ich Frank Sinatra spielen. Robin hebt sein Glas und begibt sich in die Mitte des Wohnzimmers, wo er auf dem karierten Teppich anfängt, seine Hüften leicht zur Musik zu schwingen und passend zum Takt mit dem Fuß tippt.

"Fill my heart with song and let me sing for ever more . You are all I long for. All I worship and adore." Ich grinse, *während er seine Hand nach mir ausstreckt. "In other words, please be true. In other words, I love you."*

Wir singen den Text aus vollem Halse. Wie von selbst landet seine Hand auf meinem unteren Rücken, ich spüre die Wärme durch mein Top hindurch, die sich nicht nur an meinem Rücken ausbreitet.

Seine Lippen wandern zu meinem Hals, hinauf zu meinem Ohr.

"Du gefällst mir Lejla", raunt er mir zu.

Wir wippen unsere Hüften zur Musik, während Fabi immer noch verunsichert an seinem Glas nippt, sich höchstwahrscheinlich Mut antrinkt. Fabi ist schön, wirklich schön.

Er sieht jung aus, vielleicht jünger als ich.

Er hat blondes Haar, blaue Augen, in denen man zu versinken droht. Aber ich nicht. Ich versinke nicht. Nicht noch einmal.

Langsam begibt auch er sich in unsere Mitte und gemeinsam bilden wir einen Tanzkreis, der zu einer eng umschlungenen Dreierkonstellation resultiert. Erneut blicke ich von Fabi zu Robin und ziehe ganz langsam mein weißes Top aus. Weiß, wie die Unschuld, könnte man meinen. Fabi mustert mich, in seinen Augen funkelt etwas – Lust, Begehren? Er geht einen Schritt auf mich zu, packt mein Gesicht mit beiden Händen und küsst mich, zärtlich und wild zugleich, innig und intensiv...

Unsere Zungen spielen miteinander ihre eigene kleine Private Party, bis wir von Robin unterbrochen werden, der ziemlich angetörnt davon zu sein scheint. Küsse führen zu Berührungen. Berührungen führen zu nackter Haut, nackte Haut führt zu aufsteigender Lust.

Ich liege auf einem rechteckigen smaragdgrünen Hocker während Robin hinter mir hockt und ich langsam, aber sicher, meinen Kopf nach hinten neige und seinem Schwanz meine Aufmerksamkeit schenke. Währenddessen kniet Fabi vor mir und küsst vorsichtig, sanft meine Oberschenkel. Stufenweise wandert er das Tal hinauf, bis seine Lippen auf meiner Perle landen. Er umgreift mit seinen kräftigen muskulösen Armen beide Oberschenkel und zieht mich näher zu sich heran, ein leises Stöhnen durchfährt mich. Dann umkreist er meine Perle langsam mit seiner Zunge, baut immer höheren Druck auf, fester, stärker, schneller. Fabi schaut mich an, nicht nur meinen Augen ist die lodernde Lust abzulesen.

"Hör nicht auf", zische ich ihm zu.

Ich begebe mich weiter an mein zweitrangiges Ziel, es Robin zu besorgen, der sich kaum mehr unter Kontrolle hat. Meine Blase Künste haben wohl nicht nachgelassen.

Die Konzentration verlässt jedoch nach und nach Robins Hab und Gut und wandert ständig zu Fabis Zungenkünsten.

Ich stöhne laut auf, gebe auch meine letzte Kontrolle meines Körpers ab, zucke und ein Lächeln breitet sich auf meinem Gesicht aus. Fabi lächelt mir zu, triumphierend.

"Nochmal?", fragt er mich erregt.

-4-

"I can remember when the air was clean and sex was dirty."

George Bruns

Lejla

"Na Lejla, wilde Nacht gehabt?".

Mark schaut mich mit einem vielsagenden Blick an.

"Geht es dir besser?", ich grinse ihn an.

"Dein Gemütszustand scheint jedenfalls nicht zu toppen zu sein".

Mein vielsagendes Lächeln spricht Bände. Ich klatsche mein Rührei auf den Teller und verschwinde in mein kleines neues Reich. Ganz so aufregend habe ich mir meine erste Nacht in Berlin dann doch nicht vorgestellt. Aber hey, ich habe die Nacht, beziehungsweise den Morgen zuhause verbracht, somit Prinzipien nicht über Bord geworfen. Und ich bin ganz auf meine Kosten gekommen. Oh ja, und wie ich auf meine Kosten gekommen bin. Meine Gedanken wandern erneut zu Fabi, abgesehen von seinen Zungenkünsten kann ich nicht aufhören, an seine blauen Augen und seinen stahlharten Körper zu denken. Sie haben die Farbe des Ozeans. Halt, Stopp. Schluss damit, ich bin hier, um zu studieren und Spaß zu haben – keine Verpflichtungen, keine Regeln, keine Bindungen. Hoch lebe das Single da sein!

Ich schlendere in meinem gelben Blumenkleid durch Berlin und klappere die Sehenswürdigkeiten ab. Die Sonne scheint mir ins Gesicht (Sonnenschutz nicht vergessen!) und ich lasse die Stadt auf mich wirken. All' die bunten Farben und Geräusche, der Mix an Menschen, Kulturen, Generationen, Kleidungsstile aus einer mir vollkommen anderen Welt. Die Museumsinsel ist voll von Leuten in meinem Alter. Ich setze mich im Schneidersitz ins Gras und höre gebannt den Straßenmusikern zu. Berlin, du bist wunderbar.

5

Er wird am Wochenende nach Hause kommen, ich weiß es. Der Gedanke fühlt sich an, wie ein Schlag in die Magengrube.

"Wir müssen reden, wenn ich da bin", doch es gibt nichts mehr zu reden. Das gibt es seit Wochen, nein seit Monaten nicht mehr. Es gibt nur noch eins, diese Wohnung. Es ist keine Pärchen Wohnung mehr, es ist ein Zusammenschluss einer Wohngemeinschaft, wie ich es pflege zu sagen. Mein Zimmer ist nun ein provisorisches Schlafzimmer, Matratze auf dem Boden, Tisch und Stuhl zum "Lernen"- wenn man bei dieser Atmosphäre überhaupt noch einen klaren Gedanken fassen kann. Der einzige Grund, weshalb ich mir das Zimmer kurzerhand geschnappt habe, ist ein Edelstahlschlüssel. Während meine Kommilitonen sich in den Seminaren über anstehende Klausuren unterhalten, schwirren mir Gedanken wie Frauenhaus, Umzug, Kaution im Kopf herum. Während andere über Müdigkeit klagen, sitze ich mit tiefen Augenringen im Hörsaal, unfähig das Gesprochene aufzunehmen, zu filtern. Ich trage eine Maske, die mich dazu bringt, weiter zu atmen. Wenigstens so tun, als ob. Die Fassade aufrechterhalten, für mich, damit ich nicht selbst durchdrehe. Für meine Mutter, die meinen Schmerz nicht verkraftet. Für meine Zukunft, die ich mir trotz allem blumig ausmale.

Ich komme "nach Hause".

Auf dem Couchtisch steht eine Flasche Rotwein. Geöffnet. Vor mir steht ein Mann im Anzug.

"Lass uns zusammen ein Glas Wein trinken und uns unterhalten".

"Du trinkst doch gar keinen Wein, es gibt auch nichts, worüber wir uns unterhalten könnten".

"Nun komm schon Lejla, nur das eine Glas. Nur reden, nichts mehr. Ich will dir nichts tun".

Ich setze mich auf die Couch. Benommen. Es gibt keinen Ausweg. Er schenkt uns ein, wir stoßen an, ich nippe an dem Weinglas und warte ab, wobei ich gar nicht abwarten möchte. Ich möchte, dass dieser Mann, der mir mein Leben zur Hölle gemacht hat, verschwindet, sich in Luft auflöst.

"Ich habe etwas für dich", er packt ein gebasteltes Fotoalbum heraus. "

Mit all' unseren schönen Erinnerungen. Schau mal, da haben wir uns den Sonnenaufgang auf der Masada angeschaut. Und da waren wir in Haifa unterwegs und waren in dem Garten."

Er blättert weiter durch sein Kunstwerk, schaut mich hoffungsvoll an.

"Warum genau hast du das jetzt für mich gebastelt?"

"Für die schönen Erinnerungen".

"Abel, ich habe dir sehr oft gesagt, es ist vorbei. Bitte versteh das endlich.", versuche ich ihm ruhig zu erklären.

Doch er versteht nicht, mal wieder nicht.

"Das kannst du nicht tun", wimmert er.

Und ich frage mich, wann das aufhört, wann dieses Schauspiel ein Ende nimmt, ein für alle Mal.

Zwei Hände, die mir die Luft zum Atmen nehmen, zudrücken. Mein Kehlkopf schreit. Sauerstoff, gib mir Sauerstoff, bitte. Ich frage mich, ob es vorbei ist. Ob er dem ganzen nun ein Ende bereitet, mein Ende.

Er weiß genau, wo die Halsschlagader ist, ein Spiel.

Spiele spielt er gern. Ein Grinsen auf seinem zuvor noch wimmernden Gesicht, loslassen.

Drei Sekunden andauernde Freiheit, Schlafzimmer.

Mit zitternden Händen abschließen.

Schreie, Tritte.

In meinem Herzen bricht etwas, erneut.

Nein es ist nicht die Liebe, es ist der Bruch meiner Selbst.

Wo zur Hölle befindet sich der Ausweg aus diesem Drama, wann endet es? Endet es überhaupt? Was ist aus mir geworden? Ich sitze mit bebender Stimme auf meiner Matratze und rufe Mama an, weine, schluchze. Kann meine Gedanken nicht zu Worten fassen. Doch keiner kann mir helfen. Ruhe bewahren. Und wieso habe ich sie wieder angerufen. Sie ist nicht da, sie kann mir nicht helfen. Außer dass ich nun zwei Personen das Leben schwieriger mache, mir und ihr. Ein Fehler, denn nun kann auch sie kein Auge zudrücken. Ich verbringe die Nacht zusammengekauert auf der Matratze, presse mich an die Wand, immer bei mir mein Pfefferspray- auch wenn es mir nicht helfen kann. Ich halte es wie ein Damoklesschwert ständig in meiner Hand, auch wenn er nicht da ist, in meinen Gedanken ist er immer da. Und wenn ich einmal einschlafe holt er mich in meinen Träumen ein, bis ich tränenüberströmt wieder aufwache.

08.32 Uhr. Ein Klopfen an meiner Tür. Ein Zettel der durchgeschoben wird:

"Guten Morgen Sonnenschein".

Ich öffne vorsichtig die Tür. Vor mir steht auf dem Boden eine Tasse schwarzer Kaffee. Ich schüttele den Kopf, fassungslos. Was für eine Art von Mensch ist es, mit dem ich die letzten Jahre meines Lebens verbracht habe?

Abschaum ist das Einzige, was ich empfinden kann.

Tinder, meine momentane Abendbeschäftigung für die einsamen Nächte auf meiner Matratze. Nur mal durchscrollen. Schauen ob man jemanden kennt. Ablenken, von diesem Grauen, in dem ich mich befinde.

Wir gehen am Meer spazieren, essen Eis, unterhalten uns. Noel sieht unfassbar gut aus, die App taugt ja doch zu etwas.

"Wollen wir noch zu dir?"

"Nein tut mir leid".

"Wieso denn nicht? Komm schon, wir können uns einen Film bei dir anschauen".

Ich weiß, worauf er hinauswill. Der oberflächliche Grund meiner Absage ist die Wohnung mit dem Expartner, der tatsächliche Grund jedoch: Möchte ich das? Ich muss mir erst einmal im Klaren sein, worauf ich Lust habe. Eine flotte Nummer?

Zwei Wochen später, wir treffen uns wieder. Meine Entscheidung habe ich getroffen. Spaß, mehr nicht. Ich brauche Ablenkung von meiner aussichtslosen Situation. Außerdem kommt Abel am Wochenende wieder. Ich halte diesen Terror nicht länger aus, brauche einen Fluchtort.

Seine Eltern besitzen ein Wellnesshotel, er verspricht mir Erholung im Whirlpool und ein leckeres Dinner. Ich weiß, warum ich hier bin, ich bin nicht blöd. Und es ist ja auch das was ich will, oder? Was will ich überhaupt? Abschalten, Ablenkung. Wir sitzen im Whirlpool.

"Komm zu mir Süße."

Ich stelle mich ein wenig schüchtern, heute mal die Süße. Er steckt mir seine Zunge in den Hals, das Wort Leidenschaft ist für ihn ein Fremdwort. Anhand eines Kusses ist viel abzulesen, er wird nicht die 10/10 sein. Seine Hand rast hinab zu meinem Bikinihöschen. Sie gleitet nicht runter, sie rast mit 500PS auf meine Perle zu. Ich weiß nicht ob, er sich das Lied von RAF Camora und Bonez MC verinnerlicht hat und sich nun wie Rocky fühlt. "Warte mal. Nicht so schnell.", drücke ich ihn sanft zurück.

"Jetzt komm schon, du willst es doch auch."

Ich winde mich aus seiner Umarmung und positioniere mich an die gegenüberliegende Seite des Whirlpools. Wie ein Hai kommt er auf mich zu. Und wieder schießt seine Hand zu meinem Höschen. Er bohrt seinen Finger mit seinen abgekauten Fingernägeln tief in meine Vagina. Rein, raus. So tief, dass ich das Gefühl habe, der Finger kriecht mir gleich aus dem Mund wieder raus.

"Hör auf damit, ich will das nicht".

"Jetzt hab dich nicht so, ich weiß doch, dass du es willst."

"Nein, ich meine es ernst. Ich möchte das wirklich nicht."

Einige Male noch, rein raus, rein raus. Ein Versuch mich anzutörnen, während ich versuche meinen Ekel zu verbergen. Steif sitze ich im Pool, gebe kein Geräusch von mir. Rein Raus. Sieht er denn nicht, dass es mir nicht gefällt? Ich habe es ihm doch gesagt. Er beendet seine Fingerspiele und wir steigen aus dem Whirlpool.

"Hat es dir gefallen?", fragt er mich ernsthaft.

Ich starre ihn ungläubig an.

"Ich habe dir doch gesagt, du sollst aufhören. Ich wollte das nicht."

"Ich hatte nicht das Gefühl, dass es dir nicht gefallen hat."

Fassungslos. Ich habe es ihm doch gesagt. Dass er aufhören soll, es beenden soll. Dass es mir nicht gefällt, dass es weh tut.

Ich ekele mich – vor ihm, von dieser ganzen absonderlichen Situation, in die ich mich doch selbst hineingebracht habe. Bin ich schuld? Habe ich mich nicht klar genug ausgedrückt? Und wollte ich es nicht? Ich habe mich mit mir selbst auf ein bisschen Spaß geeinigt. Aber habe ich als Mensch nicht das Recht, nein zu sagen? Auch im letzten Moment? Auch währenddessen? Habe ich nicht das Recht, es zu beenden, wenn und wann es mir passt?

Ich will nur noch nach Hause, was auch immer mein Zuhause ist.

Duschen, all' diese ekelhaften Berührungen abwaschen, so lange meine Haut abrubbeln, bis sie rot ist und sich die Hautschuppen von ihr lösen, ich den Abend vergessen kann.

Ich drücke meine Hände fest auf die Augen, presse sie so fest, dass die Tränen keine Chance haben durchzusickern.

6

"Sein oder Nichtsein; das ist hier die Frage"

Willian Shakespeare, Hamlet

Lejla

Die Universitätsbibliothek ist gigantisch.

Ich befinde mich mitten im Paradies, umgeben von unzähligen Büchern, Literaturwerken en mass. Reihenweise stapeln sich die Schriften von Lyrikern, Philosophen, Wissenschaftlern. Zu meiner linken stoße ich auf Shakespeares Arbeiten – Hamlet, Othello, Macbeth, Rome und Julia … wie ich diese Tragödie vergöttert habe. Ich erinnere mich an ein Kunsttheaterprojekt in der Schule, an dem wir obligatorisch teilnehmen mussten. Unsere Klasse wurde in sechs Gruppen geteilt. Die Besatzung bestand aus Romeo, Julia, der Amme, den Eltern, Lorenzo und Tybalt. Ich hatte das große Glück, für die Hauptrolle Julia auserwählt zu werden. Ich erinnere mich noch genau an das weiße flatternde Kleid und die Worte:

"Willst du schon gehn? Der Tag ist ja noch fern.

Es war die Nachtigall, und nicht die Lerche,

Die eben jetzt dein banges Ohr durchdrang;

Sie singt des Nachts auf dem Granatbaum dort.

Glaub', Lieber, mir: es war die Nachtigall."

Welch' Ironie. "Es war die Nachtigall und nicht die Lerche" beschreibt meine Beziehung zu Abel ganz gut, sie trifft es haargenau auf den Punkt. Und schon wieder driften meine Gedanken zu ihm ab.

"Aus dem Weg", ein Mädchen in meinem Alter steht vor mir, in der einen Hand hält sie einen Kaffeebecher, in der anderen stapeln sich Bücher, die sie gekonnt mit ihrem Kinn fixiert. Das Mädchen ist blond, gerades Haar, spitzes Näschen, gerötete Wangen. Ihr Kleidungsstil ist äußerst stilbewusst, sie trägt einen schwarz-weißen Karo Rock und schwarze Strümpfe à la böses Schulmädchen. Dazu hat sie schwarze Overknees mit Absatz an. Das Mädchen kann was.

"Ey, pass doch auf. Scheiße man."

"Ee..e..e.e..e..s tut mir so leid, wirklich. Was kann ich tun? Soll ich dir einen neuen Kaffee besorgen?", stammelt der Junge mit rotem Kopf, der sie angerempelt hat.

Gleichzeitig schauen die beiden mich und meinen Kaffeefleck an, der eine komplette Brust von mir einnimmt.

"Pass doch mal besser auf, das kann doch wirklich nicht wahr sein. Komm zisch ab."

Der Junge rennt wortwörtlich davon, nachdem er uns noch einige Entschuldigungen zuruft.

"Ich bin Arina, und du hast da einen echt großen Fleck".

"Lejla", erwidere ich.

"Es tut mir echt leid für deine Bluse, ich hoffe sie war nicht neu. Komm, Umkleide. Sofort."

Sie packt mich am Arm und führt mich heraus aus der Bibliothek. Wir laufen direkt auf die Frauentoilette zu.

"So schlimm ist es nicht, du kannst ja nichts dafür."

"Keine Widerworte." Sie öffnet die Tür zur Frauentoilette.

"Ausziehen" befiehlt sie mir. Wow, die Frau ist ganz schön herrisch.

"Wirklich... Arina, es ist kein Problem. Ich bin sowieso durch mit der Uni für heute", stammele ich.

"Liebe Lejla, ich sagte doch: Keine Widerworte".

Ich ziehe mir mein Shirt über und stehe unsicher im BH vor ihr. Sie schnappt sich ihre Tasche und zieht ein kleines Fläschchen heraus, dass aussieht wie Shampoo.

"Wollen wir mal schauen, was das Zeug taugt."

Dann fängt sie an, wie eine Wahnsinnige zu schrubben. *Das tut sie nicht zum ersten Mal ... und wieso hat die Frau Shampoo mit in der Uni.* Doch ich komme gar nicht wirklich zum Nachdenken.

Arina schaut mich mit einem zufriedenen Gesichtsausdruck an. "Geht doch, sieht aus wie neu. Nichts geht über Rei".

Fragend blicke ich sie an, während sie ihr weißes Top auszieht. Darunter verbirgt sich ein weiteres Kleidungsstück: ein weißer Spitzenbody. Die Frau hat es ja faustdick hinter den Ohren.

"Hier, nimm das", sie reicht mir ihr Top.

"Nein wirklich, du hast genug getan". Ich schaue sie ungläubig an.

"Lejla, du solltest dir angewöhnen gute Taten zu akzeptieren und Dinge anzunehmen". Arina zwinkert mir zu.

Da sie sowieso keine Widerworte akzeptiert, nehme ich ihr das Top aus der Hand und streife es über meinen BH.

"Braves Mädchen", sie grinst mich an.

"So, und jetzt noch einmal. Ich bin Arina. Magst du Kaffee, Lejla?", Arina schaut mich wie ein braves Kind an, dass auf die Erlaubnis ihrer Eltern wartet, den Süßigkeiten Schrank zu plündern.

Ich lache und erwidere: "und wie ich Kaffee mag, Kaffee und ich, wir haben da eine ganz besondere Beziehung."

"Wir verstehen uns. Na dann nichts wie los", sie schreitet zügig voran und öffnet mir die Tür. Wir spazieren nebeneinander die Straße "Unter den Linden" entlang, und mir fällt auf ein Neues auf, wieviel Trubel hier herrscht.

"Bist du neu hier?"

"Woher weißt du das?"

"So wie du den Blick nicht von den Geschäften und Menschen abwenden kannst, tippe ich ganz stark drauf, dass du nicht aus Berlin kommst. Berliner erkennt man meistens."

"Erwischt. Ich bin momentan für ein Auslandsjahr hier, eigentlich komme ich aus Israel."

"Wow... ich wollte schon immer mal nach Israel." Arina schaut mich fasziniert an, sie scheint sichtlich beeindruckt zu sein.

"Es ist wirklich ein wunderschönes Land, komm auf jeden Fall mal vorbei, wir haben auch guten Kaffee! Bist du Berlinerin?"

"Nein, nicht wirklich. Ich komme aus Russland, ich bin mit meinen Eltern mit sechs Jahren nach Berlin gekommen. Wir sind russlanddeutsche."

"Und was studierst du?", frage ich sie interessiert.

"Slavistik mit Politik. Es ist nicht einmal wirklich das, was mir gefällt. Aber ich wüsste auch nicht, was ich ansonsten studieren soll. Eine Ausbildung fällt bei uns leider raus."

"Wieso denn das?"

"Meine Eltern predigen mir von klein auf: Ohne Bildung bist du nichts. In der Schule waren meine Noten das beliebteste Thema. Waren sie mal nicht so gut, gab es zwar keine Strafen, aber enttäuschte Blicke. Was soll nur aus unserer Tochter werden? Dafür sind wir nicht hergekommen. Nach meinem Abitur wäre ich gerne auf eine Design Fachhochschule gegangen". Arina schaut traurig zur Seite.

"Design, das hätte ich mir gleich denken können, bei deinem Outfit! Du siehst wahnsinnig toll aus, vor allem diese Kombi mit dem Rock und den Overknees."

"Danke schön", sie lächelt mir berührt zu.

"Was ist aus der Idee mit der Fachhochschule geworden?"

"Die musste leider verworfen werden. Ich wollte seit ich denken kann Modedesignerin werden, mir hat es schon immer gefallen zu skizzieren, zu nähen, Neues zu erschaffen. Ganz eigene Kreationen, die sich noch keiner vorher überlegt hat, die noch nicht auf dem Markt sind. Naja, das Ganze hatte jedoch einen Haken. Eine Ausbildung zur

Modedesignerin hätten meine Eltern nicht akzeptiert, genauso wenig die Fachhochschule. Sie wollten unbedingt, dass ich eine Universität besuche. Darüber hinaus durfte es natürlich keine private Uni oder FH sein, und so viel Auswahl bleibt einem da leider nicht mehr."

"Also studierst du etwas, was dich gar nicht interessiert?"

Arinas Geschichte macht mich ein wenig traurig. Meine Mutter hat mich immer bei allem so gut es geht unterstützt. Hätte ich den Traum gehabt, Handwerkerin zu werden, wäre meine Mutter diejenige, die mir Mut zusprechen würde. Dankbarkeit steigt in mir auf, ich habe wirklich Glück.

"So halb, ich finde russische Literatur nicht uninteressant. Aber es ist eben nicht das, was mich erfüllt, weißt du? Ich hätte gerne mal so ein Fach, bei dem ich sage: Yes yes yes! Dafür lohnt sich die Vorlesung um acht Uhr morgens, dafür renne ich liebend gerne zur S-bahn. Aber man nimmt, was man kriegt", Arina wedelt mit der Hand.

"Wie ist das bei dir?"

"Ich studiere das, was mich erfüllt. Und es ist ein gutes Gefühl. Ich bin mir sicher, du wirst dir deinen Wunsch auch noch erfüllen können.", ich lächle in mich hinein.

Wir genießen den sonnigen Nachmittag in einem Café am Gendarmenmarkt, essen Kuchen und nippen an unseren leckeren Hafer-Cappuccinos. Ich glaube, ich könnte tatsächlich eine neue Freundin in Berlin gefunden haben. Arina und ich tauschen unsere Handynummern aus und verabreden uns für kommendes Wochenende für einen Bachata Tanzworkshop. Wir versiegeln unsere Verabredung mit einer Facebook Zusage und ich freue mich jetzt schon tierisch. Endlich wieder tanzen und neue Moves lernen. Lächelnd spaziere ich Nach hause und sauge das Bild des Goldenen Herbstes förmlich auf.

Die kommenden Tage verlaufen unspektakulär. Es gibt einiges, dass ich für die Uni erledigen muss. Einige Abgaben. Nachbereiten, vorbereiten. Zwei Hausarbeiten stehen auch an. Die Nachmittage verbringe ich in kuscheliger Jogginghose zuhause am Schreibtisch. Das tägliche Anzünden meiner Lavendel-Kerze wird zu meinem Ritual. Nachts erwache ich von Stimmen und Gelächter aus dem Nebenraum. Mark schmeißt wohl eine fette Party und hat mich diesmal nicht eingeladen, denke ich ironisch. Ich drehe mich zur Seite und falle in einen tiefen Schlaf.

Am nächsten Morgen treffe ich zum ersten Mal auf meine Mitbewohnerin Julia. Zuerst frage ich mich, ob Marks Freund sein Sklave ist und für ihn Frühstück zubereitet. Die Gestalt ist zwei Köpfe kleiner als ich und wiegt wahrscheinlich 1/3 von mir. Er ist eine Sie und ist meine Mitbewohnerin.

"Ich studiere an der FH Architektur und muss auch gleich wieder zur Uni los. Berliner für dich?", sie schiebt sich einen Berliner in den Mund, schüttelt ihr kurzes Haar nach hinten und reicht mir einen.

"Pass auf, dass Marks Freunde meinen Vorrat im Kühlschrank nicht plündern. Ich habe sie abgezählt. Nach diesen zwei hier sind es noch genau 24. Ich zähle auf dich, Lejla. Enttäusch mich nicht". Mit diesen Worten verabschiedet sie sich und rennt auch schon wieder hektisch in ihr Zimmer. Ich schüttele verwirrt den Kopf und öffne den Kühlschrank. Tatsächlich, Berliner en masse in einem Plastikbeutel. Auf dem Beutel klebt ein blauer Zettel, beschriftet mit den Worten: "FINGER WEG! Julias Besitz". Falls ich sie in den ersten Sekunden noch für normal hielt, muss ich diesen Gedanken nun verwerfen. Die Frage, was sie mit diesen Berlinern vorhat, werde ich hoffentlich noch herausfinden. Vielleicht machen die an der FH ein Frühstücksessen und Julia will Gutes tun, sich beliebt machen. Fragen über Fragen. Mein Handy blinkt auf, Arinas Name erscheint auf dem Bildschirm.

"Countdown läuft. Für Begleitung ist gesorgt, für dein Outfit auch ."

Ich grinse. Unsere Verabredung ist in den letzten Tagen ein wenig in den Hintergrund gerückt, weil ich mich in meiner Höhle verkrochen habe und jeden Tag gebüffelt habe. Umso mehr freue ich mich auf morgen und auf Arina!

-7-

"Eines Tages wirst du aufwachen und keine Zeit mehr haben für die Dinge,
die du immer wolltest. Tu sie jetzt."

Paulo Coelho

Lejla

Arina mustert mich von oben bis unten. Sie schaut zufrieden aus und nickt mir zu.

"Ja, das passt. Hier das muss ich noch etwas fixieren, und dazu ziehst du diese Schuhe hier an". Sie zeigt auf schwarze glänzende Pumps mit Riemchen, die auf dem Regal stehen. "Jetzt, ich muss schauen, ob das miteinander harmoniert". Ich gehorche ihr.

"Du siehst umwerfend aus." Ich schaue in den Spiegel ihres Zimmers und bin für einen kurzen Moment sprachlos. Das Kleid sieht phänomenal aus. Es schmiegt sich eng an meinen Körper. Ich drehe mich einmal im Kreis und erblicke den tiefen Rückenausschnitt, was ein Hingucker. Arinas Zimmer gleicht einer Schneiderei. Berlins Trubel ist nichts dagegen.

"Die Jungs holen uns in 30 Minuten ab, ich werde mich noch schnell umziehen."

"Wer genau sind diese besagten Jungs?"

"Ich habe Nikita mal in der Einführungsveranstaltung kennengelernt. Er war Tutor für die Erstsemester. Er gehört dir", sie zwinkert mir vielsagend zu.

"Und wer ist dein Auserwählter?"

"Ich nehme mir Igor, seinen *partner in crime*. Die beiden haben mich schon zu den wildesten Partys ausgeführt, sie verstehen was vom Feiern. Und sie sind Russen, das heißt wir verstehen uns automatisch."

"Hast du mit den Deutschen ein Problem?", ich lache.

"Nein, aber ich sage dir eins: Anderes Land, andere Kulturen. Wir Russen sind bekannt für unsere Partys, also mach dich gefasst auf ein bisschen Spaß heute Nacht", erneut zwinkert sie mir zu.

"Du bist doch Single, oder?"

"Mehr Single geht nicht".

"Ein Hoch aufs Single Leben", wir stoßen mit unseren Weingläsern an, die bis zum Rand mit hochprozentigem Alkohol gefüllt sind. Ich merke beim ersten Schluck, dass das Weinglas mehr Schein als Sein ist. Der Wodka fließt.

Das Taxi hält vor unserer Tür. Igor springt aus dem Wagen und öffnet uns die Tür.

"Darf ich bitten", er küsst zuerst meine Hand. "Hallo, ich bin Igor."

"Lejla"

"Sehr erfreut", Igor lächelt mir zu und ich steige in den Wagen.

Ich sitze zwischen Arina und Nikita.

"Du bist also die berühmt berüchtigte Lejla, willkommen in Deutschland, das Land der Möglichkeiten für Auswanderer",er zwinkert mir zu.

"Ihr beide seid also auch aus Russland?", frage ich, obwohl ich die Antwort bereits kenne.

"Ich komme ursprünglich aus Tscheljabinsk, eine für Russen bekannte Stadt, für Deutsche eher weniger. Einigen ist die Stadt jedoch bekannt, vor einigen Jahren explodierte dort ein Meteor und das ging nicht nur durch die russischen Medien, auch die Deutschen bekamen Wind davon."

"Ja, ich glaube ich habe auch davon gehört", ich nickte ihm zu.

"Tscheljabinsk ist eine Großstadt, weißt du. Die Stadt hat auch historisch so einiges zu bieten. Ende des 19. Jahrhunderts begannen dort die Bauarbeiten für die Trasse der legendären Transsibirischen Eisenbahn. Mit dem Bau kam dann auch der wirtschaftliche Aufschwung. Nun bildet Tscheljabinsk ein Rüstungs-, Industrie- und Verkehrszentrum, das von großer Bedeutung ist.", Nikita kommt gar nicht mehr aus dem Erzählen heraus.

"Nikita, schweig mein Freund." Igor schaut ihn zornig an und zeigt mit dem Zeigefinger auf ihn. "Geschichte schreiben wir, und jetzt beginnt die Party. Sorry Lejla, unser Freund hier liebt es in Erinnerungen zu schwelgen und vergöttert russische Städte und die Geschichte." Er schaut mich entschuldigend an.

"Nein nein, ich finde es interessant", sage ich beschwichtigend. Insgeheim frage ich mich, warum Nikita überhaupt nach Deutschland ausgewandert ist, wenn die Stadt ihn so wahnsinnig beeindruckt.

"Also Lejla, ich komme aus Omsk. So viel zu mir."

Er reicht uns eine teure Falsche nach hinten.

"Sorry Freunde, heute mal ohne Schnapsgläschen." Der Taxifahrer dreht die Musik lauter und die drei fangen gemeinsam mit dem Fahrer lauthals zu singen

"О боже, какой мужчина!

Я хочу от тебя сына.

И я хочу от тебя дочку.

И точка, и точка!"

"Sorry Lejla, stört dich die russische Musik?", fragt mich Nikita.

"Nein, ich verstehe auch ein paar Worte, alles super", ich lächle ihm zu. Mir fällt auf, wie Arina ständig zu Igor rüber schaut, sie scheint ihn wirklich zu mögen.

Im Club begrüßen uns Rodriguez und Franchesca, die beiden sind bester Laune. Franchesca hat wunderschöne brauen Locken und trägt ein schwarzes figurbetontes Kleid und Pumps mit einem so hohen Absatz, dass mir schon beim Anblick die Knöchel durchbrechen. Ich blicke mich um. Der Club hat viele Floors, es gibt eine Etage oben und unten. Wir befinden uns in der mittleren, wo der Workshop stattfindet. Danach beginne die Party, meinte Arina zu mir.

"Wer von euch hat schon einmal Bachata getanzt?", fragt Franchesca in die Runde.

Einige heben die Hand, auch Arina, Nikita und Igor sind von der Partie.

"Bachata tanzt man nicht, man lebt es. Wir zeigen euch nun ein paar Moves und dann bringen wir eure Hüften in Bewegung. Ihr seht noch etwas steif aus, aber das kriegen wir hin, comprendo?", Franchesca schaut belustigt in die Runde und klatscht in die Hände.

"Michéle, schmeiß die Musik an", aus den Lautsprechern ertönt *Dos Locos*. Franchesca und Rodgriguez heizen ordentlich den Raum ein, während ich ein Kribbeln in meinen Fingern verspüre. Ich liebe alles, was mit tanzen zu tun hat. Ich kann nicht stillhalten und fange heimlich an, meine Hüfte mit im Takt zu bewegen. Die beiden sind der Wahnsinn, das will ich auch können. Sie drehen sich im Kreis, Franchesca hebt bei jedem vierten Taktschlagt betont eine Hüftseite hoch und schaut ihrem Tanzpartner non stop verführerisch in die Augen.

Wenn man den beiden so zuschaut, kommt man nicht drum herum an verführerischen wilden Sex zu denken.

"Vamos, jetzt seid ihr an der Reihe, zeigt was ihr zu bieten habt. Männer - ihr führt. Ladies, lasset die Spiele beginnen". Rodriguez schaut in die Runde.

"Wir beginnen mit den Basics: Step to the left. 1,2,3,4,1,2,3,4...", Franchesca beginnt mit den einfachen Schritten. "Und jetzt ihr, fühlt den Beat. Denkt an die Hüften."

Alle führen neben- und hintereinander die Schritte aus.

"Mehr Hüfte, vamos, vamos!", ruft Rodriguez zu.

Nachdem wir die Grundschritte wie side-to-side, corner-to-corner, basic with a kick shuffle und slide lernen, dürfen wir mit unserem Partner das Gelernte in die Tat umsetzen. Einige wirken wir Profis. Anfangs habe ich Schwierigkeiten reinzukommen, aber Nikita ist der perfekte Tanzpartner und dreht mich elegant um die eigene Achse. Er zieht mich eng zu sich heran und wippt seine Hüfte zum Takt. Nikita wäre mir auch auf der Straße aufgefallen, wäre er mir begegnet. Er ist groß und durchtrainiert, hat braunes dichtes Haar. Seine Hand streift meinen Po.

"Oh entschuldige", ich grinse ihm zu. Russische Männer sind ein anderes Kaliber, ich mag sie, sehr sogar. Ich gebe alles, bewege meine Hüfte, slide, step, side-to-side, vergesse das Zeitgefühl, bin im hier und jetzt. Wir kommen ordentlich ins Schwitzen. Ich lege mein Kinn auf seinen muskulösen Schulterkopf und bewege weiter Hüfte und Füße, lasse mich leiten von der dominikanischen Musik und schaue über seine Schulter hinweg zu Arina und Igor. War ich mir anfangs noch nicht ganz sicher, wie es mit den beiden steht, gab es nun keine Zweifel. Arina ist definitiv verschossen in Igor, das sieht jeder Blinde. Ihre Augen haben dieses Glänzen, während sie zu ihm hochschaut. Fast blickt sie ihn an, wie einen griechischen Gott. Die beiden fressen sich regelrecht auf. Interessant, die sonst so harte Arina hat wohl eine richtige Schwäche für Igor.

Nach und nach füllt sich der Club und die Pforten werden für Jedermann geöffnet. Nikita dreht mich erneut um die eigene Achse und drückt seine Hüfte eng gegen meine, mir wird warm - doch ich will nicht aufhören. Ich bin hier, mit all' meinen Sinnen, die ich habe. Sauge den Moment auf, NIkitas Geruch, seine Augen, die preisgeben: er will mehr. Seinen hungrigen Blick auf mir. Und doch hält er sich zurück, überlässt mir die Entscheidung. Lässt mich die Königin des Abends sein.

"Lejla, alles okay bei euch? Wie läufts? Hast du die Schritte raus?", Arina und ich sitzen auf den gepolsterten Barhockern und warten auf die Jungs, die Nachschub besorgen.

"Außerordentlich gut", ich zwinkere ihr zu. "Bei euch sieht es jedenfalls nicht nach dem 1.Mal aus", Arina wird rot.

"Ich meinte eigentlich das Tanzen", ich muss lachen. Dass die beiden Sex hatten, war mir schon klar. Mit Sicherheit schon etwaige Male. Für einen kurzen Moment halte ich inne.

"Wen schaust du da so erschrocken an?"

"Ich glaube ... das ist Fabi da vorne. Schau da jetzt nicht hin."

Arina dreht sich abrupt in die Richtung, in die ich genickt habe. War ja klar.

"Er starrt dich total an", mustert sie ihn.

Shit, er hat uns entdeckt. Was solls, war ja nur eine kurze Nummer, zumindest rede ich es mir seit Tagen ein.

"Wer ist der Typ?", fragt Arina.

"Ein kleiner Sexgott". Ich zwinkere ihr zu. "Bin gleich wieder da."

Ohne länger darüber nachzudenken, laufe ich schnurstracks zu ihm.

"Warum so einsam?", frage ich ihn und gebe ihm eine Umarmung. Wir schauen uns an. Wieder drohe ich, in seinen tiefblauen Augen zu versinken. Fabi lächelt mich entschuldigend an.

"Kein Grund zur Sorge, ist doch super. Wer ist es? Wo ist sie? Wie sieht sie aus?", ich löchere ihn mit Fragen. Einfach so. Weil ich schon immer die Neugierige war und es mich natürlich interessiert. Weil ich nicht an ihm interessiert bin, nur Sex. Ganz einfach.

Aus dem Winkel erscheint ein Mädchen. Sie sieht ganz süß aus, hat blondes Haar, zarte Figur, klein. Süß, aber nicht auffällig. Ein Schauer der Eifersucht durchfährt mich, nur für einen kurzen Augenblick. Ich schiebe ihn beiseite.

"Hi, ich bin Lejla", ich lächle sie an. Sie wird sofort rot. "Und du bist?", frage ich.

"Mona", sie gibt mir die Hand. "Freut mich, Mona! Ich wünsch euch noch viel Spaß!", ich lächle den beiden erneut zu und verschwinde.

Komisches Paar. Fabi sieht bombastisch aus, noch besser, als ich ihn in Erinnerung habe. Mona eher unauffällig und total schüchtern. Ich frage mich immer, wieso Frauen der Mut fehlt. Für sich einzustehen, auf der Straße mit hoch erhobenem Kopf herumzulaufen, stolz zu sein - auf sich. Und nein, ich denke hier nicht an Arroganz, sondern an das gesunde Selbstvertrauen, Selbstakzeptanz. Ich frage mich, ob die beiden ein richtiges Date haben, ob sie sich hier kennengelernt haben, oder sich schon wochenlang daten. Er mit Blumen vor ihrer Haustür steht, oder die beiden womöglich gemeinsam auf der Couch Netflix schauen und Pizza bestellen.

"Auf uns, Freunde", die drei reißen mich aus meinen Gedanken, wir heben erneut die Gläser und trinken einen Shot nach dem anderen.

Ich überrede sie endlich zum nächsten Floor zu wandern und wir landen auf meinem Lieblingsplatz. Schon auf der Treppe ertönt Ushers Stimme, ich renne hinunter.

"Lejla, man. Wohin rennst du?"

"Hört ihr es? I'm the kind of brotha', who been doin' it my way gettin' my bread for years in my career. And every lover in and out of my life I hear love and left the tears without a care. Until I met this girl who turned the tables around...", ich singe lauthals "Caught Up" von Usher und lande mitten auf der Tanzfläche. Ich fange mit meinen Moves an, bewege Füße und Beine, die Hüfte spielt mit, jawohl ein Kinderspiel. Die Männer daneben schauen mich an, auch von den Frauen ernte ich ein paar beeindruckte Blicke. Ich lächle ihnen zu, allen. Ich fühle die Musik, habe es so vermisst. Wie in Trance bewege ich mich, spüre Füße und Beine nicht mehr, die Hüfte erledigt ihren Job ganz von allein'. Ich fühle mich wie ich selbst, hier mitten auf der Tanzfläche ist die Lejla, die sie wirklich ist. Ich drehe mich, winde mich, twerke zu einigen Liedpassagen und lebe dieses Lied. Arina, Igor und Nikita klappen den Mund auf, als ich auf sie zukomme.

"Los Leute, worauf wartet ihr denn? HIER geht die Party ab. Diese Musik, oh Gott, was habe ich es vermisst, zu tanzen."

"W..W.wo hast du das denn gelernt?", fragt mich Arina.

"Hab mal ein bisschen daheim getanzt", erwidere ich lächelnd. "Ein bisschen?! Lejla du bist der Star des Abends hier.", Nikita ist sichtlich begeistert.

"Du musst mir das Beibringen, ich will alle Moves lernen, jeden Hüftschlag... und wie du so verführerisch runter gegangen bist, ohne dass jemand dein Höschen gesehen hat." Arina kommt aus dem Staunen nicht mehr raus.

"Oh ja, das war 'ne Glanzleistung", stimmt Nikita zu. "Nicht, dass ich es nicht gerne gesehen hätte", er zwinkert mir zu und kassiert gleichzeitig einen Nackenklatscher von Arina. "Reiß dich zusammen. Der Alkohol hat euch beiden gewaltig den Kopf verdreht. Und jetzt bitte wieder den Gentleman Modus an", Arina imitiert eine Schalterbewegung mit der Hand.

"Darf ich sie um Verzeihung bitte, Fräulein?", Nikita reicht mir seine Hand.

"Dieses eine Mal noch". Ich schaue ihn an, unsere Blicke sprechen Bände.

Nikita nimmt meine Hand und führt sie zu seinem Mund, küsst sie zart, lässt sie nicht los.

Wir tanzen zu viert auf dem Hip-Hop Floor zu Tyga, Drake und Kanye West.

"Wir sehen uns nächste Woche bei einer Private Dance Lession." Arina küsst mich zum Abschied auf die Wange und verschwindet aus dem Taxi, gefolgt von Igor. Ich muss grinsen, der Abend hätte nicht besser sein können.

Wie von selbst steige ich mit Nikita aus, nachdem er mir die Taxi Tür offenhält.

Seine Wohnung ist stilvoll eingerichtet, moderne Möbel, ein riesiges Fenster im Wohnzimmer, eine Wandeltreppe. Nur der kleine Touch fehlt, der preisgibt, ob eine Frau bei der Einrichtung miteingeschlossen war, oder nicht.

"Fühl dich wie zuhause. Was möchtest du trinken?", er nimmt mir meine Jacke ab und hängt sie in die Garderobe.

Ich nippe an einem Glas Baileys mit crushed Ice.

Wir unterhalten uns über die Beziehung von Männern und Frauen, er erzählt erneut Geschichten seiner Heimat und wir haben wirklich nette Gespräche, aber da ist nicht mehr.

"Hier sind Handtücher für dich, wenn du möchtest. Mein Zimmer ist oben links, ich schlaf hier auf der Couch."

Mit diesen Worten verschwindet er im Bad.

Ein bisschen perplex bin ich schon, nicht dass ich sein Verhalten nicht gut finden würde, doch bin ich anderes gewohnt. Er verhält sich sehr respektvoll mir gegenüber und ich fühle mich pudelwohl.

Als ich in sein Boxspringbett unter die kuschelige Decke schlüpfe ist
mir sowieso alles egal und ich schlafe eingemummelt ein, wie ein
Baby.

-8-

"Die Welt ist ein Irrenhaus und hier ist die Zentrale"

Claudia Hochbrunn

Abel

Vom Dienste suspendiert. Gehirnschäden an der orbitofrontalen und
temporalen Cortex. Das MRT zeigte einen vergrößerten Hypothalamus,
erhöhte Cortisol-Ausschüttung. Die Messerstecherei in der Stube. Das
Arschloch hatte es nicht anders gewollt. Wie aus heiterem Himmel
fing er in der Kneipe an, von Lejla zu sprechen. Er habe Lejla eine
Nachricht auf Facebook geschrieben, um sie vor mir zu "warnen". Ich
sei nicht der, für den sie mich halte. Und dabei hatte er dieses
widerliche Grinsen in seiner Fratze. Ich hoffe er überlebt es nicht. Was
kann ich dafür, wenn er nicht die Finger von ihr lassen kann? Sie ist
mein. Und das wird auch so bleiben, dafür werde ich sorgen. Sie
sagten, er habe einen Schädelbasisbruch, längs gebrochenes Felsenbein,
Blutergüsse, Schnittwunden und Prellungen am gesamten Körper.
Obwohl ich nicht einmal etwas für den Schädelbasisbruch kann. Der
Wixer war einfach zu dumm zu kämpfen. "Wenn dir jemand wehtut,
dann schlag zurück", so hat es mir schon mein Opa beigebracht.

"Verfluchte Scheiße", ich schlage mit der Faust auf den Holztisch,
laufe hin und her. Der Raum ist klein, mir fällt die Decke auf den Kopf.
Und doch hat der Spast keine Anzeige erstattet, hat seine Aussage

verweigert. Ich muss lachen. Ja, zumindest an einen Ehrenkodex hat er sich gehalten. Geschieht ihm recht. Ich hoffe zumindest, er lernt aus seinen Fehlern. Schon von Anfang an lernen wir neben den Grundsätzen Respekt, Ehrlichkeit, Zuverlässigkeit und Freiheit, dass man sich nicht an die Frau des Kameraden ranmachen darf. Er wusste, was passieren wird. Keiner spricht über Lejla, wie ein Stück zum Probieren. Für alle anderen ist sie doch nur Fleisch. Eine kleine Kostprobe. Eine Dienstleistung, danach kann man sie wegschmeißen. Doch ich bestimme, welche Dienstleistung sie leisten darf, welche nicht. Denn sie ist mein Besitz, und Besitze gibt man nicht einfach ab. Man kämpft für seinen Besitz, markiert sein Territorium. Sein Revier. Soll ich sie nicht haben, soll sie keiner haben. Getreu dem Motto was dein ist, ist auch mein. Was mein ist, ist noch lang nicht dein.

-9-

"Was uns an der sichtbaren Schönheit entzückt, ist ewig nur die unsichtbare."

Marie von Ebner-Eschenbach

Lejla

Ich hetze in die Küche, um mir noch schnell eine Banane zu schnappen, Frühstück fällt heute flach, ich komme jetzt schon zu spät zu meiner 10 Uhr Vorlesung. Vor mir steht Julia und zieht aus der Gefrierkühltruhe triumphierend einen Berliner heraus. Danach notiert sie die Anzahl der übrigen Berliner akribisch auf einen Zettel.

"Morgen, Julia. Was hat es eigentlich mit den Berlinern auf sich?", frage ich verwirrt.

"Ich bin froh, dass du fragst. Es ist etwas ganz Besonderes. Pass auf, es gibt so eine App, die nennt sich 'Foodsharing', hier", sie deutet auf ihrem Handy auf eine App, bei der eine mit grünen Pfeilen durchgezogene Gabel nach unten zeigt. Das Handy ist kurz vorm Auseinanderfallen. Ich bin verwundert, dass es überhaupt Apps installieren kann. "Okay, und wie funktioniert das Ganze?", skeptisch schaue ich auf das kleine Display. "Wir sind eine richtige Community, nichts für schwarze Schafe. Man wird geprüft. Du meldest dich an und musst zuerst einmal mit einem erfahrenen Mitglied einen Essenskorb besorgen, sodass du verifiziert bist. Du kannst eigene Essenskörbe zusammenstellen und diese an die Community weitergeben, nichts muss verderben, verstehst du?", sie schaut mich mit großen Augen und glühenden Wangen an. Tja, manche brennen für Bachata, andere für Foodsharing.

"Wusstest du, dass die Hälfte unserer Lebensmittel weggeworfen werden? Und ich spreche nicht nur von den Endverbrauchern beziehungsweise Familienhaushalten. So viele Lebensmittel landen in der Tonne, bevor sie überhaupt in den Handel kommen, nur weil sie "nicht schön" oder abgelaufen sind, obwohl man sie noch genießen könnte. Krumme Gurken wollen die Endverbraucher nicht, sie wollen standardisierte Gurken, die alle gleich aussehen. Wie unsere Gesellschaft. Ist dir mal aufgefallen, dass jeder gleich aussieht? Natürlich nicht jeder, aber ein hoher Prozentanteil eifert einem Idealbild hinterher". Sie schaut mich kritisch an. "Ich muss los, war sehr informativ mit dir, danke", entschuldigend schaue ich sie an, schnappe mir die Banane und renne aus der Wohnung.

In der S-Bahn sitzt mir ein Mädchen meines Alters gegenüber. Ich bin mir sicher, Julia sprach nicht von diesem spezifischen Idealbild, doch natürlich ist es auch mir nicht entgangen. Das Mädchen hat überproportionale Lippen. Irgendwie bin ich mir sicher, sie sind nicht natürlichen Ursprungs. Vielleicht hat sie sich diese mit Hyaluron aufspritzen lassen. Auch ihre Haare lassen auf Extensions schließen. Das Gespräch mit Julia bleibt noch eine Weile in meinen Gedanken hängen. In Berlin habe ich schon viele Frauen auf der Straße gesehen, die sich tatsächlich irgendwie ähneln. Die Lippen, die Nasen. Facefiller, Botox. Die Schönheitschirurgen verdienen hier wohl eine Menge Geld an unzufriedenen Frauen. Und ich kann es nicht leugnen, wenn ich durch Instagram scrolle, fällt es auch mir schwer, mich nicht zu vergleichen und immer mit mir zufrieden zu sein. Andererseits ist es eben auch das Besondere an uns, das wir anders sind. Nicht standardisiert, wie Julia eben sagte.

Als ich den riesigen Raum betrete, spricht die Dozentin gerade über das Werk "Der Utilitarismus", geschrieben im Jahre 1861 von John Stuart Mill. Ich selbst habe es schon mehrmals gelesen. "Worum geht es? Was ist die Grundthese im Ultilitarsmus?", meine Hand schießt in die Höhe, sofort merke ich wie mein Herz pocht und mein Puls in die Höhe schießt. Ich habe Mal gelesen, dass der maximale Puls bei Frauen die Differenz von 226 und dem Lebensalter ist. Ich bin mir sicher, dass ich diesen Wert toppen kann. "Ja bitte", die Dozentin zeigt auf mich. "Die Grundthese von John Stuart Mill besagt, dass eine Handlung gerechtfertigt ist, wenn sie das Glück fördert. Wenn die Handlung das Glück jedoch schmälert oder bedroht, dann ist sie falsch. Glück ist Freude, nicht Schmerz."

"Ganz genau. Warum ist diese These auch heute noch von Bedeutung für uns?", erneut schießt meine Hand in die Höhe. "Ja bitte", die Dozentin schenkt mir ein Lächeln. Ich fühle mich schon ein wenig entspannter. "Es geht um die Frage nach dem 'Richtig oder Falsch'. Diese Frage treibt uns auch heute noch in den Wahnsinn. Als Beispiel wären da die Sterbehilfe oder die Steuerhinterziehung zu nennen."

"Ausgezeichnet. Sie können sich ihren Aktionspunkt am Ende der Stunde bei mir am Pult abholen". Heute ist ein guter Tag, schießt es mir durch den Kopf. Ich lehne mich zurück und verfolge gespannt die restliche Vorlesung.

Stolz präsentiere ich Arina meinen Aktionspunkt, während wir in der Mensa für das Essen anstehen. Mein Gehirn hat alle Reserven verbraucht und braucht dringend Nahrung. Wie gerufen, gibt mein Magen ein lautes Knurren von sich.

"Und den hast du von der Böhm bekommen? Respekt, hab' gehört die benimmt sich wie in der Monarchie in ihren Veranstaltungen", Arina nickt anerkennend.

Ich drehe mich mit meinem Tablett um und sehe, dass mir jemand zuwinkt, wie ein Irrer.

"Wer ist der komische Kautz da? Kennst du ihn?"

Bei näherem Betrachten erkenne ich meinen Mitbewohner Mark. "Komm, lass uns zu ihm gehen. Das ist mein Mitbewohner".

"Na hallo, wen haben wir denn da?", Marks Blick bleibt auf Arina hängen, für einen kurzen Moment kleben seine Augen auf ihren Brüsten, er fängt sich jedoch schnell wieder. "Kommt, setzt euch zu uns!"

Arina rümpft die Nase, trotzdem schafft sie es, ihre Meinung zum Kleidungsstil der Jungs für sich zu behalten. Mark und seine zwei Freunde, die sich ganz eifrig unterhalten, tragen alle dieselben Adiletten und weiße Socken, das ist wohl der neue Trend. Dazu trägt jeder von ihnen eine Trainingshose in blau und schwarz und T-Shirts. Ich frage mich, ob hier heute eine Mottoparty stattfindet, doch Arina schaut mich nur missfällig an und flüstert mir "Spowis" zu. Dabei verdreht sie ihre Augen und führt den Löffel mit der himmlisch duftenden Süßkartoffel-Kokos-Suppe zum Mund.

"Der Anfang ist die Hälfte des Ganzen"

Aristoteles

Fabi

"Sorry Leute, ich hab's nicht früher geschafft".

"Entschuldige dich nicht bei uns, Mann. Sarah ist total angepisst. Sie ist diejenige, die das Referat alleine halten musste."

"Scheiße man, das habe ich ja komplett vergessen." Ich packe mir unbewusst an den Kopf. Ich habe tatsächlich mein Referat in Biomechanik sausen lassen, aber ich konnte Lilly nicht alleine lassen. Im Kindergarten hat sie sich an mich geklammert und ihre Arme und meinen Hals geschlungen. "Nein, Fabi. Bitte geh nicht. Bitte bleib, bitte lass mich nicht allein". Ihre Worte hallen in meinen Ohren nach und ich sehe ihr tränenverzerrtes Gesicht vor mir, ihr blondes Haar, ihre blauen Augen, die wir beide von Mum haben.

Mark, Tim und Ismail sind nicht alleine. Schwarzes Haar springt mir in die Augen. Wunderschöne volle Lippen, von denen ich weiß, wie zart sie sich anfühlen. Unsere Blicke treffen sich. Ich merke, wie mein Puls ein wenig höherschlägt, meine Hände anfangen zu schwitzen. "Willst du unseren Gästen nicht Hallo sagen?", Marks gieriger Blick bleibt auf dem blonden Mädchen neben Lejla kleben. Ich stelle mein Tablett ab und schaue Lejla an.

"Was verschafft uns die Ehre?"

"Wir wollten mal etwas vom Spowi-Flair abbekommen", Lejla
zwinkert mir neckisch zu. "An der Kleiderordnung müsst ihr auf jeden
Fall noch gewaltig arbeiten", murmelt ihre Freundin.

"Und du bist?", frage ich sie höflich.

"Arina. Ich hab' dich letztens mit deiner Süßen im Club gesehen, wir
waren auch da." "Meiner Süßen?", frage ich stutzig.

"Na die Kleine mit der du da warst."

"Ach Mona", stammele ich, "nein, das ist nicht meine Süße".

"Man die fährt extrem auf dich ab, die ist wie dein Schoßhündchen,
die du mal langsam mit einem Leckerli belohnen könntest". Ich sehe,
wie Arina und Lejla Blicke wechseln. "Hör auf so über sie zu sprechen.
Sie ist eine Freundin, mehr nicht". Ich habe das dringende Gefühl,
Mona in Schutz nehmen zu müssen, denn sie war für mich da und ich
bin auch immer noch für sie da. Wir unterstützen uns, päppeln und
gegenseitig wieder auf. Wir haben uns in den Therapiesitzungen
kennengelernt, sie ist eine der wenigen, die versteht, wie ich mich
fühle. Weil es ihr genauso ging wie mir, nur deswegen. Und ich mag
sie, freundschaftlich eben. Nach meiner Bemerkung hält Mark
tatsächlich seinen Mund. Ich setze mich neben Lejla. Ihrem Lächeln
und unseren Beinen, die sich unter dem Tisch aus Versehen
berühren,sei Dank, fällt es mir schwer, ein Gespräch zu beginnen.
Meine Gedanken schweifen immer wieder zu Lilly ab.

Ich spüre einen harten Tritt, der knapp an der Kniescheibe vorbei geht.
Wütend schaue ich meinen Freund Mark an, der mir gegenüber sitzt.
Er nickt mir ungeduldig und auffordernd zu. Er weiß, dass ich total
auf Lejla abfahre und will, dass ich die Chance ergreife.

"So Jungs, wir gehen dann mal los. Nächste Vorlesung, ich muss den
Streber Status aufrechterhalten". Lejla lacht und die beiden erheben

sich samt Tablett und verschwinden. Ich schaue Lejla hinterher. Schaut sie noch einmal nach hinten? Yes, Jackpot!!! Erneut treffen unsere Blicke sich und ich grinse sie an. Ich sehe, wie sie ein wenig errötet, sich jedoch schnell wieder fasst und mir spielerisch die Zunge rausstreckt. Lachend drehe ich mich wieder zu meinem Tablett und konzentriere mich auf die Nachrichten meiner Jungs, Biomechanik war sterbenslangweilig – welch Wunder; in Leichtathletik sind heute Sprints und ein Test im Kugelstoßen geplant und Pascal ist beim Turnunterricht die Kniescheibe rausgeflogen und das Band gerissen. Schöne Scheiße.

"Kommt Jungs, es ist schon 11 nach, ich will nicht zu spät kommen", Ismael ist normalerweise der Überpünktliche, was wohl nicht schadet beim Leichtathletikkurs. Wir müssen uns ohnehin noch aufwärmen, ich habe keine Lust mir auch noch etwas zu reißen. Wir machen uns auf den Weg Richtung Ausgang, bis mir Lejla erneut gegenübersteht. "Falls du mal Lust hast was zu unternehmen", mit diesen Worten steckt sie mir einen Zettel in die Hand und macht auf dem Absatz kehrt. Ich falte ihn auf und finde ihre Handynummer vor. Daneben ist ein schnörkeliges "L." aufgemalt.

Völlig fertig und verschwitzt schmeiße ich meinen Turnbeutel auf den Boden meines Zimmers.

"Hallo Nadeschda", unsere Haushälterin hat sich heute vorgenommen, die Fenster blitzblank zu putzen. Ich kenne sie, seit ich denken kann. Nadeschda war von Anfang an dabei.

"Guten Tag, Fabian. Wie geht es dir?"

"Danke Nadeschda. Mir geht es gut. Wie geht es dir?"

"Heute werde ich den Rauchabzug des Kaminofens reinigen. Die Sichtscheibe glänzt schon, dann kommen du und dein Vater diese Saison wieder in den vollen Genuss des Ofens."

"Wenn ich Vater mal wieder zu Gesicht bekomme".

"Ach Fabian", Nadeschda schaut mir mitleidig in die Augen. Sie hat alles mit uns durchgestanden, hat mit uns gelitten. Als meine Mutter ging, hat auch sie ein Familienmitglied verloren. Nadeschda wohnt mit ihrem Mann in einer Großwohnsiedlung eines Plattenbaus in Marzahn-Hellersdorf und fährt jeden Tag die weite Strecke zum Wannsee, um uns zu unterstützen.

"Ich hole Lilly in einer Stunde von der Ballettschule ab. Kartoffeln mit Brokkoli und Steak stehen für dich bereit. Medium gebraten, so wie du es magst."

"Was wäre ich nur ohne dich, Nadeschda?", ich grinse ihr zu und verschwinde unter die Dusche.

Nach dem Essen nehme ich meinen Mut zusammen schreibe Lejla eine Nachricht in Whatsapp:

"Schon mal den Park Sanscoussi besucht?"

Nach nur drei Minuten antwortet sie.

"Für alles gibt's ein erstes Mal!"

"Samstag, 12 Uhr. Wir treffen uns am S-Bahnhof Charlottenburg"

Noch zwei Tage. Ich bekomme jetzt schon wieder schwitzige Hände, wenn ich an sie denke.

Ich wache mit pochenden Kopfschmerzen auf und schmeiße mir direkt eine Aspirin Tablette rein. Neben mir liegt Lilly, eng an mich gekuschelt. Heute Nacht ist sie wieder in mein Bett gekrabbelt.

"Darf ich zu dir?", sie stand in meinem Zimmer, in der Hand ihr alter Teddybär, den sie von Dad auf einem Vergnügungspark bekommen hat. Damals war Dad noch für uns da, er arbeitete zwar viel, aber er war anwesend. Jetzt besteht er nur noch aus einem Kokon, welches die Skelettmuskulatur aufrechterhält. Dad hat immer gern einige Gläser Whisky vor dem Kaminofen getrunken. Er sagte immer, je länger der Whisky reife, desto mehr verdunste er. Je älter, desto besser.

"Mein Bett hat immer einen Platz für dich frei".

Sie schlüpfte unter die Decke. Im Schlaf klammerte sich Lilly an mich und krampfte ihre kleinen Finger in meinen Oberarm. Ich lag die ganze Nacht wach und konnte kaum ein Auge zudrücken.

Als ich aufstehe, sitzt Lilly schon am Frühstückstisch, mit einem Glas Orangensaft in der Hand. Nadeschda schenkt mir ein Glas ein.

"Rührei mit Avocado für den Langschläfer und Pancakes mit Ahornsirup für die Prinzessin", sie lächelt uns freudestrahlend an. Jedes Mal aufs Neue bin ich verwundert, wie positiv ein Mensch sein kann, trotz Herkunft und finanziellen Mitteln. Seit Mums Tod weiß ich, dass Geld uns nur für den Moment glücklich machen kann. Es kann keinen Menschen ersetzen, es kann uns kein Lachen einer wichtigen Person zurückholen. Es kann keine Gesundheit kaufen, nicht wenn die Heilungschance bei unter drei Prozent liegt.

-11-

"Wer sich auf Männer verlässt, ist verlassen"

Lejla

Es ist Samstag, ich stehe am S-Bahnhof Charlottenburg und warte auf Fabi. Zuhause habe ich einmal mehr in den Spiegel geschaut, geguckt, ob alles sitzt. Ein Lächeln breitet sich auf meinem Gesicht aus. In Potsdam war ich bisher noch nicht, habe mir jedoch die beeindruckenden Fotos im Internet zum Schloss angeschaut. Ein bisschen merkwürdig ist es schon, dass ich mit Fabi einen Dreier hatte und wir jetzt einen Spaziergang geplant haben, wie ganz normale Menschen.

12.05 Uhr: Ich schaue auf mein Handy. Ich mag es nicht, auf jemanden warten zu müssen. Unpünktlichkeit hasse ich wie die Pest.

12.11 Uhr: Die Leute laufen an mir vorbei, springen in die S-Bahn. Ich schaue dem Treiben zu. Er ist immer noch nicht da.

12.18 Uhr: Mein Handy blinkt auf. Es ist eine Nachricht von ihm:

"Tut mir leid, ich kann nicht kommen. Ich erkläre es dir später".

Okay. Mal wieder ein Beweis dafür, dass man auf nichts und niemanden warten sollte. In mir steigt Wut auf. Wieso genau habe ich mich überhaupt auf das Treffen gefreut? Mehrere Gedanken schwirren mir im Kopf rum. Und wieso habe ich mich da hineingesteigert? Er ist doch nur ein Typ, der gut aussieht. Das wars.

Also, ciao Kakao.

Ich schreibe Arina eine SMS:

"Fabi ist raus aus dem Game. Was machst du heute?"

"NO WAY. Was hat er getan? Ich will alle dreckigen Details. 21 Uhr Noa Bar, Boxhagener Str.?", Arinas Antwort kommt wie gerufen.

"Freue mich!"

Ich bin froh, dass ich Arina kennengelernt habe. Sie ist mittlerweile eine richtige Freundin für mich geworden. Jemand, auf den Verlass ist. Sowas ist eine Seltenheit.

Die Bar ist mit Rauchwolken bedeckt. Hinter dem Pult steht ein DJ und legt Hip-Hop Beats auf. Ohja, Arina kennt mich immer besser. Sie sitzt unweit des DJs und tauscht mit einem Typen verschwörerische Blicke aus. Ich decke ihre Augen mit meinen Händen zu, sie hält sie fest und springt aufgeregt auf.

"Ich hab' dich vermisst, Lejla."

Arina drückt mich an sich und ich gebe ihr einen Kuss auf die Wange. Ihr Parfum von Chloé steigt mir in die Nase und schenkt mir ein vertrautes Gefühl.

"Hau raus, ich will alles wissen. Was war los mit Fabi? Ihr wolltet euch doch um 12 treffen. Wie läufts mit deinen Mitbewohnern? Was geht ab bei Julia? Hortet sie immer noch Berliner?", es sprudelt nur so aus Arina heraus. Sie schenkt dem Typen keinerlei Beachtung mehr und widmet mir ihre komplette Aufmerksamkeit. Wie immer sieht Arina fabelhaft aus, was mich nicht mehr wundert. Ich habe sie bisher noch kein einziges Mal in einem nicht zueinander passenden Outfit gesehen. Alles ist aufeinander abgestimmt, Haare, Make-Up, Kleidung. Heute trägt sie ein rotes Skaterkleid mit schwarzen Stiefeln und eine edle Designertasche.

Der Kellner schenkt uns ein sympathisches Lächeln und hebt kurz seine Augenbrauen.

"Ladies", er reicht uns die Karte und geht zum nächsten Tisch.

"Lass uns zuerst mal bestellen. Und dann will *ich* alle News zu Igor, bevor ich irgendetwas erzähle."

Wir bestellen uns eine Shisha mit Raffaello Tabak. Ich entscheide mich für den Cocktail "Blue Cobra", weil ich Curacao nicht widerstehen kann. Arina gönnt sich einen "Black Russian" - was auch sonst.

"Was soll mit Igor sein?", Arina wirft mir einen braven Blick zu.

"Wieso seid ihr eigentlich nicht zusammen?"

"Ach quatsch. Wir haben einfach ab und zu etwas, nicht mehr und nicht weniger".

Sie wirft ihre Haare nach hinten und schaut erneut den Typen von vorhin an.

"Aber du magst ihn doch, sehr sogar. Das merkt man."

"Jetzt erzähl. Was war los mit dir und Fabi?"

Ich schüttele den Kopf, Arina gibt wirklich ungern Gefühle preis.

"Er hat mich sitzen lassen", ich schaue auf den Tisch.

"Was hat er?", Arina guckt mich ungläubig an.

"Das hat er nicht getan?! Was fällt ihm ein? Dieser Bastard. Wenn der sich noch einmal in meiner Umgebung blicken lässt, dann schneit es nur so von Nackenschellen. Bah, so Typen. Das kann ich ja gar nicht ab.

Asozial. Nur weil er gut aussieht und vielleicht Kohle hat, denkt er, ihm liegt die Welt zu Füßen und er kann kommen und gehen, wann er will, oder was? Was war bitte seine Ausrede?"

Arina redet sich in Rage, ich kann ihr richtig ansehen, wie wütend sie wird. Fast schon wütender als ich.

Ich zücke mein Handy aus der Tasche und zeige ihr die Nachricht. Sie schüttelt langsam den Kopf, sie wirkt wirklich wütend.

"Hey, ist egal. Lass uns den Abend genießen. Scheiß auf Fabi. Ist doch nur ein Typ, mit dem ich ein einziges Mal was hatte, mehr nicht", ich streiche mir eine Haarsträhne hinters Ohr und lächle sie an.

Trotzdem kann ich die Gedanken nicht ganz beiseiteschieben, muss dennoch an ihn denken, auch wenn er mich sitzen lassen hat. Der Kellner stellt uns die Cocktails auf den Tisch. "Die sind aufs Haus", er zwinkert uns zu und reicht uns beiden noch einen Shot. Den habe ich wohl bitter nötig.

Arina und ich schauen uns in die Augen. "Auf unseren Mädels Abend", Cheers.

Wir verbringen den Abend in der Bar und lassen uns von unbekannten Männern Drinks ausgeben, wobei Arina immer bedacht versucht, die Drinks auf jegliche Substanzen zu untersuchen, was schier unmöglich ist. Um drei fahren wir mit dem Taxi zu Arina, die mir ihre Betthälfte abgibt, auf der ich dankbar die Nacht verbringe.

-12-

"It's not what we have, but who we have"

Winnie The Pooh

Fabi

Gerade als ich den Schlüssel in meine Jackentasche packe, ertönt das Klingeln aus der Lautsprecheranlage. Ich sehe die Silhouette einer Person vor der Tür.

Hastig öffne ich die Tür, ich bin spät dran.

Vor mir steht Mona, Tränen kullern über ihre Wangen, sie wirkt blass.

"Mona, was ist los?", frage ich sie ganz ruhig.

"Heute sind es genau sechs Monate, dass er nicht mehr da ist", ihr Blick zeigt so viel Wut und Trauer zugleich.

"Scheiße Mona", Ich nehme sie in den Arm. Sie muss nichts mehr sagen, ich weiß, wie sie sich fühlt. Ich kann und will mir nicht vorstellen, wie es wäre Lilly zu verlieren. Sie ist meine zweite Hälfte, mein ein und alles. Aber wir haben Mum verloren. Und ich weiß, wie sich Verlust anfühlt.

"Komm, komm erstmal rein. Setz dich", ich zeige auf die Couch im Wohnzimmer.

"Tee oder heiße Schokolade?"

"Ich will nichts."

"Bleib einfach sitzen", ich decke sie mit einer Kaschmir Decke zu und gehe in die Küche. Erinnerungen erscheinen vor meinem inneren Auge. Mum auf der Intensivstation. Ihre leblosen Augen. Ihre Hand in meinen, wie sie langsam den Druck nachgibt, an Wärme verliert. Ich schüttele mich, es muss weiter gehen. Ich muss stark sein, für Lilly, für mich und für Mona.

Ich bereite Mona eine heiße Schokolade mit Lavendelblüten zu und reiche sie ihr. Sie nimmt die Tasse mit zittrigen Händen an. Wir schauen uns an, wir müssen nichts sagen. Wir verstehen uns.

"Ich verstehe es einfach nicht. Ich verstehe nicht, wieso. Wieso er gehen musste. Wieso?"

Beruhigend streichle ich Monas Arm.

"Das Leben ist unfair", sage ich zu ihr.

"Ich war glücklich und traurig zugleich. War das die Bestrafung?"

"Wie meinst du das? Keiner ist an etwas schuld."

"Als sie sagten, dass ich mein Knochenmark spenden kann. Dass unsere Gewebemerkmale beinahe identisch waren. Jedoch nur beinahe. Einige Wochen später wurde mir unter Vollnarkose Knochenmark entnommen. Niemand von uns rechnete mit einer Abwehrreaktion seines Körpers. Ich weiß noch, als wir erfuhren, dass ich spenden kann. Wir alle waren glücklich, endlich ein Licht am Ende des Tunnels. Ein Licht für Tobi, und ich konnte ihn retten. Ich hab' ihm gesagt: 'Alles wird gut. Mach dir keine Sorgen'. Aber so war es nicht. Ich habe ihn angelogen, nichts wurde gut. Alles wurde nur schlimmer."

"Das tut mir leid, das wusste ich nicht. Aber Mona, du darfst dir nicht einreden, dass du schuld bist. Niemand kann etwas dafür."

Monas Körper fängt an zu beben. Es tut mir unglaublich weh, sie so zu sehen, auch meine Augen füllen sich mit Tränen.

"Du kannst nichts dafür. Wir alle können nichts dafür. Manchmal versagt die Medizin".

Ich muss selbst über meine dummen Worte den Kopf schütteln. Worte, die keiner hören möchte.

"Und das schlimmste ist, ich habe ihn gehasst, weißt du?", sie schaut mich verletzt und schuldig an.

"Du hast ihn nicht gehasst, wir hassen unsere Geschwister immer mal. Das ist normal. Und dann haben wir uns wieder lieb."

"Ich war neidisch auf ihn. Kannst du dir das vorstellen? Neidisch auf meinen Bruder, der im Krankenhaus ans Sterbebett gekettet ist, weil er zu schwach ist. Neidisch, weil er beachtet wurde und ich nicht. Weil er die Aufmerksamkeit von meinen Eltern bekommen hat, und ich nicht. Weil sich die ganze Welt nur um Tobi drehte, und nicht um mich. Als ich gute Noten nach Hause brachte, reagierte keiner. Als ich Jungs nach Hause brachte, reagierte keiner. Niemand aus meiner Familie hat sich für mich interessiert. Niemand hat sich überhaupt für etwas außer Tobi interessiert, nicht mal er selbst. Und manchmal, da hab' ich mir gewünscht, dass das ganze einfach vorbei ist. Verstehst du, ich bin schuld. Ich *wollte*, dass es ein Ende nimmt. Als wir erfuhren, dass ich Spenderin sein kann, habe ich mich so sehr an diesen Gedanken geklammert. Nicht nur, dass Tobi gesund werden würde. Ich dachte, ich hätte auch meine Eltern wieder. Ich wäre nicht mehr alleine. Ich bin schuld daran, dass die Spende nicht funktioniert hat. Ich wollte das Ende", erst jetzt fällt mir der Schnitt an ihrem Handgelenk auf. Ich nehme es in die Hand.

"*Das* ist keine Lösung für deine Probleme. Das weißt du". Sie zittert am ganzen Körper. Ich setze mich zu ihr auf die Couch und nehme sie in den Arm. Wiege ihren Körper hin und her, wie eine Mutter, die ihr

Kind in den Armen hält und vor bösen Geistern schützt. Ich kann sie so unter keinen Umständen alleine lassen. Ich dachte, wir hätten das hinter uns gelassen. Das Selbstverletzen. Die Schnittwunden. Ich dachte, es blieben die blassen Narben, ging davon aus, es würden keine neuen dazukommen. Ich dachte, sie ist über den Berg. Anscheinend sind wir alle nicht wirklich über den Berg. Alle ein wenig verloren.

So sitzen wir, bis es dämmert. Ich bestelle zwei Pizzen, die Mona nicht anrührt.

"Bitte Mona. Du musst was essen. Es ist die mit Ziegenkäse, du liebst Ziegenkäse", ich schiebe ihr das Stück hin und animiere sie zum Essen. Sie beißt ein Stückchen ab.

"Braves Mädchen", ich lächle sie an. Wir schauen uns die neue Serie "Elite" auf Netflix an. Ab und zu schläft sie ein. Sie braucht die Ruhe.

Erst als ich um 2:41 auf die Uhr schaue, denke ich schlagartig an Lejla. Ich habe ihr vorhin nur kurz eine Nachricht geschrieben, und sie wird es nicht verstehen. Wie sollte sie auch.

Am Morgen werden Mona und ich vom Geruch des frischgebrühten Kaffees wach.

"Guten Morgen, Kinder!", Nadeschda steht am Frühstückstisch und leuchtet wie die Sonne. Lilly sitzt schon angezogen und munter auf ihrem Stuhl und nippt am Orangensaft.

Ich schaue Mona an.

Tiefe Augenringe zeichnen sich in ihrem Gesicht ab. Erinnerungen an den letzten Abend.

"Lass uns frühstücken".

Die Pizzareste wurden weggeräumt, Nadeschda ist Gold wert.

"Mona, ich habe dir frische Klamotten dahin gelegt und eine Zahnbürste. Du weißt ja, fühl dich wie zuhause."

"Danke Nadeschda", Mona schaut zu ihr hinüber, wie zu einer guten Freundin.

"Du bist zu gut", dann verschwindet sie ins Badezimmer.

"Fabi? Was hat Mona?", Lilly schaut mich mit ihren großen Kulleraugen an.

"Ach nichts, Süße. Ihr ging es gestern einfach nicht so gut. Aber jetzt ist wieder alles gut". Ich nehme all' meine Kraft zusammen und forme mit meinen Gesichtsmuskeln das größte Lächeln, das in diesem Moment möglich ist.

Ich will nicht, dass sie schon am Morgen an Mum denkt.

Ich zücke nochmal mein Handy hervor. Keine Nachricht von Lejla.

"Es gibt nichts Stilleres, als eine geladene Kanone"

Heinrich Heine

Lejla

Arina ist die beste Gastgeberin, die ich kenne. Ich frage mich, wie fit ein Mensch morgens sein kann. Sie trällert ein Lied vor sich hin, das mir bekannt vorkommt. Arina trägt ein rosafarbenes Top aus Seide und passende Shorts, die sich eng an ihren Po schmiegen. Sie stellt das Frühstückstablett auf dem Bett ab

"Bedien' dich. Kaffee, O-Saft, Tee? Ich habe den guten alten schwarzen Tee, wir trinken ihn immer mit Milch."

Mir läuft das Wasser im Mund zusammen. Rührei mit Bacon und Avocado, dazu eine Mischung aus Kürbis- und Sonnenblumenkernen, Sesam-Bagels, Aufstriche, frisches Obst und herrlich duftende Bananen-Pancakes, die Arina mit einem Topping aus Agavendicksaft und Kokosflocken serviert hat.

"Wow, du bist meine Traumfrau", zwinkere ich ihr zu. Die Frau kann sich nicht nur anziehen wie ein Superstar, sie ist auch noch ein Eins-A-Sternekoch, was will man(n) mehr?

Erneut sehe ich mein Handy aufblinken. Arina schnappt es sich und runzelt die Stirn.

"Der Typ lässt nicht locker".

"Fabi?"

"Wer denn sonst? Antworte ihm. Vielleicht hatte er 'ne gute Ausrede, wobei ich nicht weiß, wie man so eine heiße Frau wie dich stehen lassen kann."

"Vielleicht ist das seine Masche oder so"

"Nein Lejla. So wie er dich angeschaut hat... Er mag dich."

Arina schaut mich ernst an und ich muss ein wenig grinsen. Das Grinsen verfliegt in Sekundenschnelle, denn er ist nicht aufgetaucht. Ich schnappe mir mein Handy, Whatsapp zeigt drei ungelesene Nachrichten an. Ich lege mein Handy wieder zur Seite.

Am Universitätseingang befinden sich Flyer der nächsten Veranstaltungen. Unter anderem die nächste Spowi-Party, Motto ist diesmal eine Neon-Party.

Jemand tippt mir auf die Schulter.

"Na Lejla, bist du am Start?", ich drehe mich um und sehe meinen Mitbewohner Mark, den ich schon lange nicht mehr zuhause gesehen habe. Wahrscheinlich liegt das daran, dass ich selbst ständig unterwegs bin.

"Wir werden sehen", ich zwinkere ihm zu.

"Du gehst mit der üblichen Bande hin?"

Auf der Stelle taucht Fabi in meinen Gedanken auf. Ich schiebe den Gedanken beiseite. Was will ich von dem Typen?

"Na, klar. Der harte Kern, du weißt ja. Willst du dich anschließen? Wir würden uns alle freuen."

"Danke für das Angebot, ich frag mal Arina."

"Über die würden wir uns natürlich auch alle freuen."

"Finger weg, du bist sonst zum Scheitern verurteilt."

"Das werden wir ja sehen", Mark zeigt seine Zähne und gibt ein lautes Lachen von sich.

"Pass auf, nicht dass du dich verbrennst. Wir sehen uns zuhause, ich muss los."

Zwei Stunden später sende ich Arina eine Nachricht: Donnerstag, Spowi Party?

Arina: Motto?

Ich: Neon Party *schmunzel*

Arina: …da bekomme ich Augenkrebs von

Ich: Komm schon, das wird lustig. Raus aus der Komfortzone und so .

Arina: Wir brauchen MEHRERE Stunden zum Vortrinken. Mit ein bisschen Vodka sieht die Welt schon ganz anders aus .

Ich grinse. Ich wusste, sie lässt mich nicht im Stich

Ich: Abgemacht!!!

Abends liege ich zusammengerollt in meinem kuscheligen Bett mit violetten Blumenmustern auf der Decke. Routiniert fasse ich unter mein Kissen, um nach dem Medaillon meiner Oma zu greifen, doch ich greife ins Leere. Ich lege das Kissen zur Seite und sehe – nichts. Kein Medaillon. Ich frage mich, ob ich es verlegt habe. Ob es mein Schlafen letzte Nacht weggerollt ist. Ich stelle mein Zimmer auf den Kopf, hebe Matratze samt Lattenrost an, durchsuche den Boden.

Schaue sogar in all' meinen Hosentaschen, obwohl ich weiß, dies ist zweckfrei. Ich weiß, dass mein Medaillon immer unter meinem Kissen liegt. Er ist mein Anker zu meiner Familie. Mein Anker, um den Boden unter mir zu spüren, wenn er mir doch mall wegrutscht. Meine Zuflucht in den nächtlichen Tiefschlaf. Jeden Abend halte ich das Medaillon in der Hand und denke an etwas Gutes, das mir süße Träume beschert.

Ich versuche mich nicht hineinzusteigern. Am helllichten Tag lässt es sich bestimmt besser finden.

Ich hatte einen tollen Tag. Elisa und ich waren den ganzen Tag am Strand und haben mit den Jungs Volleyball gespielt. Wir beide mussten so lachen, dass sich unsere Mägen verkrampft haben. Das ist bei uns Normalität. Ich komme nach Hause und finde Abel wieder, er sitzt auf dem Küchenstuhl und injiziert sich eine Spritze.

"Was machst du da?" schreie ich ihn an.

"Komm runter, das ist nur Testo."

"Ist das dein fucking ernst?"

"Lejla, lass mich."

Er schaut mich an, seine Augen sind blutgerötet. Sie machen mir Angst. Schweißperlen bilden sich auf seiner Stirn. Ich erkenne ihn kaum wieder.

"Wieso machst du das? Du brauchst kein Testosteron. Du hast mehr als genug. Hast du dich mal über die Nebenwirkungen informiert?", doch es bringt nichts. Nach jedem Testosteron Schub, merke ich, wie sein Aggressionslevel ums doppelte ansteigt und ich auf der Hut bin.

Und plötzlich höre ich ein Wimmern, ganz leise nur. Ich gehe wieder in die Küche und schaue auf den Mann, der mir vor einiger Zeit noch so perfekt erschien.

"Ich habe sie umgebracht."

Mein Herz pocht mir bis zum Hals. Ich gehe zwei Schritte auf ihn zu, am liebsten würde ich jedoch vier Schritte zurück gehen. Abstand halten.

"Was redest du denn da? Du hast keinen umgebracht."

Und dann erzählt er. Vom Gaza-Streifen. Von dem Kind, dass er abgeschossen hat, da er dachte, es hätte Sprengstoff in seinem Rucksack. Von der Familie, die hinter dem Kind hergerannt ist. Weil er in Trance war. Sich retten wollte. Von Köpfen, die über den Boden gerollt sind. Und er packt ein Fotoalbum aus, zeigt mir Bilder. Von rollenden Köpfen, von Toten, die versammelt auf dem Boden liegen. Übelkeit steigt in mir auf. Ich renne auf die Toilette und muss mich übergeben. Brocken vom Frühstück bahnen sich ihren Weg durch meine Speiseröhre und landen in der Kloschüssel. Ein kalter Schauer durchfährt mich. Ich bekomme die Bilder nicht mehr aus meinem Kopf.

"Ich wusste, ich hätte es dir nicht zeigen sollen", er schlägt mit der Fast gegen die Badezimmertür, aus der ich gerade noch herausgekommen bin. Etwas knackt. Die Tür ist nicht nur verformt, sich hat ein Loch.

"Scheiße, was tust du da?", schreie ich ihn an.

Hat er den Verstand verloren?

Er hält sich die Hände vors Gesicht. Lacht ein bisschen. "Das wolltest du doch. Ich habe es verdient, nicht wahr?"

Ich gehe zu ihm und nehme seine Hand in meine, sie ist warm und pocht.

"Beweg sie mal."

"Au Verdammt."

Ich schaue mir seine Hand genauer an, innerhalb von einigen Minuten hat sich schon ein großer Bluterguss auf seiner Hand gebildet. Ich hole Eis, wickle es in ein Handtuch und packe es ihm auf die Hand.

"Ich rufe einen Notarzt"

"Nein, verdammt."

"Dann fahren wir jetzt eben ins Krankenhaus"

"Ich bandagiere mir das selbst"

Ungläubig schüttele ich den Kopf. Erneut fängt er an zu wimmern, seine gebrochene Hand in der gesunden.

-14-

"Everything in the world is about sex except sex. Sex is about power."

Oscar Wilde

Lejla

Nach zwei Tagen ist das Medaillon leider immer noch nicht aufgetaucht. Das Gegenteil ist eingetreten. Die Pfanne, die ich mir vor ein paar Wochen bei TK Maxx kaufte, weil hier keine der Pfannen gebrauchsfähig ist, ist nun auch nicht mehr an Ort und Stelle. Als ich Julia morgens mal wieder in der Küche begegne, frage ich sie, ob sie die Pfanne gesehen hat.

"Nein, wo soll sie schon sein", antwortet sie.

Immer häufiger bekommt Julia Besuch von unterschiedlichen Menschen aller Art, überwiegend Frauen, die bis tief in die Nacht bleiben. Nein, eigentlich sind sie auch am Morgen noch da. Nachts veranstalten sie große Feste in Julias Zimmer. Mein Kopf malt sich Orgien aus, bei denen sie gemeinsam ihr Gruppen-Vergnügen ausleben.

Eines Tages taucht neben Julia auch noch Eva in der Küche auf. Sie trägt einen Damenbart, der nicht zu übersehen ist. Ich versuche mich zusammenreißen, mein Blick schweift jedoch wie von selbst alle paar Sekunden auf die Haare über ihren Lippen. Sie steht unsicher im Türrahmen und wartet auf Julia, die Spiegeleier zubereitet. Mittlerweile frage ich mich, was in dieser Wohnung vor sich geht.

Als ich nachmittags von der Uni nach Hause komme, ist die Bude menschenleer. Was jedoch geblieben ist, ist Konfetti. In der gesamten Wohnung. Die Party hatte am Morgen wohl doch noch kein Ende gefunden. Ich muss schmunzeln, hatte Julia vielleicht Geburtstag und ich habe zu Unrecht schlecht über sie gedacht? Ich habe ihr nicht einmal gratuliert. Entgegen aller moralischen Grundsätze kann ich es doch nicht lassen und öffne die Tür einen Spalt. Ein merkwürdiger Geruch steigt mir in die Nase, es ist kein Gras – ich weiß zu gut, wie Gras riecht. Ich kann diese Ausdunstung des Zimmers jedoch nicht identifizieren und traue mich hinein. Ganz leise, ganz flink. Ich weiß, dass das was ich tue, falsch ist. Und doch kann ich es nicht lassen, bin zu neugierig, was mich hier erwartet. Auf dem Couchtisch liegen zwei Bücher, ich schaue mir eins davon genauer an.

"Schlampen mit Moral: Eine praktische Anleitung für Polyamorie, offene Beziehungen und andre Abenteuer", steht auf dem Cover des Buches. Ich drehe das Buch in meinen Händen um und schaue mir den Klappentext genauer an:

"Warum nur eine(n) lieben, wenn man sie alle haben kann?

Liebe und Sex machen glücklich – darum sollte jeder so viel wie möglich davon haben. Und zwar nicht nur mit einem Partner. Die Beziehungspioniere Dossie Easton und Janet Hardy zeigen, wie man erfolgreich – und moralisch einwandfrei – polyamor leben kann.

Wichtig dabei: offene Kommunikation, emotionale Ehrlichkeit und die richtige Verhütung. Ob Single oder in einer Beziehung, einfach einmal ausprobieren oder schon voll dabei – dieses Buch hilft Ihnen, Liebe und Nähe in einem Ausmaß zu entdecken, das Sie sich nicht zu erträumen gewagt hätten, und liefert dabei Antworten auf ganz grundlegende Fragen:

-Welche Hindernisse stehen meinem erfüllten Sexualleben im Weg?

-Wie muss ich mit Eifersucht umgehen?

-Mit welchen Problemen muss ich als Schlampe mit Moral rechnen?

-Wie bekomme ich im Bett, was ich will?

Die Zeiten, in denen es anrüchig war, mehr als einen Menschen zu lieben und zu begehren, sind mit diesem Buch endgültig vorbei – für Männer und für Frauen."

Hastig lege ich das Buch wieder zurück auf seinen Platz und verlasse das Zimmer. Das ist mir dann in dem Moment doch zu viel Liebe auf einmal.

Zwei Tage später befinde ich mich in demselben Szenario. Julia steht in der Küche und bereitet sich und ihrer Freundin Eva mit dem auffälligen Damenbart Spiegeleier in der Pfanne zu. In meiner Pfanne.

"Morgen, das ist doch meine Pfanne. Wo hast du die gefunden?", frage ich sie perplex. Ich habe die kompletten Küchenschränke abgesucht, die Suche verfiel jedoch ins Leere.

"Heyho, ich hab' sie in meinem Bett gefunden", antwortet Julia ganz entspannt, während sie mit dem Pfannenwender hantiert.

"In deinem Bett?", frage ich ungläubig.

Sie geht nicht weiter darauf ein und trällert irgendein Lied, während Eva sie ganz verliebt anschaut.

Angeekelt verlasse ich die Küche und mache mich fertig für den Tag. Raus aus dieser Wohnstätte, die für mich einen stetig wachsenden bitteren Beigeschmack erhält.

-15-

"Wenn dir's in Kopf und Herzen schwirrt,

Was willst du Bessres haben!

Wer nicht mehr liebt und nicht mehr irrt,

Der lasse sich begraben"

Johann Wolfgang von Goethe

Lejla

Mark besorgt für die Neon Party unterschiedliche Neon-Sticks, ich habe sogar Neon Make-Up entdeckt und so machen wir uns gemeinsam mit Arina in Marks Zimmer fertig, der muffige Geruch ist nur noch leicht wahrnehmbar.

Während Arina und ich uns die Neon Farbe ins Gesicht klatschen, bereitet Mark eine Bong für uns drei zu. "Mit dem besten Zeug aus Amsterdam", prahlt er stolz.

Ich höre ein Klopfen am Fenster, dann erscheinen Ismails und Fabis Köpfe.

"Herein in die gute Stube", Mark öffnet das Fenster und lässt sie hineinklettern. Den Sinn vom Fenstereingang habe ich immer noch nicht ganz verstanden.

"Hey Mädels!", Fabi umarmt erst mich, dann Arina. Sein Duft steigt mir in die Nase und blendet den Haschischgeruch für einen Moment komplett aus. Danach umarmt er Arina und setzt sich neben uns. Als wäre unser geplatztes Treffen nie existent. Auch Ismail schenkt uns eine Umarmung, danach sitzen wir alle im Kreis und rauchen nacheinander die Bong. Ismael hat es auf Arina abgesehen, die eine Anleitung für das Rauchen von den erfahrenen Konsumenten erhält, während Fabi und ich einander betrachten.

Ich bin so stoned, ich könnte ihn stundenlang anschauen. Meine Augen fühlen sich so groß an, ich würde am liebsten die ganze Welt umarmen, und Fabi. Er ist so schön, da läuft mir Glatt der Sabber runter. Und tatsächlich spüre ich etwas Nasses auf meinem Shirt. Ich schaue entspannt runter und entdecke meinen Speichel darauf. Ich bin so drauf, dass ich ihn entspannt wegwische, passiert. Während Arina den zweiten Hustenanfall erleidet gehe ich zu ihr und lege meine Arme um ihren Rücken.

Ich bin ganz vernarrt in meine süße, wunderschöne, kluge, reizende Freundin.

"Arina, du bist ein Traum", ich gebe ihr einen Schmatzer auf die Wange.

Mark dreht die Musik an und ich fange an, mich im Raum zu bewegen, spüre einen richtigen Kick in mir, im nächsten Moment wird mir fast schon übel und alles dreht sich. Ich halte mich an Marks Schrank fest. Es scheint, als würde der Schrank sich bewegen, auf mich zulaufen.

"Komm Lejla, setz dich rein zu mir, bei mir ist es warm und gemütlich", flüstert der Schrank mir zu. Ich versuche mich auf das Sofa zu setzen, doch der Schrank legt seine Hände um meine Hüften und hält mich fest.

"Lejla, seit wann sprichst du mit Möbelstücken?", fragt Fabi mich irritiert.

"Alles okay bei dir?", Fabi nimmt meinen Arm und hilft mir, mich auf das Sofa zu setzen.

"Mehr als okay", er nimmt meine Hand in seine und umkreist mit seinen Fingern meine Handinnenfläche. Mir wird ganz warm. Ich merke, wie mir die Hitze in den Kopf schießt. Vom Weed? Von Fabi? Ich weiß es nicht. Alles in meinem Kopf ist durcheinander und doch schön, genauso, wie es gerade ist. Fabi sieht so schön aus, seine Haare liegen perfekt, ich will meine Hände durch seinen Kopf streichen, seine Hand in meine nehmen, seinen Körper berühren. Ich atme seinen Duft ein, vermischt mit dem Weed, er riecht so verdammt gut.

Ich lege meinen Kopf auf Fabis Schulter und verharre in der Position, bis die anderen den Alkohol auspacken und wir beginnen, Runde für Runde die Gläser zu kippen.

"Alkohol und Gras, na wenn ich das mal heute Nacht nicht bereue", sagt Arina.

"Ich pass auf dich auf, Babygirl", ich puste Arina eine Kusshand zu. Der imaginäre Kuss wandert wie eine verführerische, sinnliche Wolke über den Glastisch auf Arina zu, den sie mit ihrer Hand auffängt und sich ans Herz hält.

"Ich werde ihn für immer wahren", Arina grinst mich an.

"Und was ist mit uns?", fragt Mark

"Ihr *alle* kriegt was von unserer Liebe ab", Arina und ich grinsen über beide Ohren und verteilen an die Jungs Luftküsse, während Fabis Hand auf meinem Oberschenkel verweilt und ich alle fünf Sekunden Hitze in mir aufkommen spüre.

"Los Leute, in fünf Minuten kommt die S-Bahn", Ismail spielt heute mal den vernünftigen, was bei unserem Alkoholpegel vielleicht gar keine so schlechte Idee ist. Nicht zu vergessen das Weed, das mein Herz vorhin höherschlagen lassen hat und mich quasi in ein anderes Paralleluniversum versetzt hat. Mit Fabis Hand auf meinem

Oberschenkel. Ich stelle mir vor, wie seine Hand weiter hoch gleitet, ganz langsam, vorsichtig. Mich auf die Probe stellt, lass ich es zu, schiebe ich sie weg?

Meine Gedanken werden von Arina unterbrochen, die mir meine Stiefel hinhält. Dankbar nehme ich sie an und zieh' sie mir über. Arina und ich tragen heute einen Rock, kombiniert mit einem Top, das unsere weiblichen Rundungen stark betont. Dazu ist unser ganzer Körper voller Neon Farbe, wir SIND, wenn man so will, das Neon Licht.

Wir warten in einer Schlange vor dem Hauptgebäude und treffen die komplette Bande von Mark, Ismail und Fabi.

Nachdem ich der Frau an der Kasse fünf Euro zuschiebe und mir ein großer breiter Mann einen Stempel auf die Hand drückt, befinde ich mich inmitten von Neonlichtern und Leuten in meinem Alter. Einige sind jünger, es gibt jedoch auch viele, die etwas älter sind. Während Ismail unsere Jacken packt und sich damit an der Garderobe anstellt, steuern Arina, Fabi und ich umgehend die Bar an und ordern uns ein Bier.

Wir bewegen uns zielgerichtet auf die Tanzfläche zu und schmeißen unsere Taschen in die Mitte. Arina ich fangen sofort an zu tanzen. Ich merke, wie Fabi mich von der Seite anschaut, tue so, als würde ich es jedoch nicht im Geringsten bemerken. Gebe mir besonders viel Mühe bei meinen Bewegungen, lasse mein Haar nach hinten fallen und vergesse ihn um mich herum dann doch. Weil ich genieße. Das Leben. Die Musik. Das Hier und Jetzt. Arina grinst mich an und ich lächle zurück, freudestrahlend.

"Du musst mir jetzt unbedingt einige Moves beibringen", schreit Arina mir ins Ohr.

"Also gut, komm". Ich stelle mich hinter sie und packe meine Hände an ihre Hüfte. Ich warte auf den Beat und bewege unsere Hüften gleichzeitig erst nach links, dann nach rechts. Ich stehe dicht hinter ihr und rieche ihr Shampoo. Dann bewegen wir uns gemeinsam runter, bis wir in der Hocke sind. Ich merke, dass sie nicht ganz so stabil in der Position ist und halte ihre Hüfte dicht an mir fest, so gut es noch gut. Um uns hat sich ein kleiner Kreis gebildet, der immer größer wird. Wir sind die Attraktion des Abends, zumindest der Männer. Die Frauen sind wahrscheinlich am Tuscheln, was uns nicht wirklich interessiert. Ich stehe noch immer hinter Arina und gebe ihr einen Kuss auf den Hals, sie presst ihre Hüften dichter an meine und streicht meinen Arm, nimmt meine Hand. Wir drehen uns wieder einander zu und tanzen das Lied zu Ende, bis mich Arina am Arm packt.

"Lass uns ein Bier holen."

Ich grinse Fabi zu, dann verschwinden wir von der Tanzfläche. Ich merke, wie er uns hinterher schaut.

Arina und ich besorgen uns noch ein Bier und gehen damit Richtung Sitzbank, um eine kleine Pause einzulegen.

"Du siehst toll aus, Lejla", haucht Arina mir ins Ohr.

Ich muss grinsen. "Du bist die absolute Granate", flüstere ich ihr zurück.

Jetzt ist es Arina, die anfängt, mir sanfte Küsse auf dem Hals zu verteilen. Immer höheren Druck aufbaut, höher wandert, bis sie wieder an meinem Ohr ankommt und ich ihren Atem daran spüre. Ich kann nichts dagegen tun, mein Höschen wird feucht. Obwohl es doch Arina ist, meine beste Freundin.

Arinas Lippen sind leicht geöffnet, während sie mich anschaut. Wir lachen nicht mehr, doch unsere Blicke sprechen Bände. Arina schaut zuerst in mein eines Auge, dann in das andere, bis sie verführerisch ihren Blick auf meine Lippen senkt, die ich unbewusst leicht beiße. Sie kommt näher. So nahe, dass unsere Nasenspitzen sich berühren. Ich atme ihren Duft ein und spüre ihre Lippen auf meinen, öffne sie, lasse sie mit ihrer Zunge in mich hineintauchen, umkreise mit meiner Zunge ihre, wir wandern von meinem zu ihrem Mund, spielen Spiele darin. Sie knabbert an meiner Lippe und mir wird so heiß, dass ich das Gefühl habe, den Boden unter mir zu verlieren. Wir lösen uns langsam voneinander und geben uns erneut einen langen Kuss auf den Mund.

"Das hat Spaß gemacht", lächelt Arina mich verschmilzt an.

"Und wie, mit dir war es ja fast noch besser"

"Ach, das war dein erster Kuss mit einer Frau?", fragt mich Arina ungläubig.

"Wieso hast du das nicht gesagt, dann hätte ich direkt noch 'ne Schippe draufgelegt". Arina schaut mich ungläubig an.

"Es war perfekt", ich muss lachen.

"Na wenn das so ist, meine Liebe, dann hast du noch einiges zu lernen. Und ich werde selbstverständlich dein treuer Lehrer sein". Arina grinst mir zu und wir gehen zurück zu den Jungs auf die Tanzfläche.

Nach drei Stunden haben sich Blasen auf meinen Füßen gebildet, die ich gekonnt ignoriert habe, bis jetzt.

"Für euch, die Partyqueens des Tages", Fabi reicht mir und Arina eine Flasche Bier.

Die wievielte es ist, kann ich mir selbst nicht beantworten.

"Ich glaub ich brauch 'ne Pause".

"Och komm schon, das Lied ist erste Sahne", Arina schaut mich mit ihrem entzückenden Schmollmund an, während Ismail sich ihre Hand greift und sie über die Tanzfläche wirbelt.

Ich grinse, sie wird schon ohne mich auskommen. Mit einem Zwinkern wende ich mich Richtung Bar und lasse mich auf den Hocker plumpsen.

"Was dagegen, wenn ich dir Gesellschaft leiste?", Fabi steht vor mir und schenkt mir sein schönstes Lächeln.

"Tu dir keinen Zwang an", ich grinse ihn schief an, der Alkohol steigt mir in den Kopf. Ich muss mich beherrschen, sage ich mir.

"Hey das mit letztens..."

"Dass du mich sitzen gelassen hast ?!", unterbreche ich ihn.

"Es tut mir wirklich leid, das war nicht meine Art, wirklich nicht. Es gab Gründe".

Fabi schaut mich ernst an.

"Ach ja, Gründe, um ein Mädchen sitzen zu lassen. Das war echt nicht so die feine Art. Du hättest mir auch einfach *vorher* sagen können, dass du kein Interesse an dem Treffen hast, dann hätte ich mir nicht die Füße beim Warten vertreten müssen."

Ich werde leicht zickig und betone das "vorher", indem ich das Wort in die Länge ziehe.

"Kein Interesse? Lejla, du weißt genau, dass ich auf dich stehe."

Ich schaue etwas schüchtern von meinem Inhalt des Biers auf Fabi, dessen Wangen eine leichte Röte annehmen.

"Ach, tust du das, ja?", necke ich ihn.

"Und wie. Das wird nicht wieder vorkommen. Großes Indianer Ehrenwort", während er die letzten Worte ausspricht fängt er an, sich um die eigene Achse zu drehen, sinkt vor mir auf die Knie und gibt merkwürdige Indianerlaute von sich.

"Was zur Hölle?", ich fange an zu lachen und mustere ihn etwas irritiert.

"So betrunken kannst du nicht sein."

"Das ist so ein Ding von mir und meiner Schwester, jedes Mal, wenn wir uns etwas Versprechen machen wir daraus so ein Indianerding. Sie liebt Indianerkostüme, an Fasching verkleiden wir uns immer gemeinsam als Indianer und sammeln Süßigkeiten."

"Du hast eine Schwester? Das wusste ich gar nicht. Wie schön, wie alt ist sie, wie heißt sie, wie ist sie so?"

"Es gibt vieles, was du nicht weißt", Fabi zwinkert mir zu.

"Lilly ist fünf, sie kommt bald in die erste Klasse!", verkündet Fabi stolz.

Seine Augen haben dieses ganz besondere Funkeln, während er von seiner Schwester erzählt, dabei strahlt er so viel Liebe aus, dass ich fast schon neidisch werde. Ich wollte schon immer einen großen Bruder haben, der mich vor Ungeheuern beschützt, oder vor asozialen Typen, die mir ganz zufällig einen Klaps auf den Po mitten auf der Straße geben.

"Woran denkst du? Hast du Geschwister?", Fabi holt mich wieder aus meinem Gedankenfluss heraus und sieht mich fragend an.

"Nee, Einzelkind", antworte ich, während ich mit den Schultern zucke.

"Sagt Cheeeeeese", vor uns steht ein Typ mit einer riesiegen Kamera in der Hand.

Fabi legt seinen Arm um mich und wir beide grinsen wie zwei Wahnsinnige in die Kamera. Der Typ reicht uns noch einen Flyer von dem Spowi Fachschaftsrat mit dem Link, wo wir die Bilder finden können. "Besser nicht", denke ich mir, da ich keine Ahnung habe, wie betrunken ich in Realität schon aussehe. Andererseits frage ich mich "jaaaaaa, wann kann ich es endlich sehen?".

Um fünf Uhr sind wir alle ziemlich platt.

"Leute, holen wir uns noch einen Döner?", fragt Mark.

Wir alle schauen ihn an, als könnte er Gedanken lesen. Mir läuft jetzt schon das Wasser im Mund zusammen.

Wir sitzen zu fünft beim Dönerimbiss und genießen unseren Döner, dabei sehen wir alle so glücklich aus, dass es schon wieder lustig ist.

"Will jemand noch was von meiner Dönerbox haben? Ich hätte mir eine kleine nehmen sollen", sagt Arina, während sie sich die Arme um ihren Bauch hält.

Mark und Fabi ziehen die Box in Sekundenschnelle zu sich, als hätten sie auf nichts anderes gewartet, als die Reste der Dönerbox mit Knoblauchsauce und Extrafleisch zu inhalieren. Um sechs Uhr verabschieden wir uns voneinander.

"Der Abend schreit nach Wiederholung", Mark schmeißt die Hände in die Luft und wir umarmen uns alle zum Abschied. Als ich vor Fabi stehe, drückt er mir einen Kuss auf die Wange. Sein Mund wandert zu meinem Ohr und alles in mir beginnt zu vibrieren.

"Es war schön mit dir", haucht er mir ins Ohr.

So schnell wie er bei mir war, so schnell löst er sich auch von mir und verabschiedet sich von den anderen.

Mark, Arina und ich schlendern in Richtung WG, während die Jungs sich auf ihren Nachhauseweg machen.

Wir trällern "Girls just wanna have fun" und sogar Mark stimmt dem Lied mit ein.

Zuhause liegen Arina und ich in meinem kleinen 9qm²-Zimmer auf dem Bett und lassen den Abend Revue passieren. An Schlaf ist nicht zu denken, davon sind auch die Vögel überzeugt, die die Menschheit mit ihrem Gezwitscher nun auch schon wieder aufwecken wollen. Als draußen der Tag längst angebrochen ist und Arina neben mir wie ein Baby ihren Rausch ausschläft blinkt mein Handy.

Ich hoffe es ist Fabi und yes – Jackpot.

"Heute Lust auf einen Spaziergang? 14 Uhr Bahnhof Grunewald?"

Ich grinse über beide Ohren und antworte ihm zwei Minuten später "Bin dabei ."

Hoffentlich kann ich noch etwas schlafen. Ich weiß nicht, ob der beste Concealer der Welt diese Ringe unter den Augen noch retten kann.

16

"Das Leben ist kurz, weniger wegen der kurzen Zeit, die es dauert, sondern weil uns von dieser kurzen Zeit fast keine bleibt, es zu genießen."

Jean-Jacques Rousseau

Lejla

Um 12 Uhr liegt Arina immer noch halb tot in meinem Bett und rührt sich nicht. Der Abend hat uns allen wohl ganz schön viel zugemutet, was mich natürlich nicht von meinem Mittagsspaziergang abhält. Und ein bisschen frische Luft wird mir bestimmt auch ganz guttun. Ich sehe wie mein Handy vibriert, schnappe es mir und schleiche leise im Pyjama aus dem Liliputaner-Zimmer.

"Hallo Mama", ich muss grinsen. Wir haben seit zwei Wochen nicht mehr telefoniert.

"Hallo Lejla, wie geht es dir? Was macht die Uni? Hast du noch neue Leute kennengelernt?"

"Mir geht's gut Mama, es ist schön deine Stimme zu hören", sage ich ihr ehrlich. Ein bisschen schmerzt es sogar und mir fällt auf, ja mir geht es gut hier, aber sie fehlt mir auch.

"Die Uni läuft gut und die Leute sind der Wahnsinn, gestern waren wir auf einer Neon Spowi Party mit den Jungs und mit Arina. Der Abend war suuuuuper. Es hat so viel Spaß gemacht und wir waren erst um fünf oder sechs zuhause", lache ich ins Telefon.

"Spo - was?", fragt meine Mutter etwas verdutzt.

"Spowi, Sportwissenschafter. Da gab es so eine Neon Party und wir haben uns alle mit Neon Farben bemalt. Das war mega witzig."

"Das klingt doch nach einem erfolgreichen Abend, schick mir unbedingt Fotos! Eitan und ich fahren jetzt los ans Meer, hab dich lieb."

"Tschüss Mama, ich dich auch", ich beende das Telefonat und freue mich, ihre Stimme gehört zu haben. Sofort muss ich an meine Freunde aus Israel denken, ans Meer, an Tel Aviv. An die Granatapfel Smoothies an den Ständen, unsere wilden Partynächte.

Ich schiebe die Gedanken beiseite und fange an, mich zurecht zu machen. Ich will nicht unbedingt wie eine Schnapsleiche ankommen. Anschließend tupfe ich meinen burgunderfarbenen Lippenstift mit dem Finger auf meinen Mund, tusche meine Wimpern mit einer Mascara, die ich auf Arinas Empfehlung vor einigen Tagen bei Douglas in der Miniversion ergattert habe, bürste durch meine Augenbrauen durch und fülle ein paar Lücken mit einem Stift auf. Danach gebe ich noch etwas Rouge auf meine Wangen und siehe da, ich sehe gar nicht mehr so mitgenommen aus, wie ich dachte.

Schnell wechsle ich mein Outfit und schnappe mir meine Tasche. Dann hinterlasse ich Arina einen kleinen Zettel neben ihrem Kopfkissen: "Bin mit Fabi unterwegs . Bedien dich an meinem Drittel des Kühlschranks - sorry, diesmal kein Gourmetfrühstück, mach ich wieder gut! Hab dich lieb. L." - sobald sie Fabis Namen liest, wird sie über das Frühstück hinwegsehen. Am Bahnhof Grunewald sehe ich Fabi mit einem kleinen blonden Mädchen in der Hand stehen. Sie sieht aus wie ein Engel mit Goldlöckchen und ich bin jetzt schon ganz verliebt in sie.

"Du bist Lilly, oder?", ich knie mich zu ihr runter und gebe ihr meine Hand. Ihre Hand ist ganz klein, im Vergleich zu meiner.

"Sorry. Ich wollte dir nicht noch einmal kurzfristig absagen. Nadeschda konnte heute nicht kommen, weil ihre Schwester ihr einen spontanen Besuch abgestattet hat. Da dachte ich, sie sollen den Tag mal gemeinsam genießen."

"Wer ist Nadeschda?", unterbreche ich Fabi.

"Unsere Nanny", trällert Lilly.

"Nadeschda ist unsere Haushälterin, sie ist quasi ein Familienmitglied. Sie kennt uns schon seit wir klein sind."

"Ihr habt eine Haushälterin?", schaue ich ihn verdutzt an.

Fabi hebt leicht die Schultern, das Thema scheint ihm sichtlich unangenehm zu sein.

"Naja, jedenfalls konnte heute keiner mit Lilly daheimbleiben. Der Kindergarten hat zwar auch Optionen für Samstagsbetreuung, aber da geht gerade eine Läuseepidemie rum, das wollen wir nicht riskieren", lachend schaut er zu Lilly.

"Ich bin froh, LIlly kennenzulernen", sage ich, während ich die Kleine angrinse.

Wir starten unseren Waldspaziergang und wieder einmal bin ich erstaunt von so viel Grün in Berlin. Ab und zu stoßen wir auf ein paar andere Spaziergänger mit ihrem Hund, das wars das aber auch schon.

"Können wir auf den Teufelsberg?", fragt Lilly aufgeregt.

"Teufelsberg? Was ist das?", frage nun auch ich.

"Noch nie von gehört? Früher war es eine US-amerikanische Abhörstation. Heute ist es sowas wie eine riesige Aussichtsplattform über ganz Berlin."

"Klingt nach einem Besuch wert", Lilly und ich schauen Fabi begeistert an.

"Die Sache hat nur einen Haken, das Gelände ist im Moment noch gesperrt, also müssen wir diesen Ausflug leeeeeider verschieben."

"Schade, ich hätte es gerne mal besucht", sage ich etwas enttäuscht

"Och nö", Lilly bildet einen Schmollmund und schaut zum Boden.

"Wie wäre es mit dem Teufelssee? Es ist zwar nicht mehr ganz so warm, aber definitiv ein schöner Ort, um dort etwas zu entspannen. Und wir haben eine Decke mit."

Fabi klingt vorbereitet und Lilly und ich sind leicht zu begeistern.

Als wir beim Teufelssee ankommen, kann ich meinen Augen kaum glauben.

"Wow, das ist atemberaubend"

"Sagt die, die am Meer wohnt", grinst Fabi mir zu.

"Du wohnst am Meer?", Lilly schaut ungläubig abwechselnd Fabi und dann wieder mich an.

"Können wir Lejla besuchen, am Meer?", fragt sie Fabi, während sie an seinem Pullover zieht.

"Lejla ist ja erst einmal hier, also zeigen wir ihr doch einfach, wie schön Berlin ist, Süße!"

Lilly will sich nicht mit der Antwort zufriedengeben, hüpft jedoch weiter durch die Gegend rum.

Der Teufelssee befindet sich mitten im Wald und ist umgeben von vielen Bäumen. Ein paar Familien sonnen sich mit ihren Kindern und es fühlt sich an, als wären es 36°, obwohl es vielleicht nur noch 22° sind, was die Familien nicht zu stören scheint. In der Mitte des Sees befindet sich ein kleiner Steg, auf dem ein paar nackte Opas liegen. FKK- wie sie leibt und lebt. Fabi breitet eine Decke auf dem Gras aus und erst jetzt fällt mir auf, dass er einen Rucksack bei sich hat. Nach und nach gesellen sich auf der Decke frische Brötchen, deren Geruch mir in die Nase steigt, Wurst, drei unterschiedliche Sorten von Käse, Weintrauben, Erdbeeren.

"Du bist unglaublich!", mit großen Augen schaue ich Fabi an, damit hätte ich ehrlich gesagt nicht gerechnet. Als wäre das nicht genug, holt er auch noch frisch gepressten Orangensaft und eine Kanne mit Kaffee aus dem Rucksack. Als ich den Kaffee rieche werden bei mir Glückshormone freigesetzt und ich kann gar nicht anders, als ihm eine dicke Umarmung zu geben und ein "danke" ins Ohr zu hauchen.

"Lejla, du grinst wie ein Honigkuchenpferd", Fabi lächelt mir zu

"Bedient euch. Lejla, Kaffee?"

"Ich BITTE drum", sage ich einen Tick zu laut.

"Kein Wunder nach der kurzen Nacht", Fabi fängt an zu lachen.

"Im Gegensatz zu mir siehst du aus, als wärst du von einem Urlaub am Meer zurückgekommen. Erholt, entspannt, sportlich."

Ich hoffe ich sehe halbwegs ok aus, im Vergleich zu ihm.

"Er war ja auch schon eine grooooße Runde mit Ismail laufen", wirft Lilly ein.

"Bitte was?", ich schaue ihn ungläubig an.

"Hast du überhaupt geschlafen? Zumindest ein Auge zugedrückt? Und Ismail? Wie das? Der war doch auch ko."

"Ich hab' Ismail versprochen jeden Tag bis zur Leichtathletik Prüfung laufen zu gehen, gesagt getan. War aber ehrlich gesagt heute wirklich nicht ganz so easy."

"Du bist verrückt."

"Gewöhn dich dran", Fabi zwinkert mir zu.

Ich werde etwas rot und frage: "Wieso eigentlich Teufelssee?"

"Oh ja, erzähl uns die Geschichte", Lilly setzt sich ganz gespannt neben mich und schaut Fabi begeistert an.

"Wollt ihr die Geschichte vom Teufelssee wirklich wissen? Seid ihr bereit dazu?"

Wir beide nicken.

"Also gut, ihr habt es nicht anders gewollt.

Es gab einmal eine Hexe, die trieb hier Unwesen. Die Fischer kamen hierher, um zu angeln. Die Hexe stieg blutrot aus dem Wasser hervor. Hier, schaut dahin, da wo der Steg nun ist, da kam sie heraus", Fabi zeigte auf die Stelle.

"Eines Tages kam ein Angler, er hatte weder Frau noch Kinder. Angeln war sein Hobby, sein Ausgleich zum schweren Arbeitsleben.

Die Hexe spielte mit ihm und zog ihn mit sich in das eiskalte Wasser hinab, bis er ertrank. Das Volk wollte den grausamen Taten der Hexe endlich ein Ende setzen. Oft hatten sie versucht, die Hexe mit Schüssen zu töten, doch es gelang ihnen nicht, nein – keineswegs. Es war ein Glück, wenn der Schütze überlebte, denn die Kugel prallte an der Hexe ab und wurde wieder zurückbefördert. Ein Schütze hatte die glorreiche Idee, das Gewehr mit einer silbernen Kugel zu laden, denn eine Hexe könnte man nur mit Silber erschießen. Das Volk jedoch war arm, es reichte gerade mal so für ein Stück Brot. Niemand wollte mit Silber um sich schießen. Schließlich gelang es eines Tages einem Fischer, die Hexe mit einem Milchbrot in die Flasche zu locken und diese ganz fest zu verkorken. Die Fischer versammelten sich und feierten den Untergang der Hexe. Sie machten sich mit der Flasche auf den Weg nach Rheinsberg, doch wie durch ein Wunder öffnete sich die Flasche auf dem Weg und die Hexe konnte entkommen. Bis heute treibt sie ihr Unwesen."

Während Fabi erzählt, klammert sich Lilly an meine Hose und schaut ihren Bruder mit großen Augen an. Auch ich bin für einen kurzen Moment etwas erschrocken.

"Also, wer will Nachtisch?", fragt Fabi in die Runde.

"Wie kannst du jetzt an Nachtisch denken?!", ich muss lachen.

"Oh jaaaaa, was gibt's?"

Lilly scheint die Geschichte wieder vergessen zu haben und ist ganz begeistert von der Nachtischidee.

"Et voila, ich präsentiere, Blaubeer-Cheesecake im Glas mit Haselnusskrokant."

"ich lieeeeebe Cheeeeesecake!!!"

Lilly grinst über beide Ohren und trommelt mit den Händen auf der Decke.

"Sag nicht, du hast das selbst gemacht", ich dachte mich schockiert nichts mehr bei seinen Vorbereitungsskills, doch als er die drei perfekt präparierten Gläschen aus seinem Rucksack holt, bin ich irritiert.

"Für schuldig erklärt. Der Bäcker konnte dann doch mit besserem Nachtisch glänzen. Bedient euch, Mädels!"

Während ich mich genüsslich über das Glas hermache, starrt Fabi einen Augenblick zu lange auf sein Handy.

"Alles in Ordnung?"

Er sitzt wie versteinert auf der Picknickdecke und rührt sich nicht.

"Fabi?", frage ich ihn noch einmal.

LIlly scheint nichts bemerkt zu haben und läuft zu einem Hund samt Besitzerin, die wohl auch den Mittag in der Natur verbringen wollen.

Langsam schaut Fabi zu mir. Ich sehe, wie sein linkes Auge anfängt zu zucken und seine Hände hastig nach der Luft greifen.

"Ich muss weg", ist das Einzige was er sagt

"Wie, du musst weg? Fabi? Was ist denn los? Ist etwas mit deinem Vater, oder Nadeschda?"

"Es ist Mona, sorry es ist kompliziert. Ich muss los."

Ich schaue ihn ungläubig an.

"Kannst du bitte auf Lilly aufpassen?", während er mir die Frage stellt, ist er auch schon losgesprintet.

Ich frage mich, was so wichtig ist. Was es mit diesem Mädchen auf sich hat. Ich glaube Mona war die von der Bachata Party. Das kleine Mädchen, mit dem er da war, sein damaliges Date. Und deshalb lässt er mich, halt stopp, uns, hier sitzen? Es muss wirklich wichtig sein, er würde Lilly nicht einfach so hierlassen.
Als Lilly zurückkommt, ist Fabi nicht mehr da.

"Wo ist Fabi?", fragt sie mich irritiert, während sie ihre Augenbrauen zusammenzieht.

"Er meinte er muss zu Mona."

Ich versuche, so locker wie möglich zu klingen und lächle Lilly zu.

"Oh. Hat Mona wieder geweint?"

"Ich weiß nicht. Fabi meinte nur er muss ganz dringend los. Es wird schon nichts schlimmes sein."

Lilly schaut mich traurig an.

"Was hast du denn, Süße?", ich nehme die Kleine in den Arm.

"Mona ist bestimmt traurig. Sie ist oft traurig. Und dann ist Fabi auch traurig. Das mag ich nicht."

"Wieso ist Mona denn traurig?"

"Na weil der Tobi nicht mehr da ist", antwortet sie mir.

"Und wer ist Tobi?"

"Das ist ihr Bruder. Und der ist jetzt ein Stern. Abends schau ich mir mit Fabi oft Sterne an. Und dann ist da auch der Tobi und die Mama.", erklärt mir Lilly.

"Deine Mama ist auch ein Stern?", frage ich vorsichtig, bereue die Frage doch schon fast wieder.

"Ja, der größte. Sie funkelt und glitzert und passt auf uns auf", sagt Lilly stolz. Ich merke jedoch auch ihren traurigen Blick und muss schnell die Kurve kriegen. Mir fällt es schwer, die Fassung zu bewahren. Ich wusste nicht, dass Fabis Mutter gestorben ist, wie denn auch? Was weiß ich schon überhaupt von ihm, außer … dass er eine kleine süße Schwester hat, die jetzt schon einen Platz in meinem Herzen hat.

"Worauf hast du Lust, Lilly?"

"Ich will ein Eis", sie schaut mich mit ihren Kulleraugen an.

"Nichts lieber als das", antworte ich. In Lillys Gesicht macht sich ein großes Grinsen breit und auch wenn wir gerade noch ein komplettes Picknickfestmahl verdrückt haben, soll es am Eis gewiss nicht scheitern.

"Na, dann lass uns das Zeug zusammenpacken und eine leckere Eisdiele suchen!"

Fabi hat seinen Rucksack einfach liegen gelassen. Ich verstaue die Decke und unsere Essensreste im Ranzen und nehme Lillys Hand.

Wir schlendern durch den Wald, Hand in Hand.

"Was ist deine Lieblingssorte?"

"Kinderschokolade", sagt Lilly zufrieden.

"Mein Lieblingseis ist Halvaeis, oder Snickers. Ich mag auch schwarzes Sesameis, hm oder Pistazie."

Bei der Lieblingssorte gerate ich ins Grübeln.

"Hal- was?", Lilly schaut zu mir hoch und zieht die Nase kraus.

"Halva ist so eine Süßspeise aus Öl, Zucker und Honig. Und dann kommen zum Beispiel noch Kakao, Vanille und Nüsse hinzu. Meine Mama macht oft Halva-Schnecken. Die besten Schnecken der Welt."

Ich beiße mir auf die Zunge. Wie kann ich so blöd sein, und sie schon wieder an ihre Mama erinnern.

"Das klingt komisch", wieder zieht Lilly die Augenbrauen zusammen.

Ihre Hand in meiner fühlt sich so klein an. Klein und warm. Ich mag dieses Mädchen.

17

*"Wir können niemals das Leben anderer beurteilen, denn jeder weiß um den
eigenen Schmerz und Verzicht. Du kannst für dich sagen, dass du auf dem
richtigen Weg bist; doch es ist etwas anderes, wenn du sagst, es sei der einzige
Weg."*

Paulo Coelho, Am Ufer des Rio Piedra saß ich und weinte

Fabi

Ich renne, so schnell meine Beine es zulassen.

Monas Nachricht war kurz und knapp: "Tobi braucht mich jetzt".

Schweißüberströmt komme ich am Haus an und klingle wie ein Irrer
bei ihr zuhause, doch keiner macht auf. Ihre Eltern verreisen oft über
das Wochenende an die Ostsee, um dort die Großeltern zu besuchen.

"MOONAAA", brülle ich, bis einer von den Nachbarn wohl meine
Stimme nicht mehr ertragen kann und den Türöffner betätigt. Als ich
ganz oben im Treppenhaus ankomme, höre ich leise Musik aus der
Wohnung.

"Mona, ich weiß, dass du da bist. Bitte mach die Tür auf!", ich
versuche ruhig zu bleiben. Ausrasten bringt mich jetzt nicht weiter.

"Du weißt, du kannst immer mit mir reden, ich bin immer für dich da.
Das weißt du doch". Ich versuche durch die Tür auf sie einzureden.
Ich habe nicht die leiseste Ahnung, ob sie mich überhaupt hören kann.

"Mona bitte", langsam verliere ich die Geduld und die Zeit. Ich hole
meine Fitnesskarte aus der Hosentasche und stecke sie in die Lücke

zwischen Klinke und Türrahmen. Dann neige ich sie in Richtung der Türklinke, biege sie in die entgegengesetzte Richtung, wackle mit ihr hin und her und zack! Ein Gebet geht raus an meine Kommilitonen, die sich schon mehrmals ausgesperrt haben.

"Mona, bist du hier drin?", entschlossen gehe ich auf ihr Zimmer zu, aus dem leise die Musik ertönt. Mona sitzt auf ihrem Bett. Das Licht im Zimmer ist gedämmt. Die weiße Bettwäsche ist voll mit Blut. Sie sitzt an der Kante des Bettes und schaukelt, wie in Trance. Ihre Unterarme sind voller Blut, in der Hand hält sie eine Rasierklinge. Ich bin wie erstarrt, kann mich für einen kurzen Augenblick nicht rühren. Dann renne ich zu ihr, nehme ihr vorsichtig die Klinge aus der Hand. Ihr Blick ist leer, sie ist ganz blass. Sie schaukelt nicht mehr. Blut läuft aus ihren Unterarmen. Entlang der Pulsader ist kein Schnitt mehr zu erkennen, es kommt spritzendes hellrotes Blut aus der Wunde.

"Mona....w.w.as hast du getan?", stammele ich.

Ruhe bewahren, sage ich mir. Ich hole mit zitternden blutigen Händen mein Handy aus der Hosentasche und wähle die 112.

"Bitte kommen Sie schnell, meine Freundin hat sich die Pulsadern aufgeschnitten. Sie verliert sehr viel Blut. Bitte beeilen Sie sich."

Ich nenne ihre Adresse, schmeiße mein Handy zur Seite und renne ins Badezimmer. Ich wühle hastig durch die Schränke und finde den Verbandskasten. Wieder renne ich zu Mona, die mittlerweile nicht mehr bei Bewusstsein ist. Ich versuche ihren einen Arm hoch zu halten, drücke fest mit dem Tuch auf die Wunde. Danach versuche ich einen Druckverband anzulegen. Das alles geschieht wie in Trance, als wäre ich ein Roboter. Ich packe Tücher auf die Wunde und umwickele den Arm mit einer Mullbinde. Doch es hört nicht auf zu bluten. Ich kann die Blutung nicht stoppen. Das Blut sickert jetzt schon durch die vielen Tücher-Schichten hindurch. Ich packe einen neuen Verband drauf, ohne den alten zu wechseln.

"Bitte Mona, wir halten doch zusammen. Wieso tust du das?"

Ich weiß, dass sie mich nicht hören kann, oder vielleicht doch. Das Einzige, was ich im Moment weiß ist, dass sie nicht sterben darf. Nicht noch jemand, den ich liebe. Tränen laufen mir entlang der Wangen herunter. Als der Notdienst da ist und Mona in den Krankenwagen gebracht wird, nehme ich meine Umwelt nur noch schwammig wahr. Ich steige mit in den Krankenwagen ein, überlege, ob ich ihren Eltern schreiben sollte. Natürlich, was für eine Frage. Natürlich muss ich ihren Eltern schreiben.

Ich sitze im Krankenwagen neben Mona und zerbreche mir den Kopf darüber, was ich in mein Handy tippen soll. Wie ich ihren Eltern die Lage schildern soll. Ich kenne sie. Ich weiß, dass sie sich große Sorgen machen werden, zurecht.

Lange Zeit sitze ich einfach nur da im Warteraum, meine Gedanken kreisen um Mona. Wäre ich doch früher gekommen. Ich hätte sie gar nicht erst nach Hause lassen sollen. Ich hätte sie bei uns halten sollen. Ich hätte mich um sie kümmern müssen. Letztes Mal, als es ihr so schlecht ging. Das hätte Warnung genug für mich sein sollen.

Zwei Stunden später sitze ich neben Sibille und Hans, ihren Eltern. Sibilles Augen sind rot, sie hat die ganze Fahrt über geweint. Sie schaut in die Leere, es ist als wäre sie an einem anderen Ort, in einem Dämmerzustand. Gleichzeitig dreht sie mit der einen Hand ihren Ehering im Kreis. Hans hingegen verschränkt seine Finger und schaut hinauf zur Decke.

"Was haben wir falsch gemacht?", schluchzt Sibille.

Hans nimmt sie in den Arm, während ihr Körper sich hebt und senkt, wie ein Erdbeben.

Ich fühle mich unwohl, unangemessen, irgendwie fehl am Platz.

Es ist so eine intime Situation und ich gehöre hier nicht her, würde den Eltern gerne ihren privaten Raum lassen.

"Ich hole mir mal einen Kaffee, braucht ihr etwas?", frage ich die beiden.

"Danke Fabi", Hans schüttelt mit dem Kopf und ich fliehe aus dem Raum. Muss einen kühlen Kopf bewahren, kurz mal an die frische Luft, durchatmen. Als ich wieder in den Warteraum komme, sind Monas Eltern nicht mehr da. Ich sehe, wie Hans durch den Gang läuft. Als er mich sieht kommt er zu mir.

"Fabi, mein Junge", er legt seine Hand auf meine Schulter.

"Ich möchte mich bei dir aus vollem Herzen bedanken. Ich weiß nicht, was passiert wäre, wenn du nicht gekommen wärst.", er atmet schwer aus.

"Das ist selbstverständlich! Wie geht es ihr? Kann ich zu ihr?"

"Mona geht es den Umständen entsprechend gut. Sie hat überlebt, das ist im Moment das, was zählt. Ihre Mutter ist gerade bei ihr. Wir haben mit dem Arzt gesprochen. Er hat uns gesagt, das Beste ist, wenn Mona unter einer dauerhaften Beobachtung steht. "

"Das heißt, sie bleibt noch lange hier? Wie lange muss sie etwa hier sein?", frage ich ihn.

"Ihre Mutter und ich, wir halten es für das Beste, wenn Mona erst einmal in einer psychiatrischen Klinik untergebracht wird. Es müssen zwar noch einige Formalitäten geklärt werden, doch…. der Arzt sagte uns, dass Mona eine Gefahr für sich ist. Mein Mädchen ist eine Gefahr für sich selbst. Das können wir nicht ungeachtet lassen. Wir müssen jetzt etwas tun. Es kann so nicht weitergehen. Wir haben schon Tobias gehen lassen. Ich will gar nicht daran denken, was gewesen wäre, wenn du nicht gekommen wärst."

Ich stehe wie erstarrt da. Sie wollen Mona zwangseinweisen lassen. Sowas kannte ich bisher nur von Büchern, oder Filmen. Aber nicht vom Leben, nicht von Freunden.

"Geh nach Hause und ruh dich aus. Das war ein langer Tag für uns alle. Und dir tut der Schlaf auch bestimmt gut".

Ich nicke ihm zu und drehe mich um.

"Und grüß deine Schwester und deinen Vater von mir", ruft Hans mir noch hinterher.

Fuck, Lilly.

Sie ist immer noch mit Lejla unterwegs, die ich schon wieder sitzen lassen habe. Nur diesmal gemeinsam. Scheiße.

18

"Um allein zu schlafen ist keine Decke warm genug"

russisches Sprichwort

Lejla

Lilly liegt eingemummelt in meinem Bett, dass mein komplettes Zimmer einnimmt. Der Abspann von Cinderella läuft gerade noch im Fernsehen. Nach langem hin und her habe ich sie mit in die WG genommen, weil ich nicht wusste, was ich sonst hätten tun sollen.

Ich habe uns Spaghetti Bolognese zum Abend gekocht, und wir haben sie zusammen auf meinem Bett gegessen und dabei Cinderella geschaut. Ich habe Lilly mein Schlafshirt gegeben, das an ihr runterhängt wie ein langes Kleid, Cinderella höchstpersönlich. Jetzt, wo sie hier so neben mir schläft, war es ein richtig schöner Tag mit Lilly. Ich mache mir jedoch auch Sorgen um Fabi. Ich habe ihm auch schon zwei Nachrichten geschrieben, die leider unbeantwortet blieben.

Mark und Julia sind beide nicht daheim, ich räume das Geschirr weg und schalte leise das Radio an, bis die Türklingel ertönt und ich erschrocken hochfahre.

Meine Mitbewohner haben selbstverständlich ihre eigenen Schlüssel, umso irritierter bin ich, als ich zur Wohnungstür laufe.

Ich öffne die Tür und Fabi steht vor mir, er mustert mich einmal von oben bis unten. Erst jetzt wird mir bewusst, dass ich meine Jogginghose trage, einen großen roten Bolognese-Fleck auf dem Shirt habe und meine Haare in einem zerzausten Dutt hochgesteckt sind –

und Fabi vor mir steht. Sein Blick bleibt einen längeren Moment auf meinen Lippen haften und wandert hinauf zu meinen Augen.

"Da bist du ja! Was ist passiert?"

"Kann ich reinkommen?", fragt Fabi etwas unsicher.

"Na klar, trete herein in die gute Stube", ich gehe einen Schritt beiseite.

"Lilly..."

"Sie schläft tief und fest in meinem Bett. Wir haben eine Disney-Party veranstaltet. Uns haufenweise Spaghetti reingezogen und Cinderella angeschaut", ich grinse bei dem Gedanken an den Tag mit seiner Schwester.

"Lejla, ich weiß gar nicht wie ich dir danken soll", Fabi atmet erleichtert auf.

"Kein Problem, ich hab' gern die Babysitterin gespielt. Deine Schwester ist zuckersüß."

"Ich würde dir gern alles erklären...", Fabi kommt einen Schritt näher auf mich zu.

"Ich bin zu gespannt, was dich davon abgehalten hat, mit uns den Tag heute zu verbringen", flüstere ich zurück.

Er geht den letzten Schritt auf mich zu und schiebt meine Haarsträhne hinters Ohr.

"Ich werde es dir erklären, versprochen. Aber erstmal möchte ich dir einfach danke sagen".

Ich drücke meinen Finger auf seinen Mund, um seine Worte zu ersticken.

Ich möchte nichts mehr hören, nur spüren. Und da sind sie, seine Lippen auf meinen.

Ganz zart berühren sie meinen Mund, bis ich meine Lippen öffne und ihn hineintauchen lasse, wir anfangen miteinander zu spielen. Ich erforsche sein Areal, er meines. Ich kann nichts dagegen tun, kann nicht gegensteuern, dass mein Höschen anfängt feucht zu werden. Ich kralle meine Hände in seine Haare, während er mich immer fester an mich presst und seine Hände entlang meines Rückens hinabwandern. Wir stolpern gegen den Putzeimer vor dem Badezimmer, der einen Knall von sich gibt, doch es ist uns egal. Für einen Bruchteil der Sekunde gibt es nur uns beide.

Fabi presst mich gegen die Wand. Alles was ich will ist, dass dieser Moment nicht aufhört, er wie eine endlose Dauerschleife weiterläuft.

Wir atmen beide schwer, Fabi reißt sich von mir los und stemmt seine Hände gegen die Wand.

"Du bist das schönste Mädchen, dass ich kenne Lejla", ich kann nicht anders, als zu lachen.

"Oh ja, das würde Karl Lagerfeld mit Sicherheit unterstreichen, bei meinem Outfit und dieser Frisur", und doch brennen meine Wangen. Von den Küssen, von seinen Worten, von seinen Blicken - der Mix machts.

"Es ist egal was du anhast. Du hast etwas ganz Besonderes an dir. Und ich finde der Jogginghosen Style steht dir ausgesprochen gut. Ich besorg dir noch ein paar Adiletten aus dem Kik, dann könntest du glatt als eine von uns Spowis durchgehen", scherzt Fabi und ich muss selbst den Mund verziehen und anfangen zu kichern. Ermahne mich jedoch leise zu sein, damit wir Lilly nicht aufwecken, was bei unseren Küssen schon längst der Fall sein könnte.

"Was hast du? Du siehst irgendwie traurig aus", ich schaue ihn besorgt an, waren meine Küsse so katastrophal?

"Es ist nichts", Fabi lächelt mich an. Seine Mundwinkel schießen in die Höhe, doch das Lächeln erreicht nicht im Geringsten seine ozenablauen Augen.

"Ach komm. Wieso musstest du weg?"

"Der Tag war hart."

Er fährt sich mit der Hand durch die Haare, schaut kurz nach oben und atmet aus.

"Also nicht der Tag mit euch, das war echt super. Sondern danach. Einfach alles."

"Willst du darüber reden?", frage ich vorsichtig.

"Ich weiß gar nicht wo ich anfangen soll."

"Am Anfang vielleicht?"

"Es ist schon spät. Ich will dich nicht beunruhigen. Ich sollte mal Lilly holen."

"Wenn du willst, kann sie über Nacht hierbleiben. Sie schläft wie ein Baby."

"Du hast schon so viel getan. Ich will dir nicht noch mehr Probleme machen."

"Probleme? Quatsch."

"Okay…", Fabi steht etwas verloren im Flur herum.

"Dann werde ich mal…"

"Willst du einen Tee?", ich will nicht, dass er jetzt schon wieder geht.

"Klar, ein Tee kann nicht schaden."

"Bin ganz deiner Meinung."

Wir gehen in die Küche und schließen die Tür, um Lilly nicht aufzuwecken.

Und irgendwie sitzen wir drei Stunden am Esstisch und unterhalten uns, über unsere Ansichten, unsere Hobbies. Über Gott und die Welt. Über unsere Träume und Ziele, unsere Lebensvorstellungen. Wir reden über ganz banale Dinge und dann wieder über Themen, die man nur mit seinen besten Freunden bespricht, mit denen, die einem ganz besonders nahestehen.

Über meine Traumhochzeit am Strand mit den Liebsten Menschen um mich rum. Ich erzähle ihm von der Kulisse meiner Vorstellung, nehme ihn mit in meine Gedankenwelt, erzähle von den Blüten, die mich und meinen Zukünftigen umkreisen werden, dem weißen Strandkleid. Ich erzähle von meiner kleinen Familie, und er fängt an zu erzählen. Von der Hochzeit seiner Eltern in einer großen Villa am Heiligen See. Mit Freunden und Familie, und vielen kleinen kreischenden Kindern. Von seiner Mutter, die eine liebevolle, wunderschöne Frau zu sein scheint.

Bis die Stimmung kippt. Er nur noch traurig dreinschaut.

"Mama ist gestorben, sie hatte Brustkrebs. Der Tumor hatte bereits gestreut. Die Zellen haben Metastasen gebildet, die haben sich ausgebreitet und andere Organe befallen. Es war schon zu spät."

Ich schaue ihn etwas verdutzt an. Ich weiß nicht, was ich sagen soll, wie ich antworten soll. Dafür gibt es keine plausible Antwort. Kein "das tut mir leid" würde irgendetwas ändern.

"Ich weiß nicht was ich sagen soll", ist das Einzige, das ich herausbekomme.

"Es tut mir so leid", und doch spreche ich diese drei Worte aus. Sie rutschen mir regelrecht aus dem Mund. Denn, was tut mir leid? Will jemand, dessen Elternteil gestorben ist, Mitleid von mir haben? Natürlich will ich meine Anteilnahme ausdrücken, doch ich weiß auch nicht wie.

"Es ist nur ... Ich will der große Bruder sein, der immer da ist. Immer gut drauf ist. Aber ich schaffe ich es nicht."

"Du BIST der große tolle Bruder! Lilly vergöttert dich", ich drücke seinen Arm.

"Danke", flüstert Fabi.

Ich klettere vorsichtig auf seinen Schoß, etwas unbeholfen. Ich weiß nicht, ob es mir zusteht. Er vergräbt sein Gesicht in meinen Haaren, klammert sich mit seinen Fingern in mein dreckiges T-Shirt und für einen Moment steht die Welt still. An diesem Abend gibt es nur uns beide. Ich spüre seinen Schmerz und will ihm irgendwie helfen, auch wenn ich nicht weiß, wie.

Ich streiche meine Hand entlang seines Rückens, versuche ihm zu signalisieren, dass ich da bin. Nicht gehe. Er bleiben kann.

So sitzen wir, bis ich in süße Träume verfalle. Ich vom Ozean träume. Vom Strand, Israel. Sonnenstrahlen auf meiner Haut, eine Hand die meine hält.

Bis ich unsanft aus meinen Träumen geweckt werde und Mark im Raum steht, mit einem fetten Grinsen im Gesicht.

"Soso, ihr beiden also."

Ich werde rot, merke wie versteift ich auf Fabis Schoß bin. Mir wird bewusst, dass wir die Nacht in der Küche auf dem Küchenstuhl miteinander verbracht haben, quasi aufeinander – und doch nicht auf sexuelle Art und Weise.

"Man, jetzt macht euch doch nichts ins Hemd. Ich mach nur Spaß. Die Sex-Vibes kann jeder bei euch doch schon seit Wochen kilometerweit riechen."

Er zwinkert uns zu, schnappt sich eine Banane und verschwindet wieder aus der Küche. Fabi lacht, während mein Gesicht einfach nur glüht und ich aus seinem Schoß aufstehe. Mein Körper ist komplett versteift, insbesondere meine Sitzhöcker fühlen sich an, wie nach einem rastlosen Zweitagesüberlebenstrip auf dem Mountainbike, ohne Essen und Trinken. Ich merke, wie trocken mein Mund ist, schnappe mir ein Glas und fülle es bis zum Rand mit eiskaltem Wasser. Dann trinke ich es in einem Zug aus.

"Fabi?", Lilly steht nun im Türrahmen, was ein Morgen.

"Hey Schwesterherz", Fabi grinst seine Schwester liebevoll an.

Lilly schaut skeptisch von mir zu Fabi hin und her, kneipt das eine Auge zusammen und stemmt die Hände in ihre zierliche Hüfte.

"Was habt ihr beiden heute Nacht gemacht?", ich fühle mich wie ein Kind, das gerade von seiner Mutter beim Plündern des Süßigkeitenvorrats erwischt wurde und schaue auf den Boden, während meine Wangen erneut anfangen zu glühen. Shit, ich bin wirklich nicht gut darin, Contenance zu wahren.

"Komm Lilly, wir müssen deine Ballettschläppchen zuhause noch holen. Du weißt doch, deine Lehrerin duldet keine Verspätungen!", Fabi schaut Lilly ernst an.

"Du tanzt Ballett?", frage ich sie verwundert und entzückt zugleich.

"Seit einem Jahr", antwortet Lilly stolz und vollführt ein Plié.

"Danke", spricht Fabi an mich gewandt.

"Wofür?"

"Na hör mal, ich habe jetzt quasi einen Sabber Stempel auf meinem T-Shirt. Dafür wäre jeder Groupie dankbar", Fabi lacht und ich stimme mit ein, obwohl ich im Erdboden versinken könnte.

"Groupie, so so."

Ich setze mich auf die Knie und umarme Lilly.

"Es war mir eine Freude, dich kennenzulernen, Prinzessin!", grinse ich sie an.

Lilly schenkt mir das süßeste Lächeln, dass ich je gesehen habe.

"Danke, dass du mit mir Cinderella geguckt hast. Das macht nie jemand mit mir. Ich mag dich."

Ich bin ganz gerührt von ihren Worten.

Etwas unbeholfen stehen Fabi und ich uns gegenüber. Ich weiß nicht, was jetzt angemessen ist, also umarme ich auch ihn, nur ganz flüchtig.

"Wir sehen uns", sagt er und schnappt sich Lillys Hand.

Ich höre, wie die Tür leise geschlossen wird, mache mir einen Tee und gehe in mein Zimmer. Der Tag schreit nach Netflix and Chill, einer heißen Dusche und Kakao unter der Bettdecke.

-19-

"this morning

I told the flowers

What I'd do for you

And they blossomed"

Rupi Kaur, The Sun and her Flowers

Fabi

Ich schließe die Tür und genieße für einen kurzen Moment die Ruhe, die mich umgibt. Dort, wo früher einmal in regelmäßigen Abständen der Schlüssel meines Vaters hing – zumindest abends – lässt sich nur noch erahnen, dass der Schlüsselhalter einen Besitzer hat.

"Kinder, da seid ihr ja. Ich habe mir schon Sorgen gemacht", Nadeschda kommt um die Ecke in den Eingangsbereich.

"Wo ist denn Lilly?", sie schaut mich verdutzt an.

"Gut aufgehoben, gesund und glücklich beim Ballett."

"Fabi, hast du dir schon Gedanken gemacht, was du nächsten Freitag machen willst? Wen möchtest du einladen? Welche Musik soll gespielt werden? Und vor allem – was möchtest du essen?"

"Freitag?", ich registriere ihre Worte gar nicht und ziehe meine Jacke aus. Die Nacht steckt mir tief in den Knochen.

"Ich muss noch so viel organisieren. Liste mir bitte die Bands auf, die ich schnellstmöglich anfragen werde. Da fällt mir ein, ich muss mich noch um den Floristen kümmern. Der Garten muss auf Vordermann gebracht werden. Ich muss mit unserem Gärtner und dem Floristen die Girlanden abstimmen. Und der Rosengarten. Ach du meine Güte, der Rosengarten. Es muss alles picko bello aussehen. Du weißt doch, wie viel er deiner Mutter bedeutet hat. Der Gärtner muss noch einmal den Boden auflockern und das Unkraut entfernen. Das war Arianne besonders wichtig. Sie hat immer gesagt, so werden die Rosen mit ausreichend Nährstoffen versorgt. Und noch einmal zum Essen. Vegetarierer, Veganer unter deinen Freunden?"

Während Nadeschda auf mich einredet nehme ich ihre Worte nur in kleinen Fetzen auf. Das Einzige, was hängen bleibt, ist der Rosengarten. Ich habe ihn seit Mums Tod nicht mehr betreten.

"Es... Es tut mir leid Fabi. Ich hätte das Gespräch nicht auf deine Mutter lenken sollen", sie schaut mich entschuldigend an.

"Nein, es ist nur... Ich weiß gar nicht, ob ich meinen Geburtstag überhaupt feiern soll."

Nadeschda schaut mich verdutzt an.

"Was redest du da für einen Blödsinn mein Junge. Dein Geburtstag war doch immer so ein tolles Jahreserlebnis. Weißt du noch, wie glücklich du an deinem letzten Geburtstag warst? Wir haben die Himmelslaternen steigen lassen und dein Vater hatte diesmal schon von vornherein das Bußgeld von 5000 Euro bezahlt. 5000 Euro, das ist... Wie dem auch sei, es war ein wunderschöner Geburtstag, deine Augen haben geglänzt, wir haben das ganze sogar im Album festgehalten."

Nadeschda verschwindet im Wohnzimmer und kommt mit unserem Familienalbum zurück.

"Schau doch nur", sie deutet mit ihrem Finger auf mein Gesicht. Ich strahle über beide Ohren. Lilly sitzt auf meinen Schultern, Mum und Dad haben ihre Arme um mich gelegt. Mum trägt ein wunderschönes weißes perlenverziertes Kleid und Kreolenohrringe, die hat sie geliebt. Dad hat sie ihr zum Hochzeitstag geschenkt.

Nadeschda legt einen Arm um mich.

"Ich vermisse sie auch, ganz schrecklich", sie drückt leicht meine Schulter.

"Arianne würde nicht wollen, dass du deinen Geburtstag ihretwegen nicht zelebrierst. Sie wird dabei sein, nur eben auf eine andere Art und Weise."

Tränen steigen mir in die Augen. Ich will nicht weinen. Ich will stark sein, ich muss.

"Ach mein Junge", Nadeschda wischt sich mit der einen Hand die Träne von ihrer Wange, mit der anderen Hand umklammert sie meine Schulter. Ich höre sie schniefen, während sie sich an meine Schulter klammert, als sei diese ein Fels.

"Ich muss noch unbedingt die Gardinen wechseln", mit diesen Worten verschwindet sie schnell aus dem Zimmer.

"Überleg dir, wen du einladen möchtest, damit ich die Einladungskarten organisieren kann", ruft sie noch über die Schulter. Dann stehe ich wieder alleine im Raum.

Ich ziehe meine Nikes an und laufe auf die andere Seite des Hauses, durchquere Blumenbeete. Ich passiere den Pool, der mich an Abrissnächte erinnert, bis ich vor dem Rosenbogen lande lande, der mit unzähligen weißen Klettrrosen bewachsen ist.mDer Duft steigt mir in die Nase. Mir wird schwummrig. Meine Synapsen im Hirn vollführen einen Tanz, sind überlastet. Von dem Duft, der mich mit jedem weiteren Schritt umhüllt, den Erinnerungen, die ich vor meinen inneren Augen sehe. Ich setze einen Fuß vor den anderen, durchquere die Rosenbögen und lande mittendrin, in dem schönsten Garten, den ich bisher jemals gesehen habe.

In der Mitte des Gartens befindet sich ein großer Brunnen mit einem Wasserspiel. Ich hätte gedacht, er ist außer Betrieb, seit dem Mum nicht mehr da ist. Aber alles ist beim Alten.

Zu meiner rechten steht eine weiße Bank in einem Pavillon. Ich drehe meinen Kopf langsam zur linken Seite und gehe auf die Schaukelbank zu, die meine Mutter geliebt hat. Das hier war ihr Rückzugsort, ihre kleine Oase. Wenn ihr alles zu viel war, sie und Dad sich gestritten hatten oder sie einen schlechten Tag hatte, dann wussten wir immer, wo wir sie finden. Auf dieser Bank haben wir sie immer vorgefunden, das Gesicht in ein Buch gesteckt. Mum liebte Bücher, sie war verliebt in klassische literarische Werke. Sie konnte stundenlang hier sitzen und ein Buch nach dem anderen aufsaugen. Mittendrin im Rosengarten nehme ich das Zwitschern der Vögel wahr. Betrachte Rosensträucher, Buschrosen, Stockrosen in den unterschiedlichsten Farben. Von zartrosa, gelb und weiß bis zu tiefrot ist alles dabei. Eine Vielzahl unzähliger Pflanzen, unter anderem Schleierkraut und Rittersporn, sind sesshaft in den Rosenbeeten. Frauenmantel, Wollziest und Glockenblumen bilden eine wunderschöne Komposition mit den tiefroten Rosen.

Ich kann verstehen, wieso Mum den Platz so geliebt hat. Es hat etwas beruhigendes auf dieser Schaukel zu sitzen und seine Gedanken schweifen zu lassen.

Und in diesem Moment fasse ich den Entschluss – ich werde meinen Geburtstag feiern, mit meinen Liebsten. Ohne großes Plämpläm. Ich werde nicht in meinem Zimmer sitzen und Trübsal blasen. Das hätte sie nicht gewollt. Nadeschda hatte recht. Ich werde meine Freunde einladen und ein schönes Grillfest veranstalten.

Ich erinnere mich nur zu gut an unsere Geburtstagsrituale, als ich noch klein war und Lilly gerade erst auf die Welt kam. Mama hat dieses ganze Zettelgedöns geliebt. Sie wollte uns immer wissen lassen, wie sehr sie uns liebt. Sie legte viel Wert auf Wertschätzung und Dankbarkeit. An ihrem Geburtstag frage sie mich immer, was ich an ihr schätze. Jedes Jahr schrieben wir gemeinsam zehn Dinge auf. Als ich ganz klein war diktierte ich sie und Mum schrieb sie sich jedes Mal auf. Als ich größer wurde habe ich jedes Jahr von Neuem einen Zettel mit zehn Punkten geschrieben, den ich in ihren Blumenstrauß gesteckt habe. Oft waren es ganz banale Sachen, z.B. dass sie mir jeden Abend Harry Potter gelesen hat oder mir Brote für die Schule geschmiert hat. Als ich älter und reifer wurde, wurden die Punkte tiefgründiger. Ich denke darüber nach, was ich jetzt aufschreiben würde.

In meinem Kopf fange ich an aufzuzählen.

1 – du bist die beste Mutter, die ich haben konnte

2 – danke, dass du uns gezeigt hast, was Liebe ist

3 – du hast uns immer wieder gepredigt, dass wir die kleinen Dinge im Leben schätzen sollen und dass Materielles uns nicht erfüllt

4 – Geld ist nicht alles und "es ist nicht alles Gold was glänzt"

5 – du hast mir die beste Schwester der Welt geschenkt

6 – du hast mir beigebracht, an Träume zu glauben, auch wenn manche zerplatzen. Man soll seine Träume nicht aufgeben, man soll Ziele im Leben haben, sich Herausforderungen stellen und für seine Ziele und Träume kämpfen

7 – du warst zu allen Menschen immer so liebevoll und hast sie nie von oben herab behandelt

8 – du hast es mit Dad ausgehalten

9 – Gemeinsam haben wir Bananen-Pancakes gemacht, wenn Nadeschda nicht da war. Wir haben zusammen Blaubeeren und Erdbeeren gepflückt und unsere Pancakes damit garniert. Dann hast du immer die leckere Erdnussbutter aus dem hintersten Regal gezückt und ich konnte mir an unseren Pancake Tagen einen besonders großen Esslöffel auf meinen Pfannkuchen verteilen.

10 – immer wieder hast du gesagt "Zeit ist kostbar". Erst seit du nicht mehr da bist, wird mir das Ausmaß dieser Worte so wirklich bewusst.

20

"Don't look in the mirror look into my eyes

When you see your refleciton you see what I like"

Martin Garrix, Summer days

Lejla

Ich klappere unterschiedliche Cafés ab, die "in" zu sein scheinen. Ab und zu bin ich mit einigen Kommilitonen verabredet, um an Uni-Projekten zu arbeiten. Ansonsten genieße ich auch mal die Zeit für mich mit einem guten Buch. Versteckt in einem idyllischen Hinterhof finde ich das Café Father Carpenter, wo ich mich von dem Trubel Berlins ausklingen kann. Auf Empfehlung des Baristas bestelle ich mir ein Coffee-Set – ein Cap und einen Espresso sowie einen Filterkaffee mit demselben Kaffee. "So hat man einmal das ganze Spektrum", empfiehlt mir der Typ an der Theke. Dazu bestelle ich mir ein frisch gebackenes Bananenbrot mit Erdnussbutter und Marmelade, lehne mich in meinem Stuhl zurück und genieße die Ruhe.

Heute Abend bin ich mit Fabi verabredet und obwohl ich nicht so der Shopping Mensch bin, da ich alles habe was ich brauche (und ja, dass aus dem Munde einer Frau), würde ich doch nicht über ein neues Spitzentop klagen, das ein bisschen die weiblichen Reize betont. Bei Brandy Melville entscheide ich mich dann doch für ein Kleidchen mit kleinen roten Blumen drauf. Girly – I know. Aber ich konnte nicht widerstehen. Die Taille ist ganz eng, untenrum wird das Kleid wieder etwas weiter.

Pünktlich um 20.30 steht Fabi mit seinem Wagen vor unserer WG. Als ich aus der Tür trete, kann ich meinen Augen nicht glauben. Vor mir steht ein Bugatti Veyron Supersport mit 1200 PS und einer Höchstgeschwindigkeit von 407 km/h. Von den Dingern gibt es weltweit nur fünf Stück. Das weiß ich so genau, weil darüber letztes Mal im TV berichtet wurde, normalerweise interessieren mich Autos nicht die Bohne. Fabi steigt aus dem Auto, läuft drum herum und öffnet mir die Tür.

"Ist das dein Auto?", frage ich ihn.

"Das gehört meinem Dad, aber er ist mit dem anderen Auto unterwegs, deshalb konnte ich das nehmen. Und wir brauchen eins für heute Abend."

"Ihr müsst echt Kohle haben. Ich hab' dieses Auto im Fernseher gesehen."

Fabi schaut auf die Straße, das Thema scheint ihm sichtlich unangenehm zu sein.

"Dad hat es auf dem Autosalon in Genf gesehen. Für ihn sind Autos wie Spielzeuge."

Wir fahren zum Bärliner Autokino. Unzählige Autos stehen vor einer riesigen Leinwand, langsam fängt es an zu dämmern.

Fabi bezahlt für uns den Eintritt und kommt mit einer gigantischen Tüte Popcorn zurück zum Auto. Wir schauen uns den Film "Colonia Dignidad" unter freiem Himmel an und ich bin schockiert von der Tatsache, dass der Film auf wahrer Begebenheit beruht. Ich bin total gefesselt von der Geschichte und von dem Liebespaar Lena und Daniel, die von Emma Watson und Daniel Brühl gespielt werden, sodass ich gar nicht mitbekomme, wie Fabis Hand mein Knie auf und ab streichelt. Meine Haarfollikel erheben sich über der Hautoberfläche und kleine Härchen richten sich auf meinem Körper aus, als ich sehe wie Paul Schäfer, der Sektengründer von Colonia Dignidad, kleine Jungen missbraucht.

"Hier, zieh den über", Fabi reicht mir seinen weißen Adidas Hoodie und obwohl mir nicht wirklich kalt ist, protestiere ich nicht und ziehe mir den Kapuzenpullover über, der Fabis Duft in einer neuen Dimension auf mich einprasseln lässt.

"Steht dir", grinst Fabi mir zu.

Noch immer liegt seine Hand auf meinem Knie, ich lege meine Hand vorsichtig auf seine und unsere Finger verschließen sich, während wird die schockierenden Szenen betrachten. Besser gesagt bin ich diejenige, die in dem Bann der Szenen steckt. Ich erwische Fabi, der mich von der Seite anschaut und drehe meinen Kopf langsam zu ihm. Unsere Gesichter sind ganz nah beieinander bis sich die Nasenspitzen berühren und er in mich eintaucht. Seine Zunge mich erobert, wie eine Riesen-Welle werde ich überrollt. Es ist anders als unsere Küsse, die wir bisher hatten. Intensiver, leuchtender, farbiger. Ich lege meinen Kopf in den Nacken während er meinen Hals auf und ab küsst und ich ein leises Stöhnen von mir gebe. Ich schwinge ein Bein über seine Hüfte, presse mich fester an ihn, während er mein Gesicht in die Hände nimmt und meine Lippen wundküsst, tief und intensiv. Meine Vagina pocht, will in Tausend Teile zerspringen, Anspruch erheben, sich holen, wonach ihr ist. Ich drücke meinen Rücken durch, während mein Atem sich beschleunigt und ich den Moment vergesse, nicht realisiere, dass Autos um uns herum sind. Das Einzige, das ich realisiere, ist die steigende Lust, die mir den Verstand raubt. Ich reibe meine Vagina an seinem Schwanz, und doch sind Stoffe zwischen uns die uns hindern, die in diesem Moment nicht dahin gehören, unter solchen Umständen verboten sein sollten. Meine Hand wandert zu seinem Gürtel, der sich wie von alleine öffnet, die Knöpfe mir entgegenspringen. Ich sein liebstes Stück umschließe und Fabi aufkeucht, seine Augen eine dunkle Farbe annehmen, sie Lust und Begierde ausstrahlen. Ich ziehe seinen Hoodie wieder aus und schmeiße ihn auf die Rückbank, während seine Hand meinen Rücken entlangfährt und sie zuerst vorsichtig, dann bestimmt, meinen Arsch umfasst und er zupackt, mich noch näher an sich zieht. Etwas unbeholfen ziehe ich an seiner Hose, um sie zu beseitigen, dem Stoff zwischen uns ein für alle Mal ein Ende zu bereiten. Seine Hand greift unter mein Kleid, er packt meine zwei Pobacken und zieht sie leicht auseinander. Ich spüre direkt einen Druck auf meinem Kitzler, der jetzt schon einer Explosion nahesteht. Seine Hand gleitet unter meinen roten Slip und er taucht zwei Finger gleichzeitig in mich hinein, krümmt die Finger innendrin noch etwas und verschafft mir die Ehre eines Ekstase-Zustandes, erreicht Punkte, an denen zahlreiche erogene Nervenenden zusammenlaufen und lässt mich explodieren. Ich umkralle seine Hüfte mit meinen Oberschenkeln, meine Beine fangen an zu zittern und ich kann nichts dagegen tun, kann den Schwall nicht aufhalten, erlebe einen Höhepunkt vom Feinsten und klammere mich an ihn, als wäre er das letzte Floß. Nicht einmal dieses Floß kann mich von der Welle retten, die mich überrollt, als er endlich seinen Schwanz in die Tiefen meiner Vagina eintaucht, wir miteinander kooperieren, unseren eigenen Rhythmus finden, ein Metrum der gleichartigen Taktart kreieren und Eins werden. Erschöpft lasse ich meinen Kopf auf seiner Schulter ruhen und wir atmen synchron aus.

"Das war..."

"Atemberaubend", vollendet Fabi meinen begonnenen Satz.

Während er mich nach Hause fährt, ruht seine Hand auf meinem Oberschenkel. Ich lehne mich entspannt zurück und bin für einen Moment sorglos glücklich.

"Ach übrigens, nächste Woche hab' ich Geburtstag. Es ist nichts Großes, nur ein bisschen Essen und Trinken mit ein paar Freunden und Familie. Ich würde mich freuen, wenn du auch kommst", Fabi schaut mich von der Seite an.

"Du hast Geburtstag? Das wusste ich gar nicht!"

"Naja wie gesagt, nichts Großes. Einfach eine kleine Feier unter Freunden. Lilly und mein Dad werden auch da sein, und Mark und die ganze Bande natürlich auch. Ich würde mich auf jeden Fall freuen."

"Na klar, danke für die Einladung! Ich komme gerne!"

Unsicher halte ich meine Hand an der Armlehne und frage mich, ob ich ihn noch einmal küssen soll, mir das Recht rausnehmen kann.

"Lejla?"

Ich drehe meinen Kopf wieder in seine Richtung.

"Ja?"

Wie von selbst landen seine Lippen auf meinen und wir versinken erneut in einer Endlosschleife an leidenschaftlichen Küssen. Gleichzeitig verfünffacht sich mein Herzschlag und Adrenalin durchflutet meinen Körper. Ich befinde mich am Höhepunkt des Glücksrausches.

21

"Die Gesellschaft setzt sich aus nur zwei großen Klassen zusammen: die einen haben mehr Mahlzeiten als Appetit, die anderen weit mehr Appetit als Mahlzeiten."

Nicolas Chamfort

Lejla

Automatisch steuern Arina und ich auf den Tisch der Jungs zu. Während ich Schwierigkeiten habe mein Tablett zu halten und nichts von meinem Getränk zu verschütten, hält Arina ihr Tablett in der einen, ihr Handy in der anderen Hand. Sie diskutiert hitzig mit ihrer Mutter, lächelt gleichzeitig den Jungs zu und schafft es auch noch, für einen kurzen Moment ihr Handy in die Höhe zu halten und unseren neuen Freunden zuzuwinken. Ich bin fasziniert von ihrem Talent des Multitaskings und knalle nahezu in Fabi, der das Szenario schon kommen sehen hat und mir das Tablett aus der Hand nimmt.

"Hey"

"Hey."

Etwas unbeholfen stehen wir da. Er umarmt mich und ich atme seinen Duft ein. Das Parfum riecht nach Moschus und Zedernholz. Ein bisschen kommt Jasmin und Sandelholz durch. Sein Geruch erinnert mich an unser letztes Treffen. An unser kleines Abenteuer im Auto. An unseren Roadtrip auf derselben Stelle. Ich befreie mich wieder aus der Umarmung, obwohl ich nichts lieber als das tun würde. Einfach in seinen Armen sein, so dastehen, seinen Duft einatmen, in seine Augen schauen. HALT STOP! Was zur Hölle ist los mit mir?!

Ich grüße die anderen, setze mich hin und stimme in das Gespräch mit ein. Bald ist Klausurenphase und wer hätte es gedacht, die Jungs fangen jetzt schon an, Zusammenfassungen von den höheren Semestern zu besorgen und sich über den Inhalt auszutauschen. Als sie anfangen, mit wirtschaftlichen Begriffen und mathematischen Formeln umherzuwerfen und über die optimale Bestellhäufigkeit und Bestellmenge diskutieren, klinke ich mich aus dem Gespräch aus. Fabi schaut zu mir rüber und ich erwidere seinen Blick, lecke mir über die Lippen. Seine Augen weiten sich für eine Millisekunde. Nur zu gerne würde ich wissen, was in seinem Kopf vorgeht.

"Leute auf geht's. Ihr wisst ja, mit Leichtathletik ist nicht zu spaßen.", Ismail steht ungeduldig mit seiner Sporttasche vor uns.

"Mann, du brennst ja richtig fürs Fach. Wenn du keine 15 Punkte kassierst, dann weiß ich auch nicht.", Mark steht langsam auf und lässt seine Gelenke zwischen den einzelnen Wirbelkörpern der Wirbelsäule knacken.

"Tamam", Markt schaut Ismail genervt an.

"Yalla", Ismail schaut intensiv auf Fabi und versucht ihn mit seinem bloßen Blick zum Aufstehen zu befördern.

"Okay Mädels, wir müssen dann mal los. Achja Arina, falls du auch kommen willst am Freitag, du bist natürlich herzlich willkommen. Wenn du magst kannst du auch jemanden mitbringen. Den Typen von der Salsa-Bar zum Beispiel", Fabi zwinkert Arina verschwörerisch zu, so als wisse er Bescheid. Beim Gehen boxt Mark ihm in die Seite, der sichtlich unzufrieden mit dem Fakt zu sein schein, dass Arina wohl doch noch in festen Händen sein könnte.

"Freitag?", fragt mich Arina

"Er feiert Geburtstag"

"Eine fette Party im Schloss also", Arina lehnt sich zufrieden zurück

"Schloss?", ich schaue sie verwirrt an

"Nein, bei ihm zuhause. Es soll wohl nur so eine kleine Feier mit Freunden und Familie sein, nichts Großes."

"Mhm", Arina nickt wissend.

Ich entscheide mich für ein weißes Sommerkleid, dass ich mir mal in einer Seitenstraße in der Nähe von der ibn Gabirol in Tel Aviv gekauft habe. Zu gut erinnere ich mich an den Tag, wir waren mit Elisa den ganzen Tag am Strand und wollten abends auf eine Party gehen. Durch Zufall habe ich dann dieses Kleid entdeckt und Elisa beschrieb es mit den Worten "Es ist für dich gemacht". Danach waren wir bei Hummus Nachmani essen, ich liebe diesen Laden und wir sind sozusagen Stammkunden von Mickey. Bei dem Gedanken an die cremige Konsistenz und den süßen Beigeschmack der Kichererbsenpaste, die wir an dem Tag ausnahmsweise mal nicht mit rohen Zwiebelstücken gespeist haben, läuft mir das Wasser im Mund zusammen.

Ich binde mir die Schleife am Nacken zu. Vorne ist etwas Dekolleté zu sehen, doch der wahre Hingucker ist der Rücken, der einen tiefen Ausschnitt preisgibt. Ab der Taille fällt das Kleid leicht herunter und umspielt nur noch meinen Körper. Dazu trage ich Sandalen, die mit ein paar Steinen verziert sind. Ich ziehe mir meine einzigen Schmuckstücke an: Goldkettchen, kleine Creolen Ohrhänger und einen Silberring – schlicht und einfach. Schnell schnappe ich mir noch meine Jeansjacke und schaue beim Herauslaufen noch einmal in den Spiegel, um mich zu vergewissern, dass alles stimmt. Mark ist vorher noch beim Training und kommt später nach.

Ich steuere auf das Auto zu und sehe ein Paar wild herumknutschen. Seine Hände stecken in ihrem Haar, das durcheinandersteht, sie umschlingen einander förmlich. Grinsend stehe ich vor dem Auto des Begleiters meiner Freundin und betrachte amüsiert das Spektakel, bis Arina für einen Moment ihre Augen öffnet, und mich erblickt. Ich lächle wie eine Wahnsinnige und winke den beiden zu. Igor lässt sich nichts anmerken, steigt aus dem Wagen und begrüßt mich mit einer herzlichen Umarmung.

„Na, ihr Turteltauben. Sorry, wollte euch nicht beim Auffressen stören."

Arina schaut mich an, schaut in den Spiegel und schaut mich wie eine Wilde wieder an.

„Scheiße, so kann ich nicht gehen", bricht es aus ihr heraus

Von ihrem Mund ist kaum etwas zu erkennen, er ist rotüberströmt, als wäre sie ein Vampir, der die ganze Nacht Blut gesaugt und Zähne knirschen lassen hat.

Verzweifelt sucht sie nach einem Taschentusch in ihrer Mini Clutch und wird fündig.

„Hier, bitte schön", ich reiche ihr eine Haarbürste, die ich immer in meiner Tasche parat habe.

Erneut schaut Arina in den Spiegel und streicht sich mit der Hand durch das zerzauste Haar.

Sie kämmt sich die Haare mit der Bürste, beseitigt das Lippenstiftfiasko und schaut mich dankbar an.

„Du siehst super aus, und glücklich!", ich lächle ihr zu.

Arinas Wangen nehmen eine leichte Röte auf, sie fasst sich jedoch wieder ganz schnell.

„Ich dachte einen Freund mitzubringen kann nicht schaden. Und Igor hatte sowieso nichts Besseres zu tun heute, nicht wahr?", mahnend schaut sie ihn an.

Igor brummt etwas vor sich hin.

„Leute, wen wollt ihr hier für blöd verkaufen?", ich schaue die beiden an und rolle mit den Augen.

„Jeder Blinde sieht doch, was bei euch beiden abgeht."

Arina schaut mich warnend an und ich halte die Klappe.

Die Musik wird aufgedreht und wir stimmen mit ein.

„Ich kann es kaum erwarten dieses Anwesen zu sehen. Sowas werde ich nie im Traum haben, wahrscheinlich nicht einmal nach einem Fünfer im Lotto."

„Anwesen? Jetzt übertreib nicht", ich runzle die Stirn und schaue aus dem Fenster.

„Warts ab. Ich hab' schon so viel davon gehört. Du wirst beeindruckt sein."

„Oh ja, ich habe auch schon einiges von der Familie gehört. Sein Vater soll richtig Kohle haben. Die Creme de la Creme der Elite sozusagen.", stimmt Igor mit ein.

Langsam werde ich nervös, bin ich underdressed? Sehe ich okay aus?

Arina blickt über die Schulter

„Übrigens, du siehst super aus! Ein richtig heißer Feger."

„Fabi wird sich die Finger nach dir lecken.", Igor grinst.

„Er wird sich wünschen dich zu lecken", lacht Arina.

„Arina", ich schaue sie lachend an und wechsle den Blick zu Igor, vor dem es mir etwas unangenehm ist. Dieser tut so, als hätte er Arinas Worte überhört. Sein Blick ruht entspannt und gelassen auf der Straße.

In Gedanken fahre auch ich mir mit dem Kamm durch meine schwarzen Haare, checke im Spiegel noch einmal mein Gesicht und trage erneut Labello auf, der einen Hauch von Farbe aufweist und nach Kirsche duftet.

Igor biegt um die Ecke und wir befinden uns vor einem gigantischen geschlossenen Tor mit Sprechanlage.

Verdutzt schaue ich die beiden an.

Igor lässt sein Fenster runterfahren, drückt auf den Knopf und wir warten einen Moment ab.

"Ja bitte, was kann ich für sie tun?", aus der Sprechanlage ertönt eine Frauenstimme.

"Wir sind wegen Fabi da", Igor bleibt ganz entspannt als das Tor sich automatisch öffnet. Wir fahren über eine von Eichenbäumen gesäumte Allee, bis sich vor uns eine riesige Villa ausbreitet.

Jetzt verstehe ich, wieso Arina Fabis Zuhause als "Schloss" bezeichnet.

Das Gebilde ist kolossal, ich habe noch nie so etwas luxuriöses gesehen. Ich wusste ja, dass Fabis Eltern Geld haben, vor allem nach dem Auto letztens, aber das verschlingt mir doch die Sprache. Wir steigen aus und laufen die vielen Treppenstufen hinauf. Alles wirkt so groß, sauber, perfekt. Das Haus ist weiß gestrichen und hat ein Zwerchdach, welches die Farbe aus einer Mischung von Zitrusfarben und Grautönen widerspiegelt. Einige Ziegel stechen besonders hervor und haben eine gelb orangene Farbe angenommen, was in mir sofort eine Nostalgie der Sonne und des Meeres hervorruft. Ich bleibe auf den Treppenstufen stehe und bestaune die großen Halbkreisfenster, die die Perfektion des Gebäudes abrunden.

Eine Frau mittleren Alters öffnet uns die Tür und begrüßt uns herzlich.

"Ihr müsst Fabis neue Freunde sein. Und du bist bestimmt Lejla, ich habe schon viel von dir gehört, mein Kind! Ich bin Nadeschda", sie drückt mich liebevoll an ihre große Brust, ich fühle mich leicht überrumpelt und doch willkommen.

Dann schenkt sie auch Arina und Igor eine Umarmung.

"Tretet herein in die gute Stube. Die anderen sind schon hinten im Garten."

Wir treten durch die elegante Haustür aus Massivholz, die sehr aufwändig verarbeitet zu sein scheint und befinden uns im Foyer. Automatisch bleibe ich mitten im Eingangsbereich stehen und bestaune den Kristallkronleuchter, der mich durch sein Funkeln in den Bann zieht.

„Es ist schön, dass du da bist. Lilly hat stundenlang von dir geschwärmt, sie wird sich riesig freuen, dich zu sehen. Einschließlich Fabi, der Junge ist ganz verrück nach dir. Ach, was plappere ich da, hier geht's lang, folgt mir."

Nadeschda zwinkert mir allwissend zu während sie mir den Rücken tätschelt und mich durch das Haus führt. Wir durchqueren einen langen Flur und ich kann nur flüchtig einen Blick in einige Zimmer erhaschen. Zumindest in die, die keine Tür haben.

Ein Zimmer sieht aus wie ein riesiger Ballsaal mit einem Klavier. Auch Arina und Igor können den Blick nicht vom Interieur des Hauses abwenden. Wir haben beinahe vergessen, aus welchem Grund wir hier sind, sind viel zu abgelenkt von dem Inventar, der Innenausstattung, dem Glanz und Prunk, der uns umgibt.

Instinktiv vergleiche ich dieses monströse Haus mit unserer Wohnung in Israel und komme mir dabei so klein vor. Fasse mich jedoch schnell wieder, denn was sagt Besitz schon über einen Menschen aus? Ich würde lieber Tausende von wunderschönen Momenten erleben und diese in mein Gedächtnis packen, statt Besitz und Eigentum zu haben. Zumindest wenn ich mich dazwischen entscheiden müsste. Und ich bin meiner Mum so dankbar für diesen Gedankengang, den sie mir eingepflanzt hat. Aus dem Garten ertönt Musik, die mir bekannt vorkommt – ich versuche noch in meinem Hirn nach dem Namen des Künstlers zu graben, da läuft mir schon Lilly in die Arme.

„Leeejla, es ist so so cool, dass du da bist!", sie sieht mich freudestrahlend an.

„Ich freu mich auch", ich drücke sie liebevoll und gebe ihr einen dicken Schmatzer auf die zarte Wange.

„Komm, du musst unbedingt den Garten sehen. Und ich will dir meine Blumen zeigen. Und Schaukeln, können wir zusammen schaukeln?", sie nimmt mich an der Hand und führt mich energisch in den Garten.

Vor mir befindet sich eine kleine Bühne, auf der ein Drummer, ein Gitarrist und ein Sänger Live-Musik spielen und mich in den Bann der Melodie ziehen, bis ich etwas anderes entdecke.

„Habt ihr ernsthaft einen Swimmingpool?", frage ich Lilly schockiert.

„Klar", sie blickt mich skeptisch an, so als wäre diese Frage total unnötig. Als sei ich schwer von Begriff.

„Jetzt komm, ich will dir alles zeigen", erneut zieht Lilly an meiner Hand.

„Gleich Süße, lass uns erstmal zu dem Geburtstagskind gehen."

„Hallo, ich bin Bernd", Fabis Dad steht am Grill und wendet Steaks und Würstchen.

Ich habe ihn mir ganz anders vorgestellt. Streng, mürrisch. Er sieht entspannt aus und lächelt uns zu.

An einem langen weißen Tisch sitzen Mark, der nun doch schon früher da ist, Ismail, Robin, ein paar bekannte Gesichter kann ich noch erkennen, wahrscheinlich habe ich sie schon einmal in der Uni gesehen. Den Rest kenne ich nicht. Der Tisch ist komplett ausgestattet mit Getränken unterschiedlicher Sorten, Snacks und Häppchen. Alles ist akkurat und sorgfältig dekoriert, Nadeschda muss sich wirklich Mühe gegeben haben. Kiwifarbene Tischbänder, ein weißes Satinband und ein Sizoweb in Mint schmücken den Esstisch, aparte Vasen runden das Ganze ab und sind ein wahrer Hingucker.

Achja, habe ich die Candybar schon erwähnt?

Ein Wagen voller Süßigkeiten erweckt meine Aufmerksamkeit, prall gefüllt mit selbstgemachten Leckereien - Cupcakes mit unterschiedlichen Glasuren, Mini-Gugelhupfe, bunte Schokoperlen, Cakepops, die mit einer dicken Schicht Zuckerguss bestrichen sind. Bei näherer Betrachtung sehe ich Karamell Brownies – ich sehe sie nicht nur, der Duft steigt mir förmlich in die Nase - und würde mich am liebsten direkt auf den Nachtisch stürzen.

Alles ist perfekt aufeinander abgestimmt, wie in einem Film über die perfekten Feiern in perfekten Familien in perfekten Häusern. Und dann stellt sich heraus, es ist alles andere als perfekt. Nur ein Schein, eine Illusion.

„Hey, ich bin Lejla", ich lächle in die Runde. Ein paar Leute stehen auf und reichen mir die Hand. Sie wirken alle total nett und offen.

Arina und Igor gesellen sich zu den anderen, während ich Ausschau nach dem Geburtstagskind halte.

Er kommt mit einer Bierkiste aus der Ecke und sieht einfach unwiderstehlich aus in seinem weißen Hemd mit Fliege. Mir bleibt wortwörtlich die Spucke weg. Am liebsten würde ich ihn auf der Stelle vernaschen, ihm ein Geschenk in Form der Verführung darbieten. Ich reiße mich zusammen und versuche cool zu bleiben.

Er schaut mich freudestrahlend an und stellt die Bierkiste beiseite.

„Wie schön, dass du da bist!"

Fabi drückt mich an sich, erneut atme ich seinen Duft ein, der mir jedes Mal den Atem stiehlt.

„Alles Liebe zum Geburtstag", flüstere ich in sein Ohr.

„Danke, du siehst toll aus!"

„Oh, danke. Du machst aber auch keinen schlechten Job in dem Hemd hier", gebe ich grinsend zurück.

„Hier, das ist für dich. Nur eine Kleinigkeit", ich reiche ihm mein Geschenk, das mir in diesem Moment so bescheiden und mickrig erscheint.

„Lejla, du sollst mir nichts schenken."

„Es ist nur eine Kleinigkeit. Mach es später auf, ja?"

Ich habe lange überlegt, was ich ihm schenken soll. Wir kennen uns noch nicht so gut, aber was ich weiß ist, dass Fabi ein begnadeter Koch ist. Er liebt es, eigene Kreationen auszuprobieren. Deshalb habe ich ihm ein kleines Buch zusammengebastelt, in dem er seine eigenen Rezepte verewigen kann, samt einem Kochlöffel, den ich in einem kleinen Laden im Nikolaiviertel gefunden habe. Natürlich habe ich dazu eine Karte geschrieben.

Fabi legt das Geschenk zu den anderen Geschenken, die sich stapelweise auf dem Tisch türmen. Ich frage mich, wie es hier abläuft. Ob Geschenke auf solchen Geburtstagen erst im Nachhinein ausgepackt werden, wie bei einer Hochzeit. Der Gastgeber sich eventuell gar nicht daran erinnert, von wem welches Geschenk ist, oder ob ich mich täusche. Ob Schleifen aufgezogen werden, Geschenkpapier voller Neugier aufgerissen wird, Geburtstagskarten ergriffen und schmunzelnd zugleich in der Stille der Spannung gelesen werden. Und jeder schaut das Geburtstagskind an, erwartungsvoll, begierig darauf zu erfahren, was die Karte in sich trägt, welche Worte sie bereithält, die den Menschen so zum Lächeln bringen. Ein Glänzen in seinen Augen verursachen. So war es zumindest immer bei uns daheim.

„Bier, Wein, Gin, Sekt, Wodka oder doch Saft?", Fabi reißt mich aus meinen Gedanken.

„Ich nehm erstmal ein Bier, danke!"

„Lejla, können wir jetzt gehen?"

Erst jetzt bemerke ich Lilly, die ungeduldig neben uns steht, die Arme ineinander verschränkt und mich auffordernd anschaut.

„Lilly, Lejla ist mein Gast. Lass sie doch erst einmal ankommen.", ermahnt sie Fabi.

„Aber ich will Lilly den Garten zeigen und schaukeln", Lilly schaut mürrisch drein.

Ich knie mich zu ihr runter.

„Na komm, zeig mir den Garten, dann kommen wir wieder und stürmen das Büffet", ich zwinkere ihr zu.

Mehr brauche ich nicht zu sagen, sie schnappt sich meine Hand und weg sind wir.

Wir laufen durch eine Blumenallee. Die Sonne scheint, ich nehme den Duft unterschiedlicher Blumen wahr. So viele Farben, so viel grün, es ist nahezu paradiesisch. Lilly drückt meine Hand.

"Hier durch", sie krabbelt durch eine Hecke. Ich bin mir sicher, es gibt irgendwo auch einen Eingang.

Ich folge ihr und erblicke einen wunderschönen Rosengarten, kann meinen Augen kaum glauben. Ich habe schon immer von so einem Garten geträumt.

An der Seite steht eine Hängeschaukel, Lilly klettert darauf und schaut mir zu, wie ich ganz gebannt den Garten begutachte. Ich laufe einmal im Kreis, sehe wunderschöne Rosen in allen Farben und Facetten. So sieht also das Leben der Reichen & Schönen aus.

"Kommst du?", fragt mich Lilly.

Ich setze mich zu ihr auf die Schaukel und drücke mich mit meinen Füßen vom Boden ab, um die Schaukel in Bewegung zu setzen.

"Es ist wunderschön! Der Garten, das Haus, einfach alles", ich kann den Blick nicht von den Rosen abwenden, die mit ihren kräftigen Farben meine volle Aufmerksamkeit auf sich ziehen.

"Das ist Mamas Garten. Sag Fabi nicht, dass ich immer herkomme."

"Wieso nicht?"

"Er kommt nicht mehr her seitdem sie weg ist. Obwohl sie ja ein Stern ist und uns von oben anschauen kann. Manchmal hat sie uns hier vorgelesen."

Ich schaue Lilly traurig an, wie schlimm muss es für ein kleines Mädchen sein, seine Mutter zu verlieren. Zu sehen, wie sie sich ganz langsam auflöst, die Krankheit sie auffrisst, bis nichts mehr von der Person übrigbleibt, die man über alles liebt. Ich drücke Lilly kurz.

"Wenn wir uns das nächste Mal sehen, veranstalten wir keine Disney-Party, sondern basteln uns eine Lesestube und machen es uns gemütlich, ja? So mit Kuscheldecke, Kerzen, Büchern bis zum Umfallen, Tee und natürlich jede Menge Snacks.", ich zwinkere ihr zu. Sie nickt, und doch ist sie in ihren Gedanken woanders.

"Komm, lass uns zurück zu den anderen gehen und uns mit Unmengen an Essen vollstopfen. Hört sich nach einem Plan an, oder?", ich zwinkere ihr zu, schnappe mir ihre kleine Hand und wir flitzen wieder zurück zu den anderen.

Das Steak schmeckt himmlisch, Bernd ist der geborene Grillmeister.

Es schmeckt zart und saftig und hat gleichzeitig eine schöne Kruste. Dazu gibt es Kartoffeln und Kräuterbutter, die ich großzügig und flächendeckend auf meinem Steak verteile. Und der erste Bissen, wow. So schmeckt das Paradies.

Nach und nach verschwinden Nadeschda und Bernd. Lejla schläft auf Fabis Schoß ein und er bringt auch sie rein ins Kinderzimmer.

Die Band spielt "Breakeven" von The Script und Arina und Igor eröffnen die Tanzfläche, die jedoch eher zu einem romantischen Tanz einlädt. Arina schmiegt ihr Gesicht an seine Schulter, während sie sich langsam zu der Melodie bewegen und die Lichterketten im Anbruch der Dunkelheit Licht schenken.

"Na, Lust auf ein Tänzchen?", Fabi steht dicht hinter mir und raunt mir die Worte ins Ohr. Ich werde jetzt schon feucht, obwohl er doch nur tanzen will, nichts Unanständiges tun will. Sein Blick trifft meinen, ich lächle ihm lasziv zu, nehme seine Hand und wir begeben uns mitten auf die Tanzfläche, während auch die anderen sich dort versammelt haben und ihre Hüften im Takt schwingen, nachdem die Musik sich geändert hat.

Seine Hände wandern entlang meines Rückens und finden ihren Platz unmittelbar vor meinem Steißbein. Er umschließt seine Hände um meinen Rücken und ich lege meine auf seine Schultern, wir bewegen uns im Takt, auch als die Musik schneller wird, wir unsere Hände voneinander lösen und abgehen, die Musik fühlen, uns auf sie einlassen. Die Gruppe vergrößert sich, ich tanze mit Arina, mit Mark, verliere Fabi nie aus den Augen, der mich unentwegt anschaut, mir Blicke zuwirft. Diese schelmischen Blicke, als hätte er etwas im Sinn. Und wieder tanzen wir beieinander, miteinander. Er dreht mich um meine eigene Achse, zieht mich zu sich und wieder von sich. Ich rolle meinen Körper an seinem Arm zu seinem Brustkorb entlang, lande mit meinen Armen auf seinem Thorax und bin völlig außer Puste. Auch er atmet schwer, wobei ich mich frage, ob es vom Tanzen, oder von der vibrierenden Stimmung zwischen uns zustande kommt - der Mix machts.

"Komm, ich muss noch mehr Getränke holen.", Fabi zieht mich an der Hand und ich folge ihm, beschwipst vom Alkohol laufe ich ihm leichtfüßig hinterher, springe hin und wieder mal in die Höhe. Unsere

Schritte werden schneller, wir laufen zum Haus und sind high, obwohl wir es doch nicht sind. High on endorphines, high on feelings. High on – ja on was eigentlich? Wir landen wieder im Foyer des Hauses und Fabi kann seine Finger nicht mehr von mir lassen. Langsam bewegen wir uns Richtung Treppe, die uns in den Keller führt, während wir wie wildgewordene Teenager miteinander rummachen, alles um uns herum vergessen. Wieder fasst er meine Hand und zieht mich die Wendeltreppe aus Stahl und Holz herunter, die andere Hand umschließt das Glasgeländer der Treppe, bis wir unten ankommen und ich mich an Fabi presse, meine Zunge in seinen Mund gleitet und wir miteinander wilde Spiele vollführen. Mir wird heiß und kalt zugleich, er raubt mir den Vorstand. Fabi knallt mich gegen einen Schrank und ich drücke meinen Rücken durch, presse mich an ihn und wechsle die Position, sodass er an den großen Holzschrank gepresst ist, seine Hände nach mir packen wollen, sie jedoch ins Leere greifen. Denn ich bin schon auf dem Weg, auf dem Weg ins Abenteuer. Auf dem Weg zu seinem liebsten Stück und irgendwie auch meinem. Im Handumdrehen öffne ich den Reißverschluss seiner Hose und knie mich vor ihn, widme mich hingebungsvoll seinem Schwanz, umschließe ihn mit meinem Mund und spüre ihn in mir pulsieren, eine monumentale Größe in mir annehmen.

Fabi atmet zischend ein, breitet seine Arme aus und hält sich mit einem Arm der Seite des Schrankes fest, mit dem anderen umfasst er meinen Kopf, erst ganz vorsichtig. Er gibt mir den Takt vor, drückt mich fester an sich, sodass sein Schwanz komplett in mir verschwindet, meinem Gaumen abwechselnd ein High Five schenkt und wieder herausgleitet, bis Fabis Beine anfangen zu zittern, zu beben, abzuheben.

Das Sperma verteilt sich in meinem Mund und auf dem Boden und ich schlucke. Schlucke einen Teil seiner Existenz.

"Lejla..."

"Psst"

Langsam erhebe ich mich, grinse ihm verschmitzt zu und sage "Happy Birthday".

Ich drücke ihm einen Kuss auf die Wange und tue so, als sei nichts geschehen, schnappe mir seine Hand und suche nach dem Bier, da er immer noch nicht ganz zurück ist, noch in einem Paralleluniversum steckt. High on endorphines

-22-

"The world

Gives you

So much pain

And here you are

Making gold out of it

There is nothing purer than that"

Rupi Kaur

Lejla

Grinsend sitze ich in der S-Bahn, fühle mich wie auf Wolke sieben, könnte die ganze Welt umarmen, im Kreis tanzen und die Hände in die Luft schmeißen. Behalte sie jedoch auf meinem Schoß, damit ich nicht zu den Geisteskranken dieser Welt zähle. Aber – who cares. Vor allem in Berlin ist alles egal.

Ich muss schmunzeln, allein schon beim Gedanken an Fabi. An sein schelmisches Grinsen, seine heimlichen Berührungen. Seine Hand auf meinem Knie am Esstisch. Und dann an den Keller. An seinen Schwanz in meinem Mund. Seine blauen Augen, die vor Verlangen fast schwarz wurden.

In Sekundenschnelle werde ich wieder feucht. Ich schaue zum Fenster und sehe meine Spiegelung wieder. Ich sehe eine glückliche junge Frau, die strahlt. Nicht aufhören kann zu Lächeln. Ein älterer Herr schaut zu mir rüber und grinst, ich könnte schwören, er weiß, welche unanständigen Dinge ich heute Nacht getrieben habe.

Die Haustür ist offen. Tänzelnd laufe ich die letzten Treppenstufen hoch. Die Sonne bahnt sich langsam ihren Weg durch die Dunkelheit und setzt dieser Nacht ein Ende.

Ich suche in meiner Tasche nach meinem Schlüssel. Fast schon habe ich Bedenken, ob ich ihn vergessen habe. Ich habe ihn noch nie vergessen und ich kann jetzt auf keinen Fall Julia wecken, es ist sechs Uhr morgens. Sie würde mich umbringen. Oder mir die gebrauchte Pfanne über den Kopf schlagen.

Ich lehne mich an die Wand und kippe den kompletten Inhalt meiner Tasche auf den Boden des Treppenhauses. Tatsache, der Schlüssel ist nicht drin. Was für ein Fail. Das Einzige was mir bleibt, ist mein Handy. Schnell schreibe ich Julia eine Nachricht in Whatsapp, sende ihr gleichzeitig noch eine SMS und klingle sie an. An die Tür hämmern wollte ich dann doch nicht, aber alle virtuellen Wege der Kommunikation ausschöpfen kann nicht verkehrt sein. In der Zwischenzeit packe ich mein Zeug wieder in meine Tasche und gehe noch einmal raus an die frische Luft.

Zehn Minuten später erhalte ich eine SMS von Julia.

"Dein Freund ist hier."

Perplex schaue ich auf mein Handy. Mein Freund? Verwirrt gehe ich zum zweiten Mal die Treppen hinauf, nehme etwas langsamere Schritte. Versuche eins und eins im Kopf zusammenzuzählen, Puzzlestücke in meinem Hirn zu einem passenden Konstrukt werden zu lassen. Doch es gelingt mir nicht.

Julia steht an der Tür. Sie scheint nicht einmal sauer zu sein, dass ich sie geweckt hab.

"Hey es tut mir echt leid, ich habe irgendwie meine Schlüssel daheim vergessen. Ich weiß auch nicht, wie das passieren konnte.", rede ich schnell auf sie ein. Julia steht in einem schwarzen T-Shirt und Boxershorts vor mir und lässt mich rein. Sie fährt sich mit der Hand durch ihr kurzes Haar.

"Ach kein Problem, ich habe eh nicht gut geschlafen. Dein Freund ist gestern Abend gekommen. Ich hab' ihn mal reingelassen, du warst ja nicht da."

Erneut schaue ich sie skeptisch an.

"Welchen Freund meinst du Julia? Ich habe keinen Freund."

"Wie jetzt? Er hat gesagt er ist dein Freund. Was hätte ich auch tun sollen. Konnte den ja nicht einfach vor der Tür stehen lassen. Naja, der Typ, wer auch immer das jetzt ist, wartet in deinem Zimmer."

Mit diesen Worten verabschiedet sich Julia von mir und zieht ihre Zimmertür hinter sich zu. Sie hat einfach so einen Typen in mein Zimmer gelassen. Ohne mir überhaupt Bescheid zu geben.

Langsam beginne ich zu begreifen. Gehe mit bedachten Schritten auf mein Zimmer zu. Stehe vor meiner Tür, der Türknauf in der Hand. Mein Herz hämmert gegen die Brust. Einatmen, ausatmen. Es gelingt mir nicht. Ich verliere den Boden unter den Füßen, bin starr vor Angst.

Schaffe es mit meinen zitternden Händen den Türknauf aufzudrehen und öffne die Tür. Ich betrete mein kleines sauberes Reich, das nun nicht mehr mein unschuldiger Rückzugsort ist, niemals mehr sein wird. Aus dem Puzzle wird ein hässliches Abbild der Realität. Bebend stehe ich in meinem Zimmer und schaue auf Abel, der mit meinem Notebook in der Hand seelenruhig und entspannt auf meinem frisch bezogenen Bett sitzt und eine Cola trinkt. Ich bin baff. Von der Seite sehe ich meinen Facebook Messenger, geöffnete Chats. Das Gefühl, das in mir aufkommt, ist kaum zu beschreiben. Es ist ganz tief in mir drin, eine schwarze dunkle knetige Masse, die hochkommt, sich einen Weg durch meinen Körper frisst, mir das Gefühl eines Erdbebens verschafft. Ich bin vollkommen starr. Und dann komme ich wieder zu mir. Aus Panik wird Wut.

"Was zur Hölle machst du hier?", ich schreie ihn an.

Abel schaut mir entspannt in die Augen. Seine Lippen formen ein unschuldiges Lächeln.

"Ich habe es nicht mehr ohne dich ausgehalten, Lejla."

"Und dann fällt dir nichts Besseres ein, als in mein Zimmer einzubrechen? Aus Israel herzukommen? Bist du komplett geisteskrank?! Was zur fucking Hölle ist in dich gefahren?!", meine Stimme wird lauter, überschlägt sich. Aus Beben wird Geschrei.

"Lejla"

"Nein, ich rede jetzt. Ich habe dir SO oft versucht es klar auszudrücken. Ich möchte dich und dein Gesicht nie wiedersehen. Nie wieder. Was fällt dir ein, in Berlin aufzukreuzen?! In meine WG hereinzuspazieren. Woher weißt du überhaupt wo ich wohne?"

Ich versuche mich zu sammeln, tausend Gedanken sind in meinem Kopf und doch ist es nur einer der mir den Verstand raubt – Er ist wieder da, und er wird nicht verschwinden.

"Wir gehören zusammen. Lejla verdammt, ich liebe dich."

"Nein, das ist keine Liebe. Das ist krank. Du weißt doch überhaupt nicht was Liebe ist", die Worte kommen aus meinem Mund geschossen.

"Wie kannst du das sagen? Ich habe ALLES für dich getan. Alles. Ich würde alles für dich hergeben."

"VERSTEHST DU ES NICHT? Ich WILL nichts von dir. Ich will nicht, dass du mir etwas von dir hergibst. Ich will verdammt nochmal, dass du mich endlich in Frieden lässt und ein für alle Mal aus meinem Leben verschwindest. Ich will dein Gesicht nie wieder vor mir sehen. Ich will deinen Namen nie wieder hören, ich will, dass die ganze Scheiße endlich ein Ende nimmt. Ich will einfach nur frei sein, frei von dir und dem ganzen Shit, den wir gemeinsam hatten. Ich will deine Visage nie wieder in meinem Leben sehen, nie wieder! Wann checkst du das endlich, hä? Wann, verdammt?!"

"Du nennst das mit uns Scheiße?"

"Und überhaupt, was fällt dir ein, an meinem Notebook zu sitzen und meine Nachrichten zu lesen?"

Ich bin so wütend, am liebsten würde ich etwas zerbrechen, an die Wand schlagen, laut schreien, sodass Trommelfelle zerplatzen.

"Wer ist Greg?"

"Das geht dich einen feuchten Scheißdreck an".

Ich fasse es nicht. Er hat alle meine Nachrichten gelesen, meinen kompletten Verlauf. Schon wieder. Es sind nur banale Dinge, wie zb. Greg, mein Kommilitone, mit dem ich mich über einige Dozenten ausgetauscht habe. Und doch ist er wieder wie eine Stinkwanze in meine Privatsphäre eingedrungen, hat sich ausgebreitet und versucht sich nun auszudünsten, seinen Odor durchsickern zu lassen.

Am liebsten würde ich nun mein Telefon schnappen und den Kammerjäger rufen, ihn den Job erledigen lassen. Doch leider ist das Leben kein Märchen und wir befinden uns auch nicht in der Tierwelt, also muss ich die Sache selbst in die Hand nehmen, dem ein Ende setzen. Ich darf die Wanze nicht weiter provozieren, sonst wird sie in Flammen aufgehen und ihr Gestank wird durch die Wohnung durchsickern. Ich versuche sie einzufangen, sie aus der Reserve zu locken, herauszuschaffen, um die Ausscheidung des streng riechenden Sekrets zu vermeiden.

Ich sammle mich, sammle meine folgenden Worte, die ich an ihn richte.

"Ich möchte, dass du deine Sachen nimmst und gehst", ganz ruhig spreche ich nun zu ihm.

"Das kannst du nicht machen. Ich bin aus Israel hergeflogen, nur um dich zu sehen."

"Ich habe dich nicht darum gebeten", kontere ich.

"Wir gehören zusammen, das weißt du genauso gut wie ich. Ich habe mir sogar deinen Namen tätowiert. Das machen nur Verliebte, die zusammengehören, ist das nicht so, Lejla?"

Ich schaue ihn verdutzt an.

"Sehr witzig, nimm deine Sachen."

"Glaubst du mir nicht?"

Er krempelt sein Hemd am rechten Arm hoch. Langsam, aber sicher, sehe ich, verschnörkelt und umgeben von den anderen großen Tattoos, hebräische Buchstaben. Ich sehe meinen verdammten Namen auf seinem Körper, Lejla.

Mein Name ist auf seinem Körper verewigt. Ein widerwärtiger Klumpen Kotze sammelt sich in meinem Rachen, den ich versuche, wieder hinunterzuschlucken, es kaum schaffe, denn er ist so groß, nimmt den ganzen Platz in meinem Mund ein und hindert mich daran, zu sprechen, ein Wort hinauszubringen.

"Gefällt es dir?", er schaut mich unschuldig an und lächelt ganz breit.

Ich versuche mich zu fassen, kralle meine Hände in mein Kleid und spreche ruhig und gefasst.

"Nimm bitte deine Sachen und geh", ich nehme seine alte Sporttasche, aus der zusammengeknüllte alte Socken herausstecken, und drücke sie ihm in die Brust.

"Geh", sage ich stoisch und entschieden.

Er widerspricht mir nicht. Sein Blick ist enttäuscht. Nicht wütend. Und er geht. Er zieht meine Zimmertür hinter sich zu, schließt die Wohnungstür, tritt hinaus aus diesem Haus.

Ich lehne meinen Kopf gegen den Schrank und atme aus.

Es fühlt sich an, als würde ein erneuter Krieg ausbrechen, Menschen in den Abgrund ziehen.

Er geht – und doch: er ist wieder da.

"The one you love

and the one who loves you are never,

ever the same person."

Chuck Palahniuk

Abel

David hat mir den Kontakt besorgt. Er ist Mitglied bei den Holy Land Drivers in Jerusalem und hat Freunde aus aller Welt. Aus Not hat er mal einen von den Outlaws bei uns aufgenommen, der dann zum Gremium MC gewechselt ist, dem größten deutschen 1%-er Motorradclub.

Ich besorge mir ein Ticket und mache mich auf den Weg zur Regionalbahn nach Zossen. Von dort steige ich in die 771, ein Bus mit nur wenigen Passagieren. Desto mehr Stationen wir passieren, desto leerer wird der Bus, bis nur noch ich und ein Typ übrigbleiben.

"Rehagen, Chausseestr.", lese ich auf dem Anzeigeschild. Letzte Station, nach gut 50 Minuten.

Ich schnappe mir meine Sporttasche und mache mich auf die Suche nach meinen neuen Freunden.

Das riesige Haus befindet sich mitten an der Hauptstraße und liegt zwischen bewohnten und unbewohnten Häusern, wobei die Lage hier eher trist aussieht – ganz nach meinem Geschmack.

Ich klopfe stark gegen das hellbraune Tor vor dem Haus und sehe, wie eine Frau ihre Gardine aufzieht und mich finster beobachtet. Verstehe ich, man kann nie vorsichtig genug sein.

Ein breiter Typ mit langem Bart öffnet das Tor und gibt mir die Hand.

"Sascha", ein Lächeln breitet sich auf seinem Gesicht aus.

Sascha trägt mit vollem Stolz eine schwarze Kutte, die ich bewundernd mustere, während er vor mir herläuft. Auf der Rückseite seiner Kutte prangt ein Backpatch. Neben den Schriftzügen "Gremium" und "Germany" zeigt es ein von den Buchstaben M und C eingerahmtes eisernes Kreuz, sowie eine Faust, die von einer aufgehenden Sonne Richtung Himmel stößt. Daneben befindet sich das 1%er Abzeichen.

"Die Bullen wollten uns unsere Farben verbieten. Kuttenverbot, Rockerverbot, Patchesverbot. Man kann uns vielleicht die Kutten verbieten, unsere Bikes und Helme wegnehmen, aber niemals unsere Treue und Loyalität dem Club gegenüber. Komm rein in die gute Stube, mach es dir bequem."

Das Haust hat drei Stockwerke und sieht ziemlich runtergekommen aus, wie von außen so auch von innen.

Wir betreten einen Raum mit einer abgewetzten Couch, auf der drei andere Typen sitzen.

"Jungs, das ist Abel. Nehmt ihn auf wie einen Bruder."

Der Typ mit dem "ACAB" T-shit reicht mir einen selbstgedrehten Joint und ich geselle mich zu ihnen, fühle mich direkt wohl und dazugehörig.

"Nachher fahren wir zu unseren Brüdern nach Fulda. Wir feiern das zehnjährige ihres Chapters im Vereinshaus."

"Das wird 'ne gute Party. Weiber sind auch dabei", sagt der Typ mit dem "ACAB" T-Shirt.

Sascha gibt dem Typen einen Klaps auf den Hinterkopf.

"Hast du vergessen, dass du noch eineinhalb Jahre hast, bis du Member wirst und unser Präsident dem auch zustimmt? Bis dahin bist du immer noch Prospect und verhältst dich auch so. Ich hab' dich nicht umsonst in den Club gebracht und dich vorgeschlagen. Nix da Weiber, du machst die Tür heute."

Der Typ schweigt.

"Wenn du Lust hast, komm doch mit. Es wird 'ne richtig gute Party. Ich muss vorher noch ein paar Sachen erledigen, hab noch ein paar Kunden bei mir im Tattoo Laden hier im Dorf."

"Ich will eure Gastfreundschaft nicht überstrapazieren."

"Mi casa es tu casa", Sascha lacht und ich stimme mit ein.

"Ich kann dich auch gern mit zum Studio nehmen."

"Gern. Ich bring nur meine Sachen hoch!"

Ich bewege mich Richtung Treppe, betrete ein Zimmer mit einem braunen Sofa und lege meine Sporttasche ab.

Sorgfältig hole ich meinen alten Laptop hervor und öffne wachsam das Überwachungssystem, dass ich vor einigen Wochen installiert habe.

Da ist sie, meine kleine Lejla. In voller Pracht und Fülle liegt sie in ihrem Bett mit der Blumenbettwäsche und schaut gedankenverloren aus dem Fenster und den tristen Ausblick auf Berlin. Ob sie an mich denkt? An unsere gemeinsame Zukunft? Oder unsere löbliche Vergangenheit? Wahrscheinlich vermisst sie mich gerade, will mich bei sich haben. Tief in ihrem Inneren weiß sie, wir zwei sind eins. Die kleine Kamera, die ich an ihrem Rauchmelder angebracht habe, umfasst den gesamten Raum, ich kann sogar einen Blick aus ihrem Fenster werfen. Ich klopfe mir selbst auf die Schulter, ein Hoch auf mich.

Rasch ziehe ich meine Hose runter und stelle meinen Laptop auf dem Sofa ab.

Ich hole mir einen runter und während meine Liebste so da liegt und mein Atem immer schneller und lauter wird, ejakuliere ich mitten in ihr wunderschönes kleines Gesicht.

"the scariest monsters are the ones that lurk within our souls"

Edgar Allan Poe

Lejla

Ich ändere erneut alle meine Passwörter auf meinem Notebook.

Ich checke den Verlauf des Browsers.

Ich putze mein Zimmer.

Ich bestelle mir eine neue Sim-Karte.

Ich wechsle meine Bettwäsche.

Ich desinfiziere jeden Millimeter.

Ich lege mich auf mein Bett und starre ins Leere.

Und doch, können meine Hände nicht aufhören zu zittern. Meine Gedanken rasen. Ich versuche, dieses abscheuliche Monster aus meinem Kopf zu verbannen. Ich bemühe mich, ein Schloss um meine Gedanken zu schließen, den Schlüssel weit wegzuschmeißen und das Monster zu verbannen. Doch es schleicht sich langsam und stetig heran, rüttelt an dem Schloss, zieht einen Zweitschlüssel hervor und schafft es doch in meine Gedankenwelt einzudringen, sich einzunisten, es sich ganz bequem zu machen. Ich weiß, es fühlt sich wohl da drin, möchte bleiben und noch mehr Unheil anrichten, möchte seine gierigen Hände nach mir ausstrecken, mich zu sich ziehen, von mir Besitz ergreifen.

Ich liege in meinem Bett und starre ins Leere.

Zähle von zehn bis eins runter.

Versuche meinen Atem unter Kontrolle zu bekommen.

Ich schnappe mir meine Tasche und sprinte los. Weiß nicht genau wohin, einfach raus. Raus aus diesem Raum, der mir nun gar nicht mehr so unschuldig und heilig vorkommt. Raus aus dem Raum, der nun den Duft dieses Mannes angenommen hat und sich wie eine Lawine mit voller Wucht über mich erschüttert.

Ich laufe durch die Straßen, ohne Ziel. Einfach laufen, nicht nach hinten blicken. Und wieder fühle ich mich verloren, verloren in meiner eigenen Welt. Einsam, aussichtslos.

"Lejla? Heeeyy warte."

Jemand zieht mich am Arm. Ich versuche mich zu lösen, schlage wild um mich, bin wie in Trance, in meinem eigenen Film gefangen. Ich kneife die Augen auf und begreife, dass diese Person Fabi ist. Mein Fabi. Ich kann nicht anders und breche in seinen Armen zusammen.

"Sex, Drugs & Rock'n'Roll"

Lemmy Kilmister

Abel

Zwar besteht keine Harley Pflicht, und trotzdem fahren wir gemeinsam auf den Harleys Richtung Hessen. Die Jungs mit ihren Kutten und Farben, ich mit meinem schwarzen T-Shirt.

Wir passieren die A9, fahren über die A4. Desto näher wir unserer Destination kommen, desto mehr Männer gesellen sich zu uns. Alle kommen sie auf ihren Harleys angefahren, aus Bad Hersfeld, Kirchheim. Gemeinsam biegen wir in die Heinrichstraße, fahren an einem kleinen Massage- und Kosmetikstudio vorbei, und kommen bei der Hausnummer 18, die ich von der Ferne noch kaum sehe, zum Stopp. Gleich neben einem großen Gebäude, das den Namen "Marienschule" trägt. Es sind unfassbar viele Leute vor dem Clubhaus "Black Seven". All' die Hessen haben sich hier versammelt. Biker aus Schotten, Gießen, Marburg, Bad Nauheim, Limburg und dem Taunus werden mir vorgestellt. Vor mir sind mindestens 200 Leute, umgeben von den Bullen, die einen Großeinsatz durchführen. Etwas panisch schaue ich Sascha an, er wiederum bleibt gelassen.

"Routine", nickt er in meine Richtung und zeigt der Polizei seine Papiere.

"Die wollen heute wohl wirklich nur feiern", höre ich eine Polizistin an ihren Kollegen gewandt sagen, nachdem sie einen Member nach

Schusswaffen durchsuchen und mit leeren Händen dastehen. Auch die ehemaligen Freeway Riders aus Moers sind mit von der Partie, nachdem vor einigen Jahren wohl ein "Patch over" gefeiert wurde – die Übernahme-Party, wie Sascha es mir vorhin im Studio erklärt hat. Endlich kommen wir durch die Tür, ich atme stickige Luft ein und werde von Sascha direkt mit in einen anderen Raum gezogen, wo wir mit dem Präsidenten, der aus einem kleinen Ort namens Hünfeld stammt, und vier anderen Membern, 6cm-lange Lines ziehen.

Nach ein paar Minuten bin ich wacher als je zuvor. Der Raum wird von einem Member abgeschlossen und ich gehe Richtung Getränkestand, wo ich ein paar Prospects sehe, die nach dem Aufbau schon fix und fertig zu sein scheinen. Einer von ihnen ist dünn und wirkt zerbrechlich, ich frage mich, was so ein Typ hier verloren hat. Und ob er jemals wirklich ein Vollmember sein wird, oder jahrelang als Prospect schuften muss, bevor er abkratzt.

Die Rede des Präsidenten fliegt an mir vorbei, ich erhebe mit den anderen mein Bierglas, während sie im Chor "Einer für alle, alle für einen" zurufen und zu grölen beginnen.

Die Weiber tragen T-Shirts mit der Aufschrift "Bad Girl". Das Weib neben mir sieht verbraucht und alt aus, so habe ich mir die Frauen hier nach der Ansage von vorhin definitiv nicht vorgestellt. Sie bestellt sich mit verruchter Stimme einen "Willi".

Ich frage mich, ob sie eine Nutte ist, die auf der Suche nach ihrem Zuhälter Willi ist, der ihr nun die Kohle in die Hand drücken soll, werde jedoch von dem dünnen Prospect aufgeklärt.

"Das Lieblingsgetränk der Tussis hier, Williams Christ Birne."

Ich bemerke wie der ACAB-Typ Mark in eine Richtung starrt und folge seinem gierigen Blick. "Das ist Kimmi, unsere Number One hier", Kimmi ist eine zierliche Blondine, müsst' ich ihr Alter schätzen, würd' ich ihr ein zartes Alter von 17 unterstellen. Sie tanzt grazil in einem

Hauch von Nichts an der Stange und lässt sich von den Jungs Geldscheine zustecken. Sollte einer auf die Idee kommen, ihr die grünen Scheinchen in den Slip zu stecken, würden sie wahrscheinlich allein von dem Gedanken einen finsteren Blick von ihrem Bodyguard kassieren, bevor er die Schuldigen höchstpersönlich malträtieren würde. Er scheint mir zumindest kein Typ zu sein, der es sich zwei Mal überlegt, ob er den kleinen Finger abhackt, ihn dann in den Mund des Verantwortlichen steckt und dabei entspannt eine raucht, während der Typ sich in seinem eigenen blutigen Malheur befindet und beginnt zu würgen. Es sei mal dahingestellt, ob er die Reste des Abendessens auskotzt oder der Nagel des Fingers in seinem Rachen steckenbleibt.

-26-

"Wenn du einen Menschen richtig kennenlernen und etwas über sein innerstes Wesen in Erfahrung bringen willst, so mach dir nicht erst die Mühe zu analysieren, wie er spricht, schweigt, weint oder von höheren Gedanken ergriffen wird. Du brauchst ihn bloß beim Lachen zu beobachten. Hat er ein gutes Lachen, ist er ein guter Mensch."

Fjogor Michailowitsch Dostojewski

Lejla

„Komm schon, Lejla. Das wird der Hammer! H-A-Doppel-M-E-R, Hammer Yeah! Ihr müsst einfach mit! Die letzten Tage hast du so traurig gewirkt, gar nicht wie du selbst. Das wird dich auf andere Gedanken bringen." Arina nickt mir aufgeregt zu und wedelt mit ihren Händen, während ich nur auf ihre makellosen rotlackierten Fingernägel starre.

„Ich weiß nicht, Arina. Ich will euch nicht die Laune vermiesen und wie du weißt, bin ich nicht gerade die Stimmungsbombe."

„Willst du darüber reden?", Arina schaut mich mitleidig an.

Wieder gebe ich nur ein leises „Nein" von mir und obwohl ich schon Angst habe, dass Arina nur noch genervt von meiner Art in den letzten Tagen ist, nimmt sie mich in den Arm und drückt mich.

„Okay. Aber, falls du es dir anders überlegst, du weißt: Ich bin da."

„Danke", ich erwidere ihre Umarmung und lasse mich darin fallen.

Abel ist nun schon seit einigen Tagen und Wochen wieder da. Ich habe ihn zum Glück nicht mehr nach dem „Aufeinandertreffen" gesehen, wage es jedoch zu bezweifeln, dass er wieder weg ist. Sosehr ich es mir auch wünsche, so gut kenne ich ihn.

Als ich Fabi gesehen habe, konnte ich nicht anders und bin heulend zusammengebrochen, in kleine Stücke zerbrochen, habe es nicht einmal versucht mich zusammenzureißen, es war ein Ding der schieren Unmöglichkeit.

Er hat mich mit zu sich nach Hause genommen, mich auf seinen Schoß gesetzt und mir meine Haare hinters Ort geschoben, während ich nur Rotz und Wasser geheult habe und mich in seinem Schoß vor und zurück geschaukelt habe.

„Du kannst es mir erzählen", hat er mir mit seiner ruhigen Stimme stundenlang zugesprochen.

Und doch kann ich es nicht. Ich habe gedacht, ich lasse alles hinter mir. Abel, unsere Beziehung, die Mitte, das Ende, die Existenz davon. Ich wollte diesen Part meines Lebens auslöschen. Diese Person hinter mir lassen. Jetzt fühlt es sich an, als würde ein Pathologe bei einer

Obduktion mein altes Ich sezieren. Organe wie mein Herz aufschneiden, dabei zunächst einen geriffelten Schlauch in die Lungenarterie einführen, diese aufschneiden und die Hohlvene am Ansatz abschneiden. Nach dem Öffnen der rechten Herzhälfte würde er die Herzscheidewand genauer untersuchen, einen Blick auf die Trikuspidalklappe zwischen Vorhof und Kammer und die Pulmonalkappe zwischen Lungenarterie und Kammer werfen und alte Problematiken aufsuchen.

„Pack deine Tasche, wir fahren ans Meer", Arina reißt mich aus meinen Gedanken.

„Wenn du es nicht tust, tu ich es für dich", grinsend holt Arina ein paar Kleidungsstücke aus meinem Kleiderschrank und schmeißt sie aufs Bett.

„Wo ist deine Dessous-Kommode?"

Ich schaue sie fragend an.

„Sag nicht, du hast keine schönen Dessous?!", Arina schaut mich schockiert an.

Ich zeige auf meine Schublade neben dem Bett.

Arina reißt sie auf und holt meine weißen und schwarzen Slips der Reihe nach heraus, blickt mich verstört an.

„Steh auf Süße, wir gehen shoppen. Ich wusste ja, dass du Hilfe brauchst, aber dass du so verloren bist hab' ich im Traum nicht gedacht."

Ich fange an zu lachen und folge ihr aus meinem Zimmer Richtung S-Bahnhof, um zum Potsdamer Platz zu fahren.

In der Mall vergesse ich tatsächlich für ein paar Stunden meine Probleme. Das Einzige Problem, das ich gerade habe, ist die Farbauswahl meiner neuen Spitzendessous. Was würde ich nur ohne Arina machen.

„Das passt perfekt zu deiner Augenfarbe. Du siehst aus, wie eine von den Victoria Secret Models. Dreh dich mal.", Arina schaut mich ganz aufgeregt an, in ihren Augen ist Stolz und Bewunderung zu sehen. Kein bisschen Missgunst oder sonstiges, das negativ sein könnte.

„Ich nehme es!", ich halte triumphierend mein Spitzenstück hoch und spüre ein kleines Kribbeln in mir Aufkommen.

„Und jetzt suchen wir etwas für dich aus."

„Süße, wenn du wüsstest wie voll MEINE Dessous-Schublade ist, dann würden dir die Augen ausfallen. Andererseits… es spricht doch nie etwas gegen ein paar schicke neue Strapsen."

Fabi hält meine Hand, während wir auf der Hinterbank von Igors VW sitzen und zu viert Richtung Warnemünde fahren.

Fabi hielt es für eine fantastische Idee, Arina musste nicht einmal ein Fünkchen Überzeugungskraft aufwenden, er war sofort dabei.

Wir machen einen Zwischenstopp in Rostock und schlendern zum neuen Markt. Fabi und Igor unterhalten sich über die reich verzierte gotische Backstein-Schauwand des Rathauses und dessen barocken Vorbau mit Laubengang.

Arina und ich entdecken eine Fußgängerstraße, Kröpliner Straße genannt, mit zahlreichen bunten Häusern, und auch da unterhalten sich die Jungs erneut über unterschiedliche Stilepochen. Ich wusste gar nicht, dass die beiden so ein Faible für Architektur haben.

Endlich gelangen wir zum Stadthafen, wo uns viele Sportler entgegenkommen und ihre Runden drehen. Der Hafen ist eine kleine Flaniermeile. Familien schlendern entlang, Pärchen spazieren Hand in Hand. Ein Vater läuft mit einer Tüte Sanddornbonbons in der einen Hand, seinem Sohn in der anderen Hand und reicht ihm gleich drei Bonbons auf einmal. Der kleine Junge wirkt ganz aufgeregt. Seine Bäckchen sind rot gefärbt, seine Augen glänzen. Sein Vater kniet sich zu ihm herunter und hilft ihm, das Papier der Sanddornbonbons zu entfernen. Der Junge strahlt solch ein Glück aus, dass es mir schwerfällt wegzuschauen und ich die beiden wie gebannt beobachte, meinen Blick dann endlich losreiße, als Fabi an meiner Hand zieht.

Wir haben totales Glück mit dem Wetter. Obwohl es kalt ist, scheint die Sonne auf uns drauf und wir können unsere Jacken ausziehen. Ich atme die frische Meeresluft ein und habe das Gefühl, ich kann gleichzeitig Moore und Wälder riechen.

Da fällt mir auf, wir vier. Wir sind die Glücklichen hier. Ich meine, klar, die anderen Pärchen, die hier so Hand in Hand vor uns herlaufen sind echt süß, und die großen Familien auf den Inline Skates sehen auch aus, als hätten sie eine Menge Spaß, und natürlich, vor allem der Vater und sein Sohn strahlen pure Glückseligkeit aus.

Doch wir vier. Wir sind hier. Und manchmal, ja da muss man sich selbst anschauen. Nicht nur auf die anderen blicken, sondern mal sein eigenes Glück betrachten. In seinem eigenen Glück baden, sein Leben mit Konfetti bewerfen und es genießen. In diesem Moment, da denk ich nicht mehr an Abel. Verbannt sind für einen Augenblick all' die pechschwarzen Gedanken, weggefegt. Ich drücke Arina einen Schmatzer auf die Wange.

„Danke, dass du mich überredet hast. Das war's so wert", spreche ich leise zu ihr. Sie legt ihren Arm um mich, während die Sonne uns mit ihren funkelnden Strahlen belohnt. Wir springen Galopp und lachen uns beide schlapp, es gibt nicht einmal einen Grund. Doch – braucht es denn einen Grund, um glücklich zu sein? Passend zu unseren knurrenden Mägen, entdeckt es Igor zuerst.

„Otto's Restaurantschiff", heißt der Laden, der es uns sofort angetan hat. Der Besitzer Robert unterhält sich höchstpersönlich mit uns und ich bestelle mir auf Empfehlung von ihm den Seelachs auf Reisnudeln mit fruchtigem Paprikagemüse von der Mittagskarte.

Arina und Igor bestellen sich gemeinsam eine Vorspeise, die im Handumdrehen gebracht wird und einen Zander mit Bratkartoffeln.

„Lauwarmer Ziegenkäse auf einem Rote Beete-Rucola Salat mit unserem hausgemachten Passionsfruchtbirnendressing."

Stolz präsentiert der Kellner die Vorspeise und stellt sie mittig vor Arina und Igor auf den Tisch.

„Bedient euch gerne", bieten uns die beiden an, als auch schon unsere Hauptspeisen kommen.

Definitiv war meine Wahl die richtige, trotzdem muss ich hin und wieder auf Fabis Teller schauen, der genauso verführerisch aussieht wie meiner. Wie selbstverständlich reicht er mir einen seiner vier Spinatknödel und platziert ihn auf die Kante meines Tellers. Ein Mix aus Champignons, Apfel-Krautsalat und Gorgonzolasauce landet ebenfalls auf meinem Teller. Wenn ich vorhin noch nicht ganz überzeugt davon gewesen sein sollte, glücklich zu sein, dann schwebe ich jetzt. Auf Wolke sieben!

Nach dem Mittagessen bestellen wir uns alle noch einen doppelten Espresso und einen Maracujasorbetbecher mit Beerengrütze. Mensch, das nenn' ich mal heile Welt! Ich verabschiede mich gedanklich von Rostock und wir fahren auf die Autobahn Richtung Warnemünde, wo uns unsere Ferienwohnungen für die nächsten Tage erwartet. Vor einer Tankstelle folgen wir den Hinweisschildern "Hohe Düne" und setzen mit der Fähre von Warnemünde nach Hohe Düne über. Die Seebäder Warnemünde und Hohe Düne sind durch die Mittelmole und den neuen Strom voneinander getrennt.

Arina und Igor haben etwas rausgesucht und wir haben Geld zusammengeworfen. Die beiden wollten eigentlich eine Unterkunft für uns vier bekommen, so kurzfristig war allerdings schon alles ausgebucht. Deshalb haben wir uns auf zwei Ferienwohnungen geeinigt. Die Ferienwohnungen "Sherrytime 2" und 3 befinden sich nur einige Meter entfernt vom Meer und dem langen Sandstrand. Direkt neben dem Haus befindet sich der Fähranleger, mit dem wir jederzeit die Möglichkeit haben, wieder zum Fischerort Warnemünde überzusetzen.

Igor parkt das Auto in der Tiefgarage und ein Concierge kommt zu uns angerannt, schnappt sich direkt unsere Koffer und begrüßt uns herzlich. Wir folgen ihm und werden von der Rezeption begrüßt, checken schnell ein und werden zu unseren Wohnungen geführt, die direkt nebeneinanderliegen. Fabi und ich betreten unser Zimmer und ich bin komplett aus dem Häuschen. Es ist in einem maritimen Stil eingerichtet und strahlt nur so vor Luxus.

"Sag mal, das Geld, das ich Igor gegeben habe, hat doch nie im Leben gereicht?"

Ich werfe Fabi einen skeptischen Blick zu.

"Mach dir mal darum keine Sorgen. Genieß es einfach."

Er zwinkert mir zu und ich betrete das Badezimmer mit einer prunkvollen riesigen Badewanne. Das hier ist nichts im Vergleich zu dem Badezimmer in meiner WG, dazwischen liegen Welten.

Die Küche ist komplett ausgestattet, mit allem was man braucht. Sogar eine Geschirrspülmaschine und ein Backofen ist drin.

Mein absoluter persönlicher Favorit ist der Balkon mit einem traumhaften Blick auf das Meer. Ein bisschen erinnert mich das an zuhause. An meine Mama und an Eilat. An meinen Abreisetag. Ein leises Gefühl der Schuld schleicht sich an, ich sollte sie mal wieder anrufen. Leider bringe ich das momentan nicht übers Herz. Eine Mutter kennt ihr eigenes Kind wie ein offenes Bilderbuch, sie würde auch bei 5.000 km Entfernung riechen, dass etwas nicht stimmt.

"HEILIGE SCHEIßE, hast du schon das Schlafzimmer gesehen?", Arina rennt wie eine Irre in unsere Wohnung und wirbelt mit den Armen in der Luft.

"Ich war zu abgelenkt von dieser Aussicht hier. Schau dir das an", Arina gesellt sich für einen Augenblick zu mir und wir schauen dem Meeresrauschen zu. Schauen, wie sich die Wellen hin und her bewegen, lauschen ihren Geräuschen.

"Das musst du dir ansehen", Arina reißt an meiner Hand und präsentiert mir unser Schlafzimmer.

"Ich komme gleich wieder Mädels."

Fabi macht einen Abgang und geht rüber zu Igor, wobei wir nicht wirklich etwas davon mitbekommen.

Ich bin viel zu beschäftigt mit dem glamourösen Doppelbett und der goldverzierten Seidenbettwäsche. Arina lässt sich aufs Bett fallen und ich folge ihr. Lasse mich fallen und versinke in der traumhaften weichen Bettwäsche, fühle mich wie in Watte eingepackt, beschützt und behütet, und ja tatsächlich auch entspannt. All' die Last fällt in diesem Bett von mir.

"Es ist wunderschön", sage ich an Arina gewandt, während ich auf die Decke blicke, an der ein Bild mit Aquarellarben hängt.

"Kneif mich mal", ich fange an zu lachen und Arina stimmt mit ein, bis unsere Bäuche wehtun und uns Tränen des Glücks aus den Augen schießen.

"Danke!", ich lege mich auf Arina drauf und drücke ihr die Luft weg, so stark ist meine Umarmung.

"Das hast du schon gesagt!"

"Nein, wirklich, danke. Dafür, dass du meine Freundin bist und dafür, dass du mich aus der Scheiße ziehst."

Sie erwidert meine Umarmung ganz fest.

"Was treibt ihr beiden da?"

Igor und Fabi stehen im Türrahmen, keine Ahnung wie lange sie schon so dastehen und uns beobachten, einer spitzbübiger als der Andere.

Unerwartet lassen sie sich zu uns aufs Bett fallen.

"Ahhhhhhh, Schuhe aus", kreischt Arina und schlägt Igor mit dem in Seide gehüllten Kissen auf den Kopf.

"Du weißt schon, dass das unser Bett ist?", fragt Fabi sarkastisch und lacht dabei.

"Eben, ich sorge mich um euer Wohl. Ihr wollt doch keine Ameisen auf dem Bett haben, wobei der Geruch getragener Socken auch nicht das Gelbe vom Ei ist... oh mein Gott, lass sie an, Igor."

Sie schaut Igor entsetzt und panisch an.

"Lass sie an, bitte, nein, nicht ausziehen!"

Igor fängt so laut an zu lachen und wir stimmen mit ein. So laut, dass ich Angst habe, das Ganze sei nur ein Traum, weil es so gut ist, zu gut, um wahr zu sein. Aber nein, als Arina mir mit den Worten "ich wollte dich mal zurück aus dem Schlaraffenland holen" in die Seite kneift, weiß ich, es ist die Realität.

Am nächsten Morgen schlagen wir uns die Bäuche voll beim Frühstücksbuffet. Es gibt einfach alles, was das Herz begehrt. Von unterschiedlichen Ei-Variationen, verschiedenen Sorten an Brot und Aufstrichen, bis hin zu drei Sorten an Pancakes. Die eine Sorte ist eher ein Crêpe, die zweite sind fluffige Pancakes und bei der dritten Sorte muss ich blitzschnell zuschlagen: ein doppelter Pancake mit Marmeladen und Erdnussbutter „Füllung". Das Teil sieht aus wie ein Sandwich, nur dass das Brot durch fluffige köstliche Pancakes ersetzt wird – daran könnte ich mich gewöhnen.

Es gibt Nusssorten aller Art, sogar gesalzene Macadamianüsse sind dabei.

Vollgefressen, man kann dieses Völlegefühl nicht anders bezeichnen, machen wir uns auf den Weg zur Fähre und fahren rüber nach Warnemünde.

Unser erstes Highlight ist der Leuchtturm, das Wahrzeichen des Ortes, so steht es hier geschrieben.

Für zwei Euro pro Person gelangen wir auf die Besucherplattform und genießen den wunderschönen Ausblick auf die Ostsee, trinken dabei ein Glas Wein und lassen uns von einem Guide die Geschichte des Ortes erzählen.

Seine Stimme ist so angenehm, dass ich in meinem Stuhl versinke und ihr zuhöre, als wäre es ein Märchen, auch wenn ich ehrlich gesagt wenig von dem eigentlichen Inhalt mitbekomme.

Danach folgen wir den Menschenmassen. Warnemünde scheint der wahre Urlaubsmekka der Deutschen zu sein, und flanieren am Alten Strom entlang, eine Straße mit vielen kleinen Läden, Cafés und Souvenirshops in den renovierten alten Häuschen.

Ich kaufe eine Postkarte, die ich in meinem Zimmer als Erinnerungsstück an das bezaubernde Wochenende aufhängen will. Ja richtig. Eine Postkarte von mir für mich. Macht das noch jemand? Sich selbst Postkarten kaufen und diese niemals versenden, sie aufbewahren? Morgens dann aufwachen, die Postkarte ansehen und sich in einem melancholischen Gemütszustand denken: „Ach, war das 'ne schöne Zeit."

Und überhaupt, sollte man sich nicht öfter mal selbst beschenken?

Am Abend landen wir im „Steakhouse Hurricane" und bestellen uns ganz gönnerhaft saftige medium gebratene Burger mit Pommes, bzw. Süßkartoffelpommes für mich und Arina. Die Jungs bevorzugen die Standardvariante.

Wie es der Zufall so will entdecken wir bei Anbruch der Dunkelheit ein kleines Kino an der Ecke der Seitenstraße, welches Filme zeigt, die schon seit längerer Zeit auf dem Markt sind. Da die Auswahl ganz schön mickrig ist, entscheiden wir uns für den Film Kokowääh1, den ich sowieso noch nie gesehen habe. Am Ende des Filmes heulen Arina und ich Rotz und Wasser, wobei die Jungs uns nur fragend und verständnislos anschauen.

„Was ist mit euch? Ist der Sinn eines Happy Ends an euch vorbeigeflogen?", fragt Igor in die Runde auf dem Weg zur Fähre.

„Nein, das ist es ja. Der war echt schön", sage ich.

„Ja, war ok.", meint Igor.

„Dramatisch war er. Magdalena wird einfach so bei ihrem leiblichen Vater Henry abgesetzt. Erstens: wie kann die Mutter einfach so ihr Kind dalassen und einfach nach New York zu einer wochenlangen Gerichtsverhandlung fliegen? Bei einem Mann, den sie seit über acht Jahren nicht gesehen hat? Zweitens, wie konnte Henry das seiner ach so großen Liebe Katharina antun? Ein Kind mit einer anderen zu zeugen, während er mit Katharina zusammen ist, dabei war die andere auch noch eine damalige gute Freundin, so viel zum Thema Treue und Freundschaft zwischen Mann und Frau."

„So habe ich das Ganze noch gar nicht gesehen. Du öffnest mir ganz neue Türen", Igor lacht und legt seinen Arm um Arina.

Fabi und Igor besorgen uns noch eine Tüte Habanero Chips, Salzstangen und Gummibärchen. Bei der Ankunft in unserer Unterkunft können Arina und ich die Jungs tatsächlich überreden, auch noch den zweiten Film der Kokowääh Reihe zu schauen, ganz so begeistert von der Sache scheinen sie nicht zu sein, doch die Bitte von zwei Mädels mit strahlenden Gesichtern kann wohl kein Mann ohne Weiteres abschlagen.

Wir machen es uns bequem in unserem Wohnzimmer. Es gibt sogar eine kleine beigefarbene Kerze auf dem Couchtisch, die ich ganz begeistert anzünde. Eine richtig Pyjamaparty!

Als Arina auf Igors Schulter eindöst und auch meine Augen schwer wie Blei werden, verabschieden sich Igor und Arina von uns und wünschen uns noch eine gute Nacht.

Bis zu diesem Zeitpunkt habe ich nicht an die Kehrseite des Abends gedacht. Nicht, dass der Abend eine Wendung ins Schlechte annahm, nein, ganz und gar nicht.

Mir war nur nicht bewusst, dass es noch so prickelnd werden würde.

So aufregend, wie das Karussellfahren. Ein Hoch der Gefühle.

Fabi streicht langsam meinen Arm entlang, seine Finger sind weich und doch bekomme ich eine Gänsehaut von diesen kleinen Bewegungen.

"Was wünschst du dir, Lejla? Ich will dir deine Wünsche erfüllen", haucht er mir ins Ohr.

Habe ich mich denn schon einmal gefragt, was meine tiefsten Wünsche sind? Habe ich mir diese selbst schon erfüllt, bis mein Atem die Geschwindigkeit bis ins Unendliche erhöht und das Herz so stark rast, als würde ich gleich in eintausend Stücke explodieren?

Willkommen in dieser Nacht. Die Nacht, in der ich begann, vollkommen auf meine Gelüste zu hören und diese zu stillen, wie ein Durstlöscher. Und ich spreche hier nicht von dem Wein auf dem Leuchtturm.

Fabi küsst mich zart auf mein Schlüsselbein, liebkost meinen Nacken, erforscht meine Brüste und wandert immer weiter das Tal hinab. Er braucht keine Hilfe von mir, den Plissee-Rock hinunterzuziehen, im Handumdrehen bin ich "frei". Seine Zunge umfasst meine Klitoris, bewegt sich auf und ab, gleichzeitig bewege ich meine Hüfte im Takt mit, schneller, stärker. Ich möchte seinen Mund ganz nah an meiner Perle haben, wie ein Vakuum schließt er sich um mein liebstes Stück, bis ich anfange zu explodieren. In klitzekleine Teilchen. Das sollte erst der Anfang meines Durstlöschers sein. Man kann es sich vorstellen wie 'ne Coke. Ein Schluck ist ganz lecker, aber hat man erst mal damit angefangen, will man auch die ganze Flasche. Ich will ihn, mit allen seinen Fasern und Muskeln. Mein Gesäß verlangt von seinen männlichen Händen durchgeknetet zu werden, und die Zeit ist reif für ein kleines Abenteuer.

Ich schmeiße ihn auf das himmelweiche Bett, er landet auf seinem Rücken und meine Augen beharren auf diesem eisenharten Bauch, abgerundet mit pochenden Venen. Mein gieriger Blick wandert weiter hinunter, bis zu meinem ganz persönlichen Schmuckstück, meiner eigenen Kugel Eis, die ich an diesem Abend ganz bestimmt nicht teilen würde. Was rede ich da, die ich gar nicht mehr teilen möchte. Das Eis gehört mir und ich werde es behutsam behandeln, werde nichts außer Acht lassen, werde alles aussaugen, bis auch der letzte Tropfen in mir verschwindet. Mein Mund schließt sich in Sekundenschnelle um die Kugel, gleitet schnurstracks hinunter bis zum süßlichen Ende des Stiels. Bis der Stiel meinen Gaumen berührt und ich wieder hochschieße. Ich umrande die Spitze meiner Kugel mit der Zunge, spielend und fordernd. Ich gebe ihm alles, wozu mein Mund fähig ist, bis ich sein Stöhnen höre, seine Muskeln zucken sehe. "Das Spiel ist noch lange nicht vorbei", hauche ich in sein Ohr. Ich ziehe das Eis am Stiel erneut aus meinem Mund und setze mich rittlings auf ihn drauf. Würde es ein guter Ausritt werden? Wild und holprig? Galoppieren oder traben wir? Oh Baby, das such nur ganz allein' ich mir aus. Ich stöbere in meinem Inneren und höre auf meine Fantasie, die mir dreckige Befehle erteilt, die alle erfüllt werden müssen.

Also lässt er mich auf sich reiten, galoppieren. Ich umfasse sein Eis am Stiel mit meiner Vagina und erzeugte ein Vakuum um seinen Schwanz. Er kann gar nicht anders als meine Hüfte zu packen und ihn noch tiefer hineinzurammen. Tiefer, bis es keinen Morgen gibt. Bis mich die Lust so sehr packt, dass mir die Luft zum Atmen versagt und mir schwarz vor Augen wird.

Als ich wieder bei Bewusstsein bin schauen mich zwei besorgte blaue Augen an, meine Beine liegen erhöht auf der Couch, eine Decke liegt auf mir.

"Wie viel Uhr ist es?"

"Lejla, du hast mir einen Schrecken eingejagt. Ist alles in Ordnung? Geht's dir gut? Du warst ein paar Minuten einfach weg nachdem wir, du weißt schon."

"Ich glaub' mein Kreislauf hat dicht gemacht. Sich irgendwie verabschiedet oder so", gebe ich schläfrig zurück.

"Hattest du das schon öfter?"

"Ich weiß nicht, nein ich glaube nicht. Vielleicht war es auch der Blutdruck. Kein Plan, du bist hier der Sportprofi."

"Der dir ab jetzt Laufeinheiten erteilen wird, damit dein Kreislauf in Schwung bleibt", erwidert Fabi streng.

"Es ist stockdunkel draußen", stelle ich fest

"Wir haben zwei Uhr morgens."

"Oh Shit, das war so nicht geplant", lache ich.

"Nein, so war das definitiv nicht geplant. Mach das nie wieder Lejla. Ich habe mir schreckliche Sorgen gemacht."

"Ich geb' mir Mühe. Lass uns schlafen gehen."

"Nach dem Abenteuer hier wird wohl die ganze Etage glücklich sein, endlich schlafen zu können."

Ich fange an zu grinsen. Fabi nimmt mich auf den Arm und bringt mich rüber ins Schlafzimmer. Und was für ein Abenteuer.

Im Bett schmiege ich mich an Fabis Brust. Sollten meine Haare ihn stören, so sagt er nichts. Er gibt mir einen Kuss auf den Kopf und nach langer Zeit fühle ich mich wohl und geborgen. Im richtigen Zeitpunkt am passenden Ort.

-

Am Morgen begrüßt Fabi unsere Freunde mit den Worten: "Ihr seht müde aus."

„Kein Wunder, bei den Aktivitäten, die ihr nachts so betreibt. Hätte ich das gewusst, hätte ich mir noch schalldichte, maximal dämpfende Ohrstöpsel aus der Apotheke besorgt."

Mürrisch schaut Arina uns an, Igor muss sich ein Lachen verkneifen.

„Hauptsache ihr hattet Spaß."

„Oh keine Sorge, den hatten wir gewiss!", Fabi beißt gelassen in sein Brötchen, sein Teller ist vollgepackt. Er scheint wohl ausgehungert von der Nacht zu sein.

Ich muss schmunzeln, lasse mein Bein kurz auf seins fallen. Während er mit der einen Hand sein halbes Brötchen zum Mund führt, ruht seine andere Hand auf meinem Oberschenkel. Sie fühlt sich warm und pulsierend an.

Nach dem Frühstück machen wir uns auf den Heimweg, Richtung Ungewissheit.

-27-

"Lots of people want to ride with you in the limo, but what you want is someone who will take the bus with you when the limo breaks down"

Fabi

Ich nehme die U-Bahn Richtung Wilmersdorfer Straße, dann den Bus 309, der mich zur Park Klinik "Sophie Charlotte" bringen wird. In einer Hand halte ich einen großen Strauß blauer Freesien, ihre

Lieblingsblumen. Meine Hände sind schwitzig und ich wische sie an meiner Jeans ab. Die Klinik befindet sich direkt beim Schloss Charlottenburg und ist mir bisher nie aufgefallen. Da sieht man wieder mal, dass man sich nur auf Dinge konzentriert, die einem wichtig erscheinen und alles andere unsichtbar ist. Die Rezeption sieht gar nicht so sehr nach Krankenhaus aus. Auch dort steht ein Strauß Blumen, die Wand ist rot gefärbt. Ich habe mir alles viel steriler vorgestellt. Steril und unpersönlich. Nett werde ich von einer Dame begrüßt, bei der ich mich anmelde und dann Auskunft über die Zimmernummer erhalte.

Zimmer 312. Ich stehe davor, fasse meinen Mut zusammen und betrete den Raum.

„Hey Mona", etwas unbeholfen stehe ich da, mit den Blumen in der Hand.

„Fabi, du bist gekommen. Wie schön, dass du da bist."

Ich nehme sie in den Arm, sie sieht wieder etwas fitter aus, nicht mehr ganz so zerbrechlich.

„Komm setz dich."

Ich schaue mich in dem Zimmer um. Es ist sehr hell und wirkt fast schon einladend durch den Parkettboden, die Sitzmöbel, den kleinen Esstisch. Mona hat ein Einzelbettzimmer mit einem separaten kleinen Badezimmer und einem Flachbildfernseher.

Ich trete ans Fenster und kann von hier aus einen Blick auf den Schlosspark werfen.

"Es ist gemütlich hier", sage ich zu ihr an das Fenster gewandt.

172

"Ja, kann man wohl so sagen. Definitiv nichts gegen die Geschlossene davor. Möchtest du lieber rausgehen? Ich hätte nichts gegen ein wenig frische Luft."

"Darfst du das denn?", frage ich sie verdutzt. Endlich schaue ich ihr in die Augen.

"Ja, nach dem Knast in der Geschlossenen fühlt es sich hier an wie Freiheit. Ich muss mich nur abmelden. Kaffee?"

"Du weißt, da brauchst du mich nicht zwei Mal zu fragen."

Mona geht vor und ich folge ihren Schritten, schweigsam.

Die Luft ist gedrückt, etwas ist zwischen uns und wir umgehen das Unausweichliche.

"Ich präsentiere, unser gemeinsames Esszimmer", theatralisch schwenkt Mona ihren Arm zur Seite und ich betrete den Raum mit einem großen langen Esstisch, Stühlen und einer Anrichte, auf der eine Kaffeemaschine zu sehen ist, Teller und Tassen und frisches Obst. Eine Blondine sitzt am Esstisch und lächelt mir zu.

"Hallo Sabia."

Mona öffnet eine Schublade und holt zwei Pappbecher heraus, drückt auf den blauen Kaffeeknopf und reicht mir den Becher, der meine Hände wärmt, die nicht mehr schwitzig zu sein scheinen. Eher eiskalt.

"Hallo ihr beiden. Wer ist denn dein hübscher Gast? Wollt ihr euch zu mir setzen?", fragt uns die Blondine und schaut auffordernd auf die Stühle neben sich.

"Nein, nein danke. Wir gehen spazieren", richtet Mona ihr aus.

Sie zieht mich hinter sich her Richtung Rezeption und ich schaue sie fragend an.

"Später", sagt sie nur.

Nachdem sich Mona an der Rezeption abgemeldet hat, laufen wir den gleichen Weg entlang, den ich nun schon kenne. Treppe runter, Tür auf, nach rechts. Richtung Schlosspark.

"Also... Wie geht es dir?", ich versuche ein Gespräch anzufangen, es ins Rollen zu bringen. Das Ganze fühlt sich auf einmal so unfassbar fremd an, *wir* fühlen uns fremd an.

"Besser. Wie geht es dir denn? Wie geht's Lilly? Wie läuft es zuhause? Es tut mir so leid, dass ich nicht an deinem Geburtstag da sein konnte, aber wir holen das nach. Ich konnte dir bisher leider nichts besorgen, aber das kommt noch – Versprochen."

"Nein, Mona, danke ... Ich brauche nichts. Werd' einfach wieder gesund."

Sie drückt meine Hand.

"Nun erzähl endlich, was hab' ich verpasst, als ich eingeschlossen war?"

"Also, Lilly geht es gut. Du weißt ja, viel Ballett und so. Ich glaube aber, sie hat ziemlich Spaß dran. Erzähl mir lieber von dir. Wie ist es hier? Dein Zimmer sieht doch ganz schön aus."

Ich gebe mir Mühe, das Gespräch wieder von mir zu lenken.

"Es ist tatsächlich ein Traum, im Vergleich zu dem davor. Ein paar Leute hier sind komisch, z.B. Sabia, die Frau, die wir vorhin gesehen haben. Sie macht mir ehrlich gesagt Angst."

"Was ist mit ihr passiert?"

"Sie ist wohl sowas wie eine Nymphomanin und ist hier, weil sie jemanden stalkt. Sie hat mir erzählt, dass sie 'pathologisch in einen Mann verliebt ist', den sie übrigens kaum kennt. Sie hat ihn sogar einmal an seinem Arbeitsplatz aufgesucht, um ihn zu belästigen. Natürlich erzählt sie das voller Stolz. Sie schreibt ihm jeden Tag Dutzende Briefe, und will sich sofort mit ihm treffen, wenn sie aus der Klinik raus ist. Sabia denkt, ihr kann es nur besser gehen, wenn sie auch mit diesem Mann schläft. Außerdem will sie über jeden Zeitpunkt seines Lebens Bescheid wissen. Sie muss immer ganz genau wissen, was er wann mit wem macht."

"Okay, wow. Das klingt …. gruselig."

"Ja, oder? Aber ich glaube, ich habe mich damit abgefunden. Ansonsten habe ich eigentlich gelernt, dass in der Psychiatrie ganz normale Menschen sitzen, die irgendwie mit dem Wahnsinn draußen nicht mehr so ganz klarkommen."

Schüchtern schaut Mona mich an.

"Habt ihr hier auch Therapiegespräche?", frage ich sie vorsichtig.

"Ja, die Therapeuten führen Gespräche mit uns durch. Außerdem haben wir Maltherapie, das macht sogar wirklich Spaß. Naja, in den Therapiesitzungen begeben wir uns sozusagen auf die Suche nach den Ursachen. Nach den Verhaltensmustern, die unser Leben zerstören. Du weißt schon, das Ritzen und so."

Ich schaue sie vorsichtig an.

"Und findet ihr dazu auch Lösungen?", frage ich sie.

"Ja, naja, weißt du mir geht's gut."

Sie lenkt vom Thema ab.

"Weißt du schon, wann du wieder heimkommst?"

"Nicht so ganz. Ich hoffe bald. Aber es ist wirklich ein Traum im Vergleich zur Geschlossenen. Ich weiß immer noch nicht, wie meine Eltern mir das antun konnten. Wirklich, es war der Alptraum. Alles, was ich bei mir hatte und ihnen in irgendeiner Art und Weise gefährlich erschien, wurde mir weggenommen. Sogar meine Kopfhörer. Stell dir vor, sie meinten damit könnte ich mich erhängen, weil die Kabel ja so dick sind. Total absurd. In den ersten zwei Tagen war ich fixiert an mein Bett und durfte nicht einmal auf die Toilette gehen. Es gab eine Bettpfanne für mich. Ich weiß, es klingt genauso fürchterlich, wie es war. Und ich wurde 24/7 beobachtet. Stell dir das mal vor. Du kannst nicht eine Sekunde für dich sein. Du hast absolut keine Privatsphäre."

Innerlich denke ich mir, dass es das Beste für sie war. Alles andere als der "Verbot von Privatsphäre" wäre kontraproduktiv gewesen.

"Was auch echt verrückt war, war die Sache mit meiner Mitbewohnerin. Dort hatte ich nicht das Glück, ein Einzelzimmer zu beziehen."

"Wer war deine Mitbewohnerin? Noch schräger als diese Sabia?", frage ich sie.

"Kein Vergleich dazu. Sie ist weggelaufen, als ich eingewiesen wurde und kam an meinem ersten Tag wieder zurück. Celia wurde dann am Bett fixiert, was zwar krass ist, aber da ich auch am Bett fixiert war, war es quasi normal. Sie ist aber komplett durchgedreht, hat wild um sich geschlagen und wurde von *sechs* Pflegern festgeschnallt. Celia hat in den nächsten Tagen ständig geklingelt, um die Pfleger zu rufen. Die ganze Zeit hatte sie Hunger oder Durst. Irgendwann war das Personal so genervt von ihr, dass sie ihr Bett in die Mitte des Raumes geschoben haben. Mich haben sie total dumm angemacht, wenn ich mal doch für sie geklingelt habe, weil sie wirklich Durst hatte, oder eben aufs Klo musste."

"Ach du scheiße. Sowas ist doch hundertprozentig verboten."

Ich bin schockiert von dem Szenario und stelle mir dieses arme Mädchen Celia gefesselt in ihrem Bett vor.

"Ich sag's dir, in der Geschlossenen ist alles erlaubt. Für die Pfleger zumindest. Ansonsten fand ich am allerschlimmsten die Hilferufe in der Nacht. Ein Patient hat jede Nacht geschrien wie am Spaß, dass er hier raus will, dass ihm jemand helfen soll. Das war schlimm. Jede Nacht wurde ich von seinen Schreien geweckt. Ich weiß gar nicht, wie Celia so seelenruhig weiterschlafen konnte. Wahrscheinlich lag das an den Medikamenten, die sie jeden Tag schlucken musste."

"Das klingt grässlich. Aber du wirst da nie wieder hinmüssen. Alles wird gut."

Ich weiß es einfach. Alles wird gut.

Ich drücke Monas Hand.

"Wenn du ein Problem hast, versuche es zu lösen.

Kannst du es nicht lösen, dann mache kein Problem draus."

Buddha

Lejla

Fertigmachen.

Anziehen.

In den Spiegel lächeln.

Der ganz normale Alltag hat wieder seinen Lauf genommen.

Was anders ist, sind meine geröteten Wangen am frühen Morgen.
Augen, die von innen heraus strahlen.

Die Uni läuft auf Hochtouren. Heute bin ich mit meiner Gruppe
verabredet, um die literarischen Werke des 17.Jahrhunderts
auszuarbeiten. Ich habe mich zuhause schon mit diesem Thema befasst
und hatte erstmals Schwierigkeiten, die Dichtung des 17. Jahrhunderts
zu verstehen, da die barocke Literatur nach anderen Gesetzen
funktioniert, als die uns vertraute Literatur, die wir ab dem 18.
Jahrhundert so kennen. Ich blicke auf mein leeres Bett und vermisse
ihn jetzt schon.

Fabi und ich verbringen so viel Zeit wie möglich miteinander.
Manchmal übernachtet er bei mir, die meiste Zeit verbringen wir
jedoch bei ihm, damit Lilly nicht allein ist und weil einfach viel mehr

Platz da ist. Heute musste Fabi früh los, weil er um sieben Uhr morgens eine wichtige Klausur in Marketing Management schreiben musste. Erst wenn er die Klausur besteht, wird er zum Kurs zugelassen. Dabei handelt es sich um irgendein Strategie-Spiel mit Businessplan-Aufstellung, Präsentation usw. Ganz so genau habe ich es nicht verstanden, es klang jedoch ziemlich kompliziert.

Ich schnappe mir meine Tasche, renne an der Küche vorbei und greife noch fix eine Banane. Julia steht mal wieder am Herd und bereitet sich ein Frühstücksei zu. Habe ich am Anfang noch gedacht, wir würden eine coole WG werden, hat sich das ganze doch mehr als Zwecks-WG entpuppt. Wobei Mark und ich uns echt gut verstehen. Er ist zwar komplett verpeilt und hat noch nie etwas von Ordnung und Sauberkeit gehört, doch wir verstehen uns. Mit der Zeit sind wir sogar wirklich so was wie Freunde geworden, was mich sehr freut. Manchmal stelle ich ihm einen Eimer voll Wasser inklusive eines Lappens vor die Zimmertür, damit etwas passiert. Anfangs hat er den Eimer zur Seite geschoben, ich glaube nicht einmal böswillig. Er hatte es einfach nicht kapiert. Irgendwann kam der Wink wohl an und die Arbeit wurde erledigt!

„Hey Lejla", Greg, mein Kommilitone, setzt sich in der S-Bahn zu mir.

„Hey Greg"

„Bereit für die Gruppenarbeit nachher?", fragt er mich ganz aufgeregt.

„Ja, denke schon. Du wohl auch?", frage ich ihn eher desinteressiert.

„Und wie. Ich habe mich mit all' den Merkmalen der Epoche Barock auseinandergesetzt. Ohne Scheiß, ich saß das komplette Wochenende daran, wie ein Irrer. Es sind genau sieben Merkmale."

Im Kopf blitzt mir gerade noch der Gedanke auf, dass er sie mir nun auch noch alle ausführlich aufzählen wird. Bingo.

„Wir sind vier Leute. Einer kann etwas zu den deutschsprachigen Texten erzählen, denn während in früheren Epochen die meisten Werke in lateinischer Sprache verfasst wurden, setzte sich im Barock das Schreiben der deutschen Texte durch. Das zweite Merkmal kann ja zum Beispiel Simon übernehmen. Dies besagt, dass es viele klare strenge thematische und inhaltliche Vorgaben gab. So wurden bestimmten Textgattungen gewisse Themen zugeordnet, an welche Dichter sich auch streng hielten."

„Das ist -... toll.", sage ich. Ich hoffe inständig, dass er seinen Mund hält und bald Koffein in mein Blut fließt, damit ich richtig wach werde. Leider kann der Typ seine Klappe nicht halten. Ich habe das Gefühl, mittlerweile führt er einen Monolog.

„Die nächsten drei Merkmale sind ganz toll: Carpe diem, Memento Mori und das Vanitas-Motiv. Carpe diem bedeutet-"

„Nutze den Tag", unterbreche ich ihn. Mittlerweile sind wir am Campus angekommen und ich sehne mich nach nichts anderem als der Flucht.

„Sorry, aber ich muss noch aufs Klo. Meine Blase bringt mich sonst um. Wir sehen uns drinnen."

Ohne eine Reaktion abzuwarten, drehe ich mich um und mache mich auf den Weg Richtung Cafeteria.

Ich stehe in der Schlange, nehme mir den Pappbecher heraus, drücke auf den schwarzen Kaffeeknopf, der nun orangefarben leuchtet, nehme meinen „Café crema" in die Hand und bewege mich langsam in der Schlange Richtung Kasse. Ich begrüße die freundliche Kassiererin, lege meinen Studentenausweis auf den Kartenleser. Das

Geld schwindet davon, ein Euro und zehn Cent werden mir von meiner Karte abgezogen. Ich nehme die Karte wieder, packe sie zurück in mein Portemonnaie, bedanke mich bei der Kassiererin, die mir noch einen schönen Tag wünscht. Setze einen Deckel auf den Becher, der nie so wirklich darauf passt. Ärgere mich jedes Mal ein bisschen darüber. Was nicht passt, wird passend gemacht. Halte den Becher vorsichtig, damit die schwarze Flüssigkeit nicht auf meinen roten Wollpullover schwappt. Eine automatische Abfolge. Eine Gewohnheit, die ich mir hier nun an Tagen der frühen Morgen geschaffen habe.

Bis meine Gewohnheit einen Riss bekommt. Die Abfolge unterbrochen wird.

Bis mich diese mir nun bekannten blauen Augen anschauen. Augen, die so viel Liebe und Zuneigung ausstrahlen. Augen, bei denen du weißt, die gehören zu einem guten Menschen, denn ich bin der Meinung, das kann man sehen. Ein Lächeln umspielt seinen Mund. Der Mund, der mich heute Nacht noch leidenschaftlich geküsst hat, mir zugeflüstert hat, wie schön er mich findet.

Ich gehe auf ihn zu. Obwohl wir nicht nur Nächte miteinander verbringen, sondern auch die meiste Zeit gemeinsam sind, weiß ich nie so genau, wie ich mich in der Öffentlichkeit verhalten soll. Wir haben noch nicht miteinander geredet, was das mit uns ist. Es ist toll, so wie es ist, er ist toll, so wie er ist und eigentlich muss man ja nicht alles komplizierter machen, als es ist. Wir Frauen haben jedoch den Drang zum „Verkomplizieren".

Er legt seine Hand auf meinen unteren Rücken und küsst mich auf den Mund, mitten auf dem Campus. Als wäre es eine Selbstverständlichkeit. Etwas überrascht schaue ich ihn an.

„Stimmt etwas nicht?", fragt er mich, während die Anderen um uns herumstehen und uns beobachten. Die Anderen, die sowieso schon Anfang an wissen, dass da etwas läuft. Die sich allwissend zunicken.

„Nein ganz und gar nicht. Alles perfekt", ich grinse über beide Ohren, hebe leicht meine Augenbrauen an und schaue ihn irgendwie fragend an. Ich werde leicht rot, als ich bemerke, dass all' seine Kommilitonen uns anschauen. Manche werfen böse Blicke zu.

„Was stimmt nicht mit denen?", flüstere ich in sein Ohr.

„Kein Grund zur Sorge. Du weißt doch, jeder kennt jeden und will immer alles wissen."

Ich kenne nicht jeden. Ich kenne unsere Gruppe, die zum Glück neben uns steht.

„Wie lief die Klausur?", frage ich in die Runde.

Mark grinst mir zu, meine Wangen werden noch röter. Obwohl er doch Bescheid weiß. Er derjenige ist, der abends mal mit mir und Fabi zusammensitzt und eine Netflix-Serie schaut, uns dann unsere Zweisamkeit genießen lässt und sich in sein Zimmer verkriecht.

„Scheiße, ich glaub ich bin raus", gibt Ismail geschlagen zurück.

Fabi klopft ihm auf die Schulter.

„Das wird schon, Kumpel. Wenn du nicht drin bist, bleib ich auch nicht. Dann können wir immer noch Dienstleistungs- und Gesundheitsmanagement belegen."

„Okay Leute ich muss los. Das 17. Jahrhundert wartet auf mich", sage ich in die Runde.

„Ich komm mit, mein Vertiefungsseminar fängt gleich an", Mark gesellt sich zu mir.

„Vertiefungsseminar?", fragt Ismail verdutzt.

„Ja naja, wegen Soziologie. Wir hatten doch letztes Semester Sportsoziologie. Dieses Semester konnte man das Vertiefungsseminar wählen. Ihr wisst doch. Entweder Vertiefung in Sozio, Pädagogik oder Psycho."

Fabi und Ismail schauen sich konsterniert an.

„Scheiße, kann man das noch wählen? Junge, dass wir in sechs Semestern fertig werden, war zwar `ne Utopie. Langsam verabschiede ich mich jedoch auch von den acht Semestern", Ismail gibt sich geschlagen.

„Ok Jungs wir müssen los. Ihr kriegt das hin."

Mark und ich verlassen schnell die Cafeteria und gehen Richtung Seminarräume.

„Das mit euch beiden ist jetzt also offiziell?", fragt mich Mark und zwinkert mir schelmisch zu.

„Nein… also... keine Ahnung."

Mark lacht.

„Hör zu, wenn dich die Mädels dumm anmachen, sag mir Bescheid. Die sind nur neidisch."

Augenblicklich denke ich an die zwei Mädels, die mir böse Blicke zugeworfen haben.

„Hatten die was mit Fabi?"

„Nein, kein Plan, also, es ist nur … ich sollte dir das vielleicht nicht sagen, aber Fabi hatte bisher immer nur ein paar kurze Nummern am Laufen. Nichts Offizielles. Kein Händchen halten in der Öffentlichkeit, kein Rumgeknutsche - vor allem nicht in der Uni. Kein verliebtes Anschauen. Bei euren Blicken wird selbst der Papst rot."

„Was genau willst du mir damit sagen? Dass ich die Mädels ignorieren soll?"

„Dass er noch nie eine Freundin hatte, und ganz bestimmt nicht so eine Granate, wie dich, also beachte die Weiber einfach nicht. Die sind nur neidisch."

„Wir sind aber gar nicht zu- "

„Muss los, wir sehen uns", unterbricht mich Mark und rennt Richtung Seminarraum.

Perplex bleibe ich für einen Moment stehen und frage mich, was das gerade war.

Nach zwei Stunden, in denen Greg ununterbrochen monotones Geschwafel von sich gegeben hat und ich während des Seminars fast einnicke, wird das Ende der Unterrichtseinheit von unserer Dozentin eingeläutet.

"Also gut, vergesst nicht, an eurem Referat weiterzuarbeiten, falls der letzte Schliff noch fehlt. Nächste Woche finden die Vorträge statt. Pro Vortrag 15 Minuten, dann sind wir zügig fertig. Denkt an die Weihnachtsfeier unseres Fachschaftsrats nächste Woche. Es wird toll, so wie jedes Jahr. Es gibt Punsch und auch die anderen Studenten sind herzlich willkommen, was man ihnen jedoch nicht sagen muss, da sie meistens sowieso da sind. Wie dem auch sei, die Weihnachtsfeier findet wie jedes Jahr hier am Campus statt. Das wars von meiner Seite. Falls Sie noch Fragen haben, scheuen Sie sich nicht davor, mich anzusprechen."

Am Nachmittag sind Arina und ich verabredet zum Kaffee trinken, mittlerweile unserem Lieblingsritual.

Wir gehen ins Café Ben Rahim, das mir vor einiger Zeit empfohlen wurde. Es soll wohl von der arabischen und tunesischen Kultur inspiriert sein, ich bin gespannt.

Google Maps führt uns direkt in die Hackeschen Höfe. Wir schlendern entlang der Shops und Souvenirläden, ich entdecke sogar ein Kino. Etwas versteckt entdecken wir den kleinen Laden, der sich als wahrhaftige Kaffeeoase entpuppt. Der Besitzer erklärt uns, dass sein Café der erste Laden in Berlin ist, wo es Nitro-Kaffee gibt. Ganz ehrlich, bisher selbst noch nie davon gehört, aber man lernt ja bekanntlich nie aus.

"Nitro-Kaffee ist ein Trend aus den USA. Das Besondere daran ist, dass dem Kaffee Stickstoff und Kohlendioxid hinzugefügt wird und er direkt hier an der Bar über den Zapfhahn serviert wird, als wäre es Bier."

Wissem Ben Rahim, der Inhaber, steht höchstpersönlich hinter der Theke und weiht uns ein in die Zubereitung des Nitro-Kaffees.

Zucker dazu gibt es hier gar nicht, weil dieser "den Geschmack des hochwertigen Kaffees verfälsche", so Wissem.

Was mich nicht wirklich stört, da ich meinen Kaffee und Tee nie süße. Arina jedoch, sieht das anders und schaut mich mit ihrem Schmollmund an.

"Du wirst einmal ohne überleben", flüstere ich ihr zu.

"Du weißt doch, Schwarztee, Milch, drei Teelöffel Zucker. So besagt es das Gesetz."

"Welches Gesetz?", frage ich sie.

"Mein ganz persönliches. Und das zählt."

"Der Platz da hinten ist frei, lass uns dahinsetzen", ich schmeiße meine Tasche auf den Platz neben mir und schaue Arina an, die mich wiederum gebannt anschaut.

"Und?", fragt sie mich.

"Was meinst du?"

"Na was wohl?! Du und Fabi, ist es jetzt offiziell mit den zwei Turteltäubchen?"

"Wie kommst du drauf?"

"Zwei Vöglein haben mir das zu gezwitschert."

"Wie meinst du das?", skeptisch schaue ich sie an.

"Ach, so zwei Mädels aus meinem Semester haben sich heute beklagt, dass eine – entschuldige bitte Lejla – Schlampe, sich Fabi gekrallt hat."

"Das haben sie gesagt?", schockiert schaue ich sie an.

"Du weißt doch, Weiber. Die sind wie die Newport Bitches aus O.C. California", Arina macht eine wegwerfende Handbewegung und rollt mit den Augen.

"O.C. …..was? Ich verstehe nur Bahnhof", irritiert schaue ich meine Freundin an.

"Sag nicht, du hast O.C., California nicht gesehen?!", Arina starrt mich mit ihren großen Augen an, als wäre ich ein Wesen eines anderen Planeten. Ein ausgesetzter Zombie.

"Schau mich nicht so an, noch nie was von gehört", ich schiebe mir die Baklava in den Mund und kippe etwas Kaffee nach.

"Ich wusste ja, dass Israel nicht um die Ecke ist. Aber was bitte hast du in deiner Jugend gemacht?!"

"Draußen mit meinen Freundinnen gespielt? Am Meer gelegen?", gebe ich zurück.

"Nun ja. Wir haben *vieles* nachzuholen. Au ja, ein Serienmarathon, ganz nach meinem Geschmack. Mit ganz viel Tee, dazu natürlich Milch und Zucker, Massen an Snacks, Kerzen, warme Decken, Kuschelsocken, ...", Arina befindet sich in ihrem Element, in ihren Augen ist ein kleines Feuer entflammt.

"Abgemacht. Aber jetzt nochmal zurück zu den Mädels. Wer waren die?", ich kann es mir nicht verkneifen.

"Die himmeln ihn an. Fabi ist halt... bekannt auf dem Campus. Du weißt ja, Spowis eben."

"Hatte eine von denen was mit ihm?", eigentlich will ich die Antwort gar nicht wissen.

Eigentlich.

Arina schaut mich nur an, knabbert an ihrer unteren Lippe.

"Raus mit der Sprache. Meine Psychologie-Kenntnisse verraten deine Lippen-Knabberei. Was brennt dir auf der Zunge?"

"Ich glaub beide", Arina druckt herum und klärt mich zögernd auf.

"Vielleicht sind es ja auch nur Gerüchte. Aber das ist ja auch egal. Keine von denen war jemals mit ihm zusammen. Die sind es gar nicht wert, sich um sie Gedanken zu machen, geschweige denn über die zu reden. Negative Energie und so, weißt du?", sie schaut mich entschuldigend an.

"Hm ja, du hast ja recht."

Innerlich spüre ich Eifersucht in mir aufkommen, kann gar nichts dagegen tun. Ich versuche den Gedanken beiseite zu schieben.

Es war vor mir.

Es war etwas anderes.

Wir haben etwas anderes.

Oder etwa nicht?

All' diese Gedanken kreisen sich um meinen Kopf, während ich Arina nur zunicke und mein Gesicht in der Kaffeetasse verstecke.

"Fabi ist komplett verknallt in dich. Und du in ihn. Das sieht man aus einhundert Metern Entfernung. Das ist mehr oder minder schon abartig, sich mit euch in einem Raum zu befinden, so sehr knistert es zwischen euch."

"Ich hoffe, du hast recht."

"Worauf du dich verlassen kannst", Arina zwinkert mir allwissend zu und nippt an ihrem Kaffee.

"Apropos auf einen verlassen. Bist du bei der Uni Weihnachtsfeier dabei?"

"Schon wieder so ein Besäufnis?"

"Ich habe gedacht, das läuft ganz human ab."

"Träum weiter. Der Tag, an dem auch die Dozenten zum Zuge kommen."

"War da ein ja?"

Arina schaut mich misstrauisch an.

"Keine Angst, war eh nur rhetorisch. Ist ja schon beschlossene Sache", ich zwinkere ihr zu.

"Also gut, Weihnachten ist nur einmal im Jahr", ich halte ihr meine Hand hin und sie schlägt ein, beschlossene Sache.

Weihnachtsgirlanden schmücken den Campus. Lichterketten zaubern eine heimische Atmosphäre und durchfluten die dunklen Gassen des Universitätsgeländes. Es ist neun Uhr abends und viele Leute haben sich vor dem gut gefüllten Glühweinstand versammelt. Arina zieht mich an der Hand und ich folge ihr in das Gebäude.

Die Weihnachtsfeier, die für die Sprach- und literaturwissenschaftliche Fakultät organisiert wurde, hat sich wohl ausgebreitet und wurde von Mund-zu-Mund Propaganda angepriesen, nur so kann ich mir die Fülle der Räume vorstellen.

Ich sehe ein paar Leute aus meinen Kursen und begrüße einige davon. Ein Kommilitone, ziemlich hoch und schlaksig, drückt mir und Arina einen Pappbecher mit heißem Glühwein in die Hand. Das Getränk nimmt den ganzen Campus in Beschlag, lullt uns ein mit seinem Duft, zieht uns förmlich in den Bann. Ich rieche eine Mischung aus Zimtstangen und Kardamom, nehme einen Hauch des Duftes von Vanilleschoten wahr. Wir schmeißen uns auf eine kleine graue Couch und lassen die Füße baumeln, während der Glühwein unseren Rachen hinunterfließt und wir die unterschiedlichsten Menschen beobachten. Menschen, die sich ab und zu zu uns auf die mickrige Couch gesellen und uns mal leise, mal laut, Worte ins Ohr schreien oder flüstern, uns mit ihrem Glühweingeschmack während des Sprechens anhauchen. Ein Typ legt mir seine Hand auf meinen Oberschenkel. Sein kleiner Nagel ist dunkelrot lackiert. Ich schiebe seine Hand weg, automatisch landet sie wieder auf meinem Bein, eine mechanische Reaktion.

Ich will Arinas Hand nehmen und an die frische Luft gehen, ziehe an ihrer Hand, die sich so groß anfühlt. Merke erst da, dass die Hand gar keine violett lackierten Fingernägel ziert. Realisiere nach einigen Sekunden, die sich durch meinen Pegel wie eine halbe Ewigkeit anfühlen, dass dies gar nicht Arinas Hand ist, an der ich so rigoros ziehe. Dass es die Hand mit dem dunkelrot lackierten Fingernägel ist, die in meiner liegt.

Prompt stehe ich auf, wanke ein wenig und falle wieder auf die Couch zurück, wo mich der Typ aka lackierter Fingernagel auffängt, mich in seinen Schoß zieht. Ich drücke ihn so gut ich kann weg und erhebe mich erneut, steuere den Türrahmen an, bewege mich alles andere als grazil, es ist eher ein Taumeln auf zwei Beinen, ein Torkel-Gang. Ein bekanntes Gesicht kommt ganz nah an mein eigenes. Ich grinse über beide Ohren.

"Maaaaaark, wo kommst du denn her?!", ich drücke meinen Mitbewohner ganz fest und lasse mich in seine Armen fallen. Ich selbst kann mich nicht gut halten.

"Naa Hübsche, wie läuft die Party?"
"Überragend, siehst du doch. Arina ist w-w-eg und ich sitze neben dem rot lackierten Fingernagel auf der Couch und lasse mich anhauchen."

Mark drückt mich leicht weg von sich und schaut prüfend mein Gesicht an.

"Mädel, wer hat dich denn so abgefüllt? Und von was für einem Nagel sprichst du?"

"Ach, n-n-n-icht so wichtig", lalle ich.

"Ich glaube du musst dringend nach Hause."

"Mir geht's suuper duper Autoscooooter. Ich glaube du brauchst auch was von dem Zaubertrank!"

Mark lacht.

"Wo hast du deine schöne Freundin gelassen?"

"Keine Ahnung, sie war einfach weg. Vielleicht ist Igor da. Ist ja eigentlich auch die Party unseres Fachschaftsrates, da würd' es Sinn machen. Die Frage aller Fragen ist eher, was machen die ganzen anderen Leute hier?"

"Wer steht nicht auf liebe Mädchen, die täglich brav ihre Näschen in Bücher stecken... ganz zu schweigen von den Ostblock Frauen. Ein Schmaus."

Mark leckt sich theatralisch über die Lippe und ich stupse ihn an, deute in eine Richtung.

"Fuck, die ist echt ganz süß. Und so unschuldig."

"Somebody come geeeeet her", fange ich an zu singen.

"she's dancinc' like a striiiiiipper", meine beste Freundin stimmt mit ein und schwingt ihre Hüfte gegen meine.

"Du bist wieder da-aa-aa", ich schlinge meine Arme um ihren Hals.

"Wer hat dich abgefüllt?", ganz ernst schaut sie mich an.

"Du warst nicht da, ich musste mir die Zeit irgendwie vertreiben."

Entschuldigend blicke ich zu ihr und strecke dann die Zunge raus.

"Sollen wir sie nachhause bringen?", höre ich eine Stimme fragen. Igor, der Arinas andere Hand hält. Wie ein kleines Vierergespann stehen wir nun hier und ich kann es nicht leugnen, ich vermisse meinen Freund, oder nicht Freund, oder was auch immer wir sind, sehr.

"Wo ist Fabi?", ich ziehe einen Schmollmund und schaue diese wunderbaren Menschen an, die ich nun meine Freunde nenne. Menschen, die mir so sehr ans Herz gewachsen sind, dass ich mir gar nicht mehr vorstellen kann, wieder wegzugehen, mich wieder von ihnen zu lösen. Denn irgendwie gehören sie nun zu meinem Leben dazu, zu meinem täglichen Leben. So wie Zähneputzen und Tagebuch schreiben, sind auch sie meine treuen Begleiter durch diese Zeit.

"Er wollte schon vor einer Stunde kommen", Mark zuckt mit den Schultern.

Ich hole mein Handy aus der Jackentasche, keine verpassten Anrufe.

"Vielleicht ist er eingeschlafen?", frage ich seinen besten Freund.

"Bestimmt ist er todmüde vom Babysitter spielen, Nadeschda ist ja seit zwei Wochen krank."

Fabi war in den letzten Tagen wirklich etwas müde, auch wenn ich versucht habe, ihm ein bisschen was abzunehmen und Lilly einige Male zum Ballett begleitet habe.

192

"Wahrscheinlich hast du recht, schläft bestimmt seelenruhig und genießt die Stille."

"Wer will noch Glühwein?", fragt Mark.

Arina, Igor und ich heben synchron die Hand hoch, hinter uns der dunkelrot lackierte Fingernagel.

-29-

"Man kann die Erfahrung nicht früh genug machen, wie entbehrlich man in der Welt ist."

Johann Wolfgang von Goethe

Abel

Noch ein paar Tage bis Weihnachten.

Ich mache mich auf den Weg vom Clubhaus in die Stadt Berlins, ins Zentrum.

Die Stadt ist laut und dreckig, ich hasse diesen Ort.

Ich hasse dieses Wetter.

Ich hasse diese Menschen hier, außer Sascha und die anderen vom Club.

Ein weiser Mensch sagte mir einmal, hassen sei ein starkes Wort, wohl wahr. Man solle es mit Bedacht benutzen, auch wahr. Selten steckt so viel Wahrheit in einem Wort, wie in diesem.

Wenn ich bis eben noch nicht ganz sicher gewesen sein sollte, ob die Stadt wirklich so dreckig und hässlich ist, oder ich es mir nur einbilde, kann ich nun mit voller Gewissheit sagen: Es ist ein Loch.

Ich befinde mich am Alexanderplatz, überall Bullen.

Die Hässlichkeit ist kaum in Worte zu fassen.

Überall Penner, Ungeziefer.

Der Fernsehturm sticht heraus.

Ich gehe in die Bank und hebe Geld ab. Einer vom Ungeziefer macht mir die Tür auf, hält mir seine Kappe hin, in der einige Münzen liegen. Ich kann es mir nicht verkneifen, spucke rein, schreite weiter zum Automaten.

Danach betrete ich ein Kaufhaus am Alexanderplatz.
Ein Mann begrüßt mich am Eingang, lächelt mich dreckig an.

Heute habe ich keine gute Laune. Ich habe keine Lust mehr auf diese Leute, die so höflich tun. Ich habe keine Lust mehr, mir die hässlichen Fratzen anzugucken, die mich so falsch angrinsen und dabei ihre kariesbefallenen Zähne zur Schau stellen. Dreckiges Volk.

Ich gehe in die Kosmetikabteilung. Mein Herzstück braucht ein Weihnachtsgeschenk und ich weiß doch, wie sehr die Kleine Lippenstifte mag.

Der übelste Gestank kommt mir im Kaufhaus entgegen, eine Mischung aus Lilien, Rosen, Moschus. Ein Gemisch aus unterschiedlichsten

Komponenten. Hab' gehört, mit so etwas bespritzen sich die Leute zuhause. Wie ich schon sagte, dreckiges Volk.

Da sind sie ja, die Lippenstifte.

Bis zu diesem Zeitpunkt hatte ich keine Ahnung, dass die Farbauswahl so riesig ist.

"Kann ich Ihnen helfen?"

Eine Frau, Mitte vierzig, steht vor mir. Schon wieder dieses falsche Lächeln.

Ich verneine, will hier keinen Stress. Nur ein Geschenk aussuchen und diesen Ort wieder verlassen.

Da, die roten. Jetzt kommen wir der Sache näher. Lejla mag rote Lippenstifte.

Und schon wieder, unterschiedliche Nuancen soweit das Auge reicht.

Von orange bis zu dunklen Beerentönen ist alles dabei.

Ein dumpfer Aufprall. Ein lauter Schrei, der fast mein Trommelfell zum Platzen bringt.

Die Verkäuferin hält sich die Hand vor den Mund, ihre grünen Augen weiten sich und werden glasig. Sie starrt in eine Richtung, wie so viele andere auch.

Ich folge ihren Blicken.

Blut fließt auf eine Verkäuferin zu, fließt zu ihren braunen Lederstiefeln.

Meine Augen folgen dem dunkelroten Blut.

Ein Mädchen liegt da, eindeutig tot.

Das Blut strömt aus ihrem Schädel, ihr Mund ist leicht geöffnet, die Beine sind komisch geknickt. Ein witziger Anblick.

Die Ärzte sagen, es mangele mir an Empathie. Empathie - was soll das sein?

Meine Mundwinkel heben sich, ein Lachen kommt aus meinem Inneren heraus an die Oberfläche. Ich lache tief und fest. Na endlich, wurde auch mal Zeit für ein bisschen Spaß hier in der tristen Hauptstadt.

-30-

"friendships cause heartbreaks too."

Author unknown

Fabi

Es klingelt. Ich bin bei Monas Eltern zuhause. Hans hat mich angerufen und mich gefragt, ob Mona bei mir ist, weil sie ja nun aus der Klinik entlassen wurde. Sibille und Hans wollten sie persönlich aus der Klinik abholen, ihre Sachen im Auto verstauen und danach mit ihr in ein leckeres Restaurant gehen, um auf die Zukunft anzustoßen. Sie sagte jedoch, sie will vorher noch unbedingt etwas erledigen.

Ich wusste bis heute gar nicht, dass sie entlassen wurde. Sie hat mir nichts davon erzählt. Ich könnte mir einreden, es war nicht möglich. Doch das stimmt nicht, sie hatte ihr Handy bei sich, durfte es benutzen, auch das Ladegerät für ihr Handy war in ihrem Zimmer. Es steckte in der Steckdose, als ich sie besuchte. Ein unangenehmes Gefühl steigt in mir hoch, irgendetwas stimmt nicht.

Es klingelt.

Zwei Polizisten stehen vor uns. Alles passiert wie im Film.

Ich sehe, wie Sibille in sich zusammensackt, einen Klumpen auf dem Boden bildet, Tränen aus ihren Augen fließen.

"Nein Herr Faber, es tut uns leid. Wir haben die Überwachungskameras des Kaufhauses angeschaut, ein Verbrechen ist hier auszuschließen. Es handelt sich bei ihrer Tochter um einen tragischen Suizidfall. Natürlich wird der Staatsanwalt eine genaue Entscheidung treffen, dieser Prozess wird noch einige Tage dauern. Wir würden gerne in den nächsten Tagen noch einmal herkommen und sie zu ihrer Tochter befragen, die Vorgeschichte näher in Erfahrung bringen, ihre Beziehung zu ihrer Tochter. Jedoch nicht heute, natürlich nicht."

Ich spüre nichts, bin stumpf. Ich kann nicht sagen, ob ich traurig bin. Ich bin leer. Ich setze mich auf einen Stuhl und trinke mechanisch mein Glas Wasser, zu mehr bin ich nicht in der Lage.

"Phantasie ist wichtiger als Wissen, denn Wissen ist begrenzt."

Albert Einstein

Lejla

Fabi war da und war es doch nicht.

Seit Monas Tod hat sich eine dunkle Wolke über sein Leben eingenistet, die mich mit in ihren Untergrund zieht. Es tut weh, ihn so zu sehen, auch wenn er nicht zeigen will, wie sehr es ihm zu schaffen macht.

Die Beerdigung ist nun etwa eine Woche her. Ich habe Fabi begleitet, um ihn zu unterstützen, habe versucht, so gut es geht, für ihn da zu sein.

Und auch wenn ich Mona nicht kannte, hat es mir das Herz zerrissen, ihre Familie und Freunde so zu sehen.

Fabi hat mir nach Monas Tod immer mal wieder von ihr erzählt, was die beiden verbindet und zusammengeschweift hat. Dass sie schon länger Probleme hatte, er ihr versucht hat zu helfen, und doch "gescheitert ist".

Mir tut es leid, ihn so zu sehen. Dass ihn keine Schuld trägt, will er nicht hören. Ich denke, das Einzige, was hilft, ist ihm Zeit zu geben.

Am schlimmsten war die Trauerfeier jedoch für seine Eltern, Sibille und Hans. Ich durfte sie an dem Tag kennenlernen, auch wenn ich eher die Hülle der Menschen kennenlernte.

Sibilles Augen waren blutunterlaufen, ihr Körper dünn und zerbrechlich. Am Grab ist sie zusammengebrochen und hat schrecklich geweint und dabei "Mein Mädchen" geschluchzt.

Die Gäste haben bedrückt weggeschaut und Hans hat sie hochgehoben, wie ein kleines Kind.

Langsam hebt sich Fabis Laune wieder. Wir gehen zusammen essen oder ins Kino. Heute haben wir uns "Das perfekte Geheimnis" im Kant Kino in Charlottenburg angeschaut. Er saß neben mir und hielt meine Hand, dabei wurden seine Grübchen in den lustigen Filmsituationen von einem lauten Lachen ersetzt. Wir haben karamellisiertes Popcorn inhaliert und ich glaube, für einen Moment, sei dieser auch noch so knapp gewesen, hat er das Vergangene vergessen. Es zumindest ausgeblendet. Den Zeitpunkt im Hier und Jetzt genossen und einfach nur laut gelacht. Dabei haben seine blauen Augen gefunkelt, so wie vor dem Geschehenen.

Schon komisch, wie nach einer scheinbar kurzen Zeit ein Mensch einem so ans Herz wachsen kann. Ich hätte es nie für möglich gehalten, das einmal sagen zu können. Ich meine ja, wer träumt insgeheim nicht davon, seine bessere Hälfte zu finden, doch habe ich immer daran gezweifelt, den Gedanken beiseitegeschoben, in meinem Kopf eine Tür verschlossen, um den Gedanken nicht an mich heranzulassen. Und doch hat die verschlossene Tür einen Weg gefunden, sich zu öffnen. Ungeplant und wunderschön zugleich.

Arina und ich schlendern an den Weihnachtsständen entlang. Der himmlische Duft von Crêpes mit Zimt und Zucker steigt mir in die Nase, Nutella gesellt sich in meinen Gedanken dazu. Wir kommen näher zum wohlgeschmückten Crêpes-Stand, der anders aussieht als seine Konkurrenz. Überall hängt Weihnachtsschmuck dran, große Kugeln schweben über dem runden, gusseisernen, heißen Crêpes-Eisen, auf dem gerade der vorbereitete Crêpes-Teig mit einem Teigrechen zügig verstrichen wird und die Crêpes hauchdünn gebacken werden. Gebannt blicke ich auf die wohlgeformte Frau mit wilden Locken, die den gebackenen Crêpe wendet und ihn nach den Wünschen eines Gastes zubereitet.

"Also, welchen nimmst du? Ich geb aus."

Ich schaue von Arina zur Speisekarte und beginne diese zu studieren.

"Zimt und Zucker? Oder doch Nutella? Also ich nehme ja immer die mit Kinderschokolade"

"Warte, ich kann mich nicht entscheiden", mein Blick bleibt auf dem Menü hängen.

"Nutella mit Banane ist und bleibt mein Favorit, sehr zu empfehlen.", höre ich den Gast sprechen, der vor uns dran war und nun ganz schlemmerhaft in seinen Crêpe hineinbeißt. Nutella verziert seine Mundwinkel.

Es gibt verschiedenen Crêpes-Kompositionen. Ich frage mich, wer sich Crêpe mit Schoko und Eierlikör bestellt. Auch die pikanten Crêpes mit Thunfisch oder Salami übersteigen meine Vorstellungskraft.

Ich entschiede mich für die Banane mit "Nuss-Nougat-Creme", was wohl Nutella sein wird und folge somit dem Rat des vorherigen Gastes.

"Was darf es für euch sein, Mädels?", fragt uns die vollbusige Frau. Ein tiefes, ehrliches Lächeln schmückt ihr Gesicht und mir wird direkt warm und wohlig ums Herz.

"Einmal Zimt und Zucker und Banane mit Nutella, bitte."

Arina reicht der Frau sieben Euro.

"Ihr beiden solltet unbedingt mal in mein Café in der Gneisenaustraße vorbeikommen. Dort gibt es nicht nur Crêpes und Poffertjes, sondern auch ein kleines Reich zur Selbstfindung."

Verwirrt schauen Arina und ich uns an.

"Wie heißt es denn?", fragt Arina neugierig.

"Ihr werdet mich schon finden. Bis bald!", sie zwinkert uns zu und bedient die nächsten Gäste.

"Wieso nicht?", sage ich an Arina gewandt.

"Ein bisschen komisch ist sie ja schon. Fast schon mystisch. Und was meinte die bitte mit Selbstfindung. Alles, was ich finden muss, ist neue Unterwäsche für Silvester."

Ich lache.

"Ich bin dafür, wir wagen uns am Wochenende mal hin, um uns zu finden", ich kneife ihr in die Seite und beiße in meinen Crêpe, der mich alles um mich herum vergessen lässt, so himmlisch ist er.

"Wollen wir da wirklich hin? Wahrscheinlich hat sie sich das Café ausgedacht und es existiert gar nicht."

Es ist Samstagnachmittag und Arina und ich sind auf dem Weg zur U-Bahn-Station.

"Hast du etwa Angst? Wenn es das Café nicht gibt, setzen wir uns eben in ein anderes."

"Wozu sollen wir dann so weit fahren?", fragt Arina mich genervt.

"Weit?", frage ich.

"Es ist eine halbe Stunde, das werden wir ja wohl verkraften können. Ein Klacks für Berlin. Komm schon, ich bin neugierig. Außerdem sah die Frau nett aus".

Innerlich weiß ich, ich habe sie schon überredet.

"Na gut, nur weil du es bist. Du spendierst den Kaffee, das ist wohl klar", Arina zwinkert mir zu. Ich schnappe mir ihre Hand und ziehe sie in die U7 Richtung Rudow.

Etwas verloren stehen wir auf der Gneisenaustraße.

"Siehst du, ich habe es dir gleich gesagt. Das war eine dumme Idee."

"Komm mit."

Erneut ziehe ich an ihrer Hand und marschiere selbstbewusst und zielstrebig in eine Richtung.

Zwar habe ich keine Ahnung, wohin ich laufe. Mein Gespür sagt mir jedoch, dass ich auf dem richtigen Weg bin.

"Genieß doch einfach mal die Zeit. Guck mal, ich war hier noch nie. Warst du schon mal hier? Ich liebe es ja, neue Gassen und Straßen anzuschauen, die ich nicht kenne."

Arina blickt mich böse an.

"Lächle doch mal und zieh nicht so ein Gesicht. Ohman, du brauchst echt dringend Koffein."

Ich lasse mir von Arina nicht die Laune verderben. In einigen Tagen ist Silvester. Fabi geht es besser, wenn man das so sagen kann. Ich habe hier tolle Freunde gefunden, auch wenn ich ein wenig Heimweh habe. Alles in allem liebe ich Berlin, ich kann mich also nicht beklagen.

Wir laufen in eine kleine Gasse, ich werde magnetisch von einem undefinierbaren süßlichen Duft angezogen. Ich ziehe Arina an der Hand und sie folgt mir nun ohne Widerrede.

Staunend betrachten wir das Café direkt vor unserer Nase, es ist wie aus den Wolken gefallen, durch einen Wolkenkratzer hindurch, unmittelbar vor unsere Füße.

Leise Musik tönt aus dem Café.

"Worauf warten wir? Lass uns rein, du schuldest mir einen Kaffee."

Arina reißt ungeduldig die Tür auf, und wir betreten einen Raum, der durch Duftkerzen nach einer Mischung aus Zimt und Vanille duftet. Es gibt keine Stühle oder Tische, stattdessen gibt es viele runde bunte Poufs und einige Sessel. Vor den Sitzgelegenheiten befinden sich kleine Couchtische. Große bunte Teppiche schmücken nicht nur den Boden, sondern auch die Wände. Das Ganze erinnert mich ein wenig an zu Hause, insbesondere an mein buntes Tel-Aviv. Der Raum ist abgedunkelt, es kommt nicht viel Tageslicht herein, dafür scheinen hier an jeder Ecke große Kerzen, die das Café beleuchten und ihm einen ganz persönlichen Charme schenken.

"Hmm, und wo gibt's Kuchen und co?", fragt mich Arina.

Ich schaue mich weiter um, es gibt keinen Tresen, so wie in den üblichen Cafés, denen wir normalerweise einen Besuch abstatten.

"Es freut mich, dass ihr den Weg hierher gefunden habt."

Eine Hand liegt auf meiner Schulter, die andere auf Arinas. Es ist die Frau vom Crêpes-Stand, die uns strahlend anschaut.

"Macht es euch bequem, ich empfehle euch die Sessel da hinten, die haben eine ganz besondere Atmosphäre."

Sie schiebt uns Richtung Sessel und verschwindet wieder in einem Raum, der nicht mehr beleuchtet ist.

Arina sieht mich irritiert an.

"Ganz im Ernst, die Frau hat doch nicht mehr alle Tassen im Schrank.... Sessel mit ganz besonderer Atmosphäre?! Ich hab's dir gleich gesagt."

Ich stoße sie in die Seite und schaue sie mit einem zornigen Blick an, gleichzeitig frage ich mich, was das für ein merkwürdiger Ort ist.

"Ist ja gut, ist ja gut."

Arina läuft vor mir her zu den bestickten überdimensional großen Sesseln.

Im Café sind außer uns noch ein paar andere Gäste, die Blicke zu uns werfen und uns allwissend zulächeln.

Langsam scheint auch mir die Idee herzukommen eine ganz merkwürdige zu sein, doch ich bin neugierig, schon immer.

Ich sinke in den weichen Sessel und lehne mich zurück.

Die Besitzerin des Cafés kommt erneut zu uns und reicht uns beiden jeweils eine Karte.

"Sucht euch etwas aus, ich bin wieder da, sobald ihr soweit seid."

Wieder schaut die Frau uns vielsagend an und verschwindet.

"Ich will doch einfach nur meinen Kaffee", höre ich Arina aus ihrem Sessel murmeln.

Ich schaue mir gespannt die verschnörkelte Karte an.

Auf der ersten Seite prangt ein goldener Vollmond, der mit unterschiedlichen Mustern verziert ist. Ich blättere die blaue Seite um. Es folgen Seiten mit unterschiedlichen Tarotkarten und deren Legesystemen. Es gibt eine Tarot-Tageskarte, die einem für jeden Tag behilflich sein soll. Langsam hebe ich den Kopf und sehe Arina fragend an, die genauso ahnungslos dreinblickt und mit den Schultern zuckt. Erneut blicke ich auf die Karte. Auf der nächsten Seite befindet sich das Beziehungstarot.

Darunter steht:

"Du möchtest wissen, wie es um eine bestimmte Beziehung in deinem Leben steht, wohin das Schicksal euch beide führen wird und wie es mit euch weitergeht?"

Als wäre das nicht genug, folgt dann auch das Liebestarot, um zu erfahren, "ob meine Liebe eine wahre Chance hat und wie ich am besten vorgehen soll".

Es kribbelt in meinen Fingern, ich war schon immer angefixt von solchen Spielchen.

Wieder blättere ich die Seite um. Hier steht etwas von einem Lenormand-Tarotprinzip.

Man kann sich entweder eine Lenormand-Tageskarte legen lassen, die eine Orientierung im Alltag sein soll, oder man entscheidet sich für eine 9-er Legung.

Diese soll einem weiterhelfen, indem sie "Vergangenheit, Gegenwart und Zukunft des Fragegegenstandes beleuchtet und in einen Zusammenhang bringt." Ich kann also Fragen zu meinem Liebesleben, Freundschaften oder der Karriere stellen, und dann sehen, was passiert.

Zuletzt ist ein mittelalterliches Kreuz abgebildet.

"Das keltische Kreuz", prangt als Überschrift.

Dabei handelt es sich wohl um das älteste Legesystem, das sich für jede Frage aus jedem Lebensbereich eignet.

"Es zeigt vergangene, gegenwärtige und zukünftige Entwicklungen auf, gibt dir einen Überblick über deine aktuelle Situation und sagt etwas über die Hintergründe und Ursachen der Situation aus. Das keltische Kreuz hilft dir, deine Lage besser einschätzen zu können und bringt dir neue, überraschende Einsichten. Es kann für jede Frage eingesetzt werden.", das klingt doch vielversprechend.

"Habt ihr euch entschieden, welche Bestellung ihr an das Universum senden möchtet?"

Erschrocken fahre ich hoch, die Frau steht direkt hinter uns.

"Ehm, ich weiß nicht genau. Ich bin noch in der Auswahl", antworte ich.

"Kindchen, lasse dir eins gesagt sein: Das Universum kennt keine Zeit. Es empfängt ununterbrochen Signale und katapultiert sie in einer Höchstgeschwindigkeit weiter."

Verwirrt wirft Arina mir einen Blick zu.

"Ja also, ich nehme dann mal die ... äh, Lenormand Tageskarte. Ja genau", sagt Arina nun entschlossen.

"Und du?", fragt sie mich mit ihren großen Augen, die irgendwie vertraut wirken, einladend.

"Ich glaube ich entscheide mich für das Letzte, das keltische Kreuz."

"Eine sehr weise Entscheidung", die Frau klatscht zufrieden in die Hände.

"Lehnt euch zurück, ich bin gleich wieder an Ort und Stelle.", sie dreht sich um und will gerade gehen, blickt dann noch einmal über die Schulter und zwinkert mir zu.

"Sie ist gruselig", flüstert Arina in mein Ohr.

Während wir unsere Blicke erneut umherschweifen lassen und die Menschen beobachten, dabei etwas aufgeregt und auch unsicher sind, bemerken wir gar nicht, wie zwei große dampfende Tassen vor uns auf den Beistelltisch gestellt werden. Sie duften unfassbar lecker nach Schokolade und Kardamom. Große Marshmallows schwimmen auf der Oberfläche und saugen die dunkelbraune Flüssigkeit voller Begierde auf.

Es ist doch irgendwie wirklich ein Zauberort, denke ich mir in diesem Moment.

"Also, was ist dieses keltische Kreuz, das du da ausgewählt hast?", fragt mich Arina und nippt zufrieden an ihrer heißen Schokolade.

"Es ist wohl das älteste Kartenlegesystem. Ich dachte mir: wenn schon, denn schon."

"Mein Name ist übrigens Frida."

Erneut fahren Arina und ich erschrocken hoch. Ein weiteres Mal ist die etwas rundliche Frau direkt vor unserer Nase und wir haben sie nicht bemerkt.

Lächelnd sitzt sie nun vor uns in ihrem riesigen Sessel und breitet Karten vor uns aus.

"Wir fangen mit dir an, Arina."

"Woher?"

Perplex schaut Arina die Frau an, die Frida heißt. Sie geht nicht weiter darauf ein und fährt fort.

"Dann wollen wir doch mal schauen, welch' Botschaft für dich heute gilt, meine Liebe. Bitte zieh jetzt eine Karte, die dich anspricht."

"Okay, dann wollen wir mal."

Gespannt schaue ich mir das Szenario an, welches eigentlich nur eine Ziehung der Karte beinhaltet. Trotzdem kribbelt es unter meinen Fingern und ich bin schon ganz aufgeregt, meine Karte zu ziehen.

Arina streckt ihre Hand aus und entscheidet sich für eine Karte der unteren Reihe.

"Welch' wunderbare Karte", spricht Frida zufrieden und mit voller Zuversicht, dabei breitet sich ein Lächeln auf ihrem Gesicht aus, das ihre Backen noch mehr zum Vordergrund bringt und sie sympathischer wirken lässt, als sie es ohnehin schon ist.

"Ach ja?", fragt Arina immer noch unsicher.

"Oh ja, mein Kind. Du hast die Lilie gezogen."

Sie zeigt mit ihrem Finger auf die Blume, die auf der Karte prangt.

"Die Lillie ist eine wunderschöne Karte. Sie steht für Harmonie, Familie und Intimität. Du hast sie als Tageskarte gezogen, es geht heute also um den inneren Frieden und die Ausgeglichenheit innerhalb der Familie und deiner Freunde. Am besten verbringst du diesen Tag im Kreise deiner Liebsten, ein gemeinsames Treffen, Kaffee oder heiße Schokolade zu zweit, aber da habt ihr ja schon alles richtig gemacht.", Frida zwinkert uns zu.

Arina beginnt sich entspannt im Sessel zurückzulehnen und nimmt ein zufriedenes Gesicht an.

"Für die Liebe bedeutet die Lilie, dass du deinen Herzenspartner begehrst. Heute ist der richtige Zeitpunkt, ihm von deinen Bedürfnissen zu erzählen."

Arinas Arme auf der Lehne verkrampfen sich wieder.

"Nun mach aber nicht so ein Gesicht. Du hast eine tolle Karte gezogen und ich bin mir sicher, dass dein Liebster genauso fühlt wie du. Ich kann es in deinen Augen sehen. Weißt du Herzchen, das Leben ist kurz. Zu kurz, um nicht das zu sagen, was man fühlt."

Frida lehnt sich im Sessel zurück und schließt für einen Moment die Augen. Als sie sie wieder öffnet, sind sie glasig. Nichtsdestotrotz lächelt sie. Sie scheint in Gedanken an einem anderen Ort zu sein, einem tragischen und schönen zugleich.

"Ich möchte euch eine Geschichte erzählen, damit ihr aus Fehlern lernt, die begangen wurden. Denn dafür sind Fehler da, wir lernen aus ihnen. Leider muss auch jeder seine eigenen Fehler machen, um daraus lernen zu können. Ich hoffe trotzdem, dass euch meine Geschichte zum Denken anregt und euch vor so schlimmen Fehlern bewahrt. Mein Mann und ich lernten uns damals im Theater kennen. Ich war mit meinen Eltern da und er hat mir kokette Blicke zugeworfen, als ich mit meiner Mutter an der Bar stand. Ich weiß noch, wie rot ich damals wurde und meine Mutter sofort aufmerksam darauf wurde. Ich war nie ein schüchternes Mädchen, doch irgendetwas hat mich an ihm so fasziniert, dass ich verunsichert war. Sei es sein Blick, seine Statur oder das Gesamtpaket. Er war ein Prachtstück. Damals gab es keine Handys oder Sonstiges. Im Theaterstück habe ich ihn nicht gesehen, auch wenn ich nicht leugnen kann, dass ich nach ihm Ausschau hielt, ununterbrochen. Nach dem Stück ging ich mit meinen Eltern zur Garderobe, um unsere Mäntel zu holen.

Da war er wieder, direkt vor mir stand er da und lächelte mich an, mit seinen Grübchen, die da so stark zum Vorschein kamen. Und spätestens da, war es um mich Geschehen. Ich habe mir nie Gedanken über Liebe auf den ersten Blick gemacht, ich war noch so jung."

"Wow, wie süß", Arina und ich schauen Frida gedankenverloren an, mir wird warm ums Herz.

"Als wir gingen steckte er mir einen Zettel in die Manteltasche. Dort standen ein Treffpunkt und eine Uhrzeit für den nächsten Tag. Von da an trafen wir uns regelmäßig, wir waren ein Team, eine Einheit. Wir haben alles zusammen gemacht. Er war mein erster Freund, meine erste große Liebe. Wir haben alles geteilt, haben gemeinsam gelacht und geweint, haben gestritten wie Furien und uns wieder versöhnt, noch mehr geliebt als vorher. Wir sind zusammengezogen. Wisst ihr, wir hatten so wenig und doch hatten wir uns. Uns hat es nie an etwas gefehlt. Meine Eltern hatten nie viel Geld, wir konnten uns gerade so die Miete leisten. Trotzdem ging ich studieren, er ging arbeiten, um uns über Wasser zu halten. Von da an wurde alles schlechter. Ich war immer öfter mit meinen Freunden und Bekannten aus der Uni unterwegs, blieb Nächte weg, um in Clubs zu gehen, kam oft erst am nächsten Mittag nach Hause, wenn er gar nicht zuhause war. Ich merkte, dass wir uns distanzierten, war jedoch so abgelenkt von meinem neuen Leben, dass ich dem nicht die Beachtung schenkte, die ich hätte schenken sollen. Eines Abends stritten wir uns heftig. Ich war gerade dabei mich fertigzumachen und wollte dann ausgehen, mit zwei männlichen Freunden. Damals habe ich das Drama nicht verstanden. Er wollte nicht, dass ich gehe. 'Bleib' doch einen Abend zuhause', schrie er mich an. Er war so sauer, so kannte ich ihn nicht. ' Verstehst du nicht, dass sie nicht deine Freunde sind? Mensch Frida, wie kannst du nur so blind sein? '. Ich habe es noch vor Augen, wie er mir die Worte ins Gesicht brüllte. Ich schrie zurück: ' Ich mach was ich will, du bist nicht mein Vater. '

Ich werde den Blick in seinen Augen niemals vergessen. Er war so enttäuscht von mir, so verletzt. Er zog seinen Mantel an und ging raus in den Winterschnee.

Ich habe ihn nie wiedergesehen.

Ein Auto raste mit einer 200km/h Geschwindigkeit auf ihn zu und riss ihn in den Tod."

Frida wischt sich eine Träne aus dem Augenwinkel, während Arina tränenüberströmt in ihrem Sessel sitzt und die Beine an sich herangezogen hat. Auch ich bin zutiefst erschüttert von der Geschichte und versuche, mir ein Schluchzen zu unterdrücken.

"Ich glaube ich muss los."

Arina springt aus ihrem Sessel.

"Lejla, wärst du sauer, wenn...?"

"Nein, geh nur. Schütte ihm endlich dein Herz aus."

Für einen kurzen Moment drücke ich ihre Hand und freue mich wirklich, dass sie den Mut gefunden hat, auch wenn ich immer noch wehmütig an Fridas Geschichte denken muss.

Arina schlingt die Arme um Frida und bedankt sich bei ihr, dann läuft sie schnellen Schrittes fort, ohne ihre heiße Schokolade ausgetrunken zu haben – das sagt schon alles.

"Na, das hat doch seine Früchte getragen. Nun zu dir und dem keltischen Kreuz", Frida mischt die Karten und meine Augen kommen gerade noch so mit ihren Bewegungen mit.

"Bitte wähle nun zehn Karten aus, die dich ansprechen."

Ich entscheide mich spontan für die ersten sechs, bei den letzten vier Karten überlege ich kurz.

Frida legt die Karten in der Form eines keltischen Kreuzes aus.

Die erste Karte positioniert sie mittig, die zweite Karte direkt auf die erste, allerdings quer.

Ihr Blick dabei ist fokussiert, während sie eine Karte umdreht.

"Die erste Karte zeigt deine aktuelle Position", Fridas Blick ist starr auf die Karten gerichtet, sie spricht tonlos.

"Wolken. Nicht so schön. Sie kündigen Probleme und Hürden auf. Es ist mit Schwierigkeiten zu rechnen, nimm dich in Acht, Kind."

Mir wird mulmig bei der Sache, vielleicht hätten wir doch nicht herkommen sollen.

Sie deckt die zweite Karte auf.

"Die zweite Karte beschreibt etwas, dass auf deine Situation einen großen Einfluss hat. Es sind die Mäuse. Sie kündigen Verluste an. Ängste werden an deiner Lebensfreude nagen, innere Unruhe wird sich breit machen. Es ist Vorsicht geboten."

Ich schaue sie unsicher an. Ich weiß nicht, ob ich noch mehr erfahren möchte, auch wenn ich versuche nicht ganz daran zu glauben.

"Die dritte Karte zeigt die Wege. Da haben wir es doch, gar nicht so schlecht. Es ist das, was du daraus machst. Die Wege stellen eine Entscheidungssituation dar. Du hast mehrere Optionen und eine davon muss gewählt werden. Sei offen und zeige Handlungsbereitschaft. Entscheide dich weise."

Ernst blickt sie mich an, während sie ihre Worte ausspricht.

"Und hier, der Klee. Die Karte steht für Glück und Optimismus. Der Klee soll dich motivieren und dir Mut machen. Nun zur sechsten Karte, sie steht für deine jüngste Vergangenheit."

Frida deckt die Karte auf.

"Ein Brief. Er kann für eine Nachricht stehen, eine Kommunikation. Das kann positiv sowie auch negativ sein."

Erneut spricht Frida recht monoton.

"Die Zukunftskarte ... Eine Schlange."

Frida lehnt sich im Sessel zurück und schließt für einen Moment die Augen. Nach einer gefühlten Ewigkeit öffnet sie diese und blickt mich bedenklich an.

"Du wirst mit vielen Problemen zu kämpfen haben. Ein Mensch oder mehrere werden sich in dein Leben drängen, versuchen etwas in die Brüche zu kriegen. Sei auf der Hut, immer."

Ich schaue sie erschrocken an, eine Gänsehaut breitet sich auf meinen Armen aus.

"Hast du mich verstanden? Sei auf der Hut", sie wiederholt ihre Worte und ich nicke stumm.

"Kommen wir zu der siebten Karte. Es sind die Vögel. Auch diese zeigen dir innere oder äußere Unruhen an."

Ohne meine Reaktion abzuwarten, deckt Frida schnell die nächste Karte auf.

"Die nächste Karte deutet auf das äußere Umfeld hin, das auf deine Situation einen Einfluss ausübt. Es sind die Störche. Sie kündigen eine Veränderung, einen Neubeginn an. Diese können für einen Lebenswandel oder einen neuen Lebensabschnitt stehen. Jetzt die Karte neun. Sie steht für Hoffnungen und Ängste... es sind die Ruten. Sie verheißen ein klärendes Gespräch oder eine unangenehme Auseinandersetzung, die kein so gutes Ende haben kann. Du musst das Gespräch geschickt meistern."

Wissend nickt Frida mir zu, als hätte ich eine Ahnung, um welches Gespräch es sich handelt, oder wie um Gottes Willen ich dieses Gespräch, mit wem auch immer, geschickt anstellen sollte.

Frida deckt nun die letzte Karte auf.

"Da sieh mal einer an, der Schlüssel. Noch ist nicht alle Hoffnung verloren. Die Karte gibt dir einen Ausblick auf die ferne Zukunft. Der Schlüssel kann Türen öffnen, doch du bist diejenige, die eine Tür öffnet oder schließt. Wähle die Tür mit Bedacht, die Entscheidung liegt ganz alleine in deiner Hand. Nutze diese einmalige Möglichkeit, doch wäge genau ab, was du als nächstes tust. Probleme können dadurch gelöst werden, sie können jedoch auch aus der Tür ausbrechen, wenn du die falsche Tür öffnest. Ich betone es noch einmal mein Kind, wähle die Tür mit Bedacht und Vorsicht."

Sie klopft mir auf die Schulter, sammelt ihre Karten auf und verschwindet. Das Einzige, was übrigbleibt, ist ein kleiner Talisman, den sie mir hinterlässt. Ein kleiner Anhänger, den ich sofort an meinem Armband befestige.

Ich lege meine Hand auf den Anhänger, schließe die Augen und hoffe einfach nur, dass alles gut geht. Denn eigentlich weiß ich doch ganz genau, welche Schwierigkeiten sie mir prophezeit hat, welche Grauen mir noch bevorstehen.

-32-

"the one you love and the one who loves are never, ever the same person."

Bryant H. McGill

Lejla

Erschöpft öffne ich die Tür. Ungeplanterweise wurde aus dem kleinen Ausflug in ein Café doch eine Tagestour, die ein mulmiges Gefühl in mir hinterlässt. Ich weiß, manche sagen es sei "Humbug", totaler Schwachsinn, reiner Schwindel. (Leider) gehöre ich nicht zu den Menschen, die Wahrsagerei missbilligen oder sich darüber lustig machen. Immer wieder muss ich an Fridas Worte denken. Ich bin zwar nie fest davon überzeugt, dass all' dies stattfinden wird, was einem prophezeit wurde, doch denke ich mir gleichzeitig immer auch, dass etwas Wahrheit darin steckt und ich mich in diesem Falle warm anziehen sollte.

Nicht nur warm anziehen im Sinne von einer gut gefütterten Winterjacke, die schön flauschig ist und mich in den Wintermonaten wärmt. Auch nicht, dass ich nun besser dicke Socken tragen sollte, oder mir an den extrem kalten Tagen eine Strumpfhose unter meine Jeans anziehen könnte - nein. Hier geht es um etwas anderes, denn wenn Frida recht hat, erwarten mich ein paar unschöne Abenteuer. Abgründe, die ich umgehen muss, um nicht tief in die Schlucht hineinzufallen.

"Hey Lejla."

"Julia", ch nicke ihr zu. Leugnen kann ich es nicht. Ich bin nicht gut auf sie zu sprechen, nachdem sie Abel in mein Zimmer gelassen hat und ihn dort hausen lassen hat, ohne jegliche Zustimmung von mir.

"Du hast Post bekommen, ich habe es vor deine Tür gelegt. Hast wohl richtige Verehrer am Start, was?", Julia grinst mir zu.

"Fast schon zu kitschig", höre ich sie noch sagen, während sie sich umdreht und in ihr Zimmer marschiert.

Ich höre, wie sie leise die Zimmertür hinter sich zuzieht, merkwürdige Beats aus ihrem Zimmer dröhnen, die mich an Erzählungen von Goa Partys erinnern und schüttle den Kopf.

Neugierig schnappe ich mir meine Tasse Schwarztee mit frischer Minze und einer halben Zitrone, atme genussvoll den Duft der Minze ein und laufe zum Zimmer.

Ein großes Paket liegt auf dem Fußboden. Es ist in einem blauen Papier eingewickelt, wodurch sich Blumen abzeichnen. Wie ich frische Blumen liebe. Ein warmes Gefühl breitet sich aus, meine Wangen erröten leicht. Ich kann mein Glück mit Fabi noch immer nicht fassen. Obwohl er gerade eine so schwierige Zeit durchmacht, denkt er an mich und schickt mir Blumen. Mein Herz macht eintausend Luftsprünge. Ich bin so dankbar, dass dieser Mensch in mein Leben getreten ist. Vorsichtig löse ich die Blumen zur Hälfte aus der Verpackung. Es ist ein wunderschöner Rosenstrauß mit weißen und roten Rosen, die so gut duften, dass ich am liebsten darin baden würde, wäre unsere WG-Badewanne nicht so verdreckt. Ich atme den Duft ein, der einer Droge gleicht und grinse zufrieden.

Schnell schnappe ich mir mein Handy und mache ein Selfie mit dem bezaubernden Strauß direkt vor meiner Zimmertür. Dabei strahle ich bis über beide Ohren.

Ich drücke auf "Senden" und warte, bis die zwei Häkchen auf WhatsApp in Fabis Chat erscheinen. Dazu mache ich ein rotes Herz-Smiley.

Erneut muss ich grinsen, ich fühle mich so wohl mit Fabi. Ich weiß, es hört sich kitschig an, wie in einem Liebesfilm, bei dem man leidenschaftlich gern Ben and Jerry's Eis löffelt, gleichzeitig Popcorn inhaliert und sich rührende Szenen der Liebespaare anschaut.

Und doch ist es so, als würden wir uns schon viel länger kennen, als wären wir irgendwie füreinander gemacht. Alles passt, ich weiß auch nicht wie. Es gibt immer noch nichts, was ich an ihm ansatzweise aussetzen könnte. Er ist für mich da, muntert mich auf, wenn es mir mal nicht gut geht, bringt mich pausenlos zum Lachen. Ich liebe seine kleine Schwester, er behandelt mich gut, richtig gut. Erneut atme ich den Duft meiner Lieblingsblumen ein, öffne meine Zimmertür und suche eine Vase, die die Vorgängerin meines Zimmers mir freundlicherweise hinterlassen hat.

Mein Handy blinkt.

"Das schönste Lächeln mit schönen Blumen, vom wem?"

Dieser Charmeur.

Ich antworte mit einem Zwinker-Smiley und schicke ein "danke" hinterher.

"Sorry Babe, aber diesmal sind wohl andere Verehrer im Spiel", bekomme ich als Antwort von ihm.

"Babe", so hat er mich noch nie genannt. Irgendwie mag ich es.

Ich ziehe meine Augenbrauen zusammen. Wie genau meint er das?

Mein Blick wandert zu den Blumen, die akkurat auf meinem Tisch liegen und darauf warten, in eine Vase gesteckt zu werden und etwas Feuchtigkeit abzubekommen.

Langsam setze ich Fuß vor Fuß, nehme den Strauß in die Hand, rieche noch einmal an ihnen. Der Geruch hat auf einmal einen bitteren Nachgeschmack.

Ich schaue mir noch einmal genauer das blaue Papier ein, womit die Blumen umhüllt sind, löse es ganz von ihnen.

Eine Karte steckt darin, sie ist weiter runter in den Strauß gerutscht, sodass ich sie nicht direkt sehen konnte.

Neugierde packt mich, aber auch ein wenig Angst. Ich habe ein mulmiges Gefühl bei der Sache.

Die Karte steckt in einem schwarzen dickeren Umschlag, den ich mit Vorsicht öffne.

Ich schlage sie auf und mein Verdacht bestätigt sich, Abel.

"Ein verspätetes Weihnachtsgeschenk für meine Geliebte. Für immer dein, Abel."

Im Umschlag befindet sich mein Lieblingslippenstift von Mac, den ich wohl nicht wagen werde zu benutzen, da er irgendwie verschmutzt für mich ist, unrein.

Ich nehme die Blumen in die Hand und laufe damit in die Gemeinschaftsküche, werfe den Strauß in unseren ohnehin schon vollen Mülleimer, ziehe mir meine Laufschuhe an, schnappe meine Beats und renne raus, hinaus in die Dunkelheit.

Zielsicher laufe ich zu unserer Mülltonne, beseitige dieses Geschenk, das ich nicht mein nennen möchte, setze mir meine Kopfhörer auf, schalte Spotify ein.

Eine Playlist wird angemacht, ich habe keine Ahnung welche, es interessiert mich auch nicht im Geringsten. Ich laufe nie, mir ist alles egal. Ich will nur dieses Gefühl loswerden, das in mir hochkriecht. Eine leise Vorahnung, dass dies erst der Anfang ist.

Ich renne los, am Lietzensee entlang, beschleunige meine Schritte, bis meine Lunge so heftig brennt, mein Puls hämmert, das Herz pocht und klopft und mein Körper sich nur noch auf meinen Atem konzentrieren kann.

-33-

"Children are knives, my mother once said. They don't mean to, but they cut. And yet we cling to them, don't we, we clasp them until the blood flows."

Joanne Harris, The Girl with No Shadow

Abel

Ich sitze auf dem braunen Sofa und überlege mir meine nächsten Schritte.

Meine Gedanken bewegen sich hin und her.

Ich weiß, dass ich sie brauche.

Ich weiß, dass sie mich braucht.

Wir sind eins. Wieso will sie das nicht verstehen? Am liebsten würde ich ihren Schädel gegen die Wand schlagen, damit das Mädchen endlich vernünftig wird und mit mir nach Hause fährt.

Mama und ich haben Streit, seit Monaten.

Meine Mama kann mich nicht leiden. Sie sagt ich bin ein schlechtes Kind, ein ungehorsames.

Immerzu beschwert sie sich, dass Krieg nicht gut für mich ist, ich mein Leben in den Griff kriegen soll, die falschen Frauen auswähle.

Ich weiß nicht, wieso sie mich nicht liebt, nie geliebt hat.

Mein Erzeuger hat sich verpisst als er erfuhr, dass Mama schwanger ist.

Der Wichser hat die Biege gemacht, hat jetzt eine eigene Frau und eine Tochter. Hab' ich nie kennengelernt. Ich habe also eine Halbschwester. Auch verseucht das Mädel. Kann ja nur verseucht sein, bei dem Erzeuger.

Ich glaube, meine Mutter sieht in meinem Gesicht sein Gesicht.

Deswegen liebt sie mich nicht, kann mich nicht lieben und wird es auch nie.

Für sie könnte ich genauso tot sein. Ich vermisse meine Mama.

Ich starre auf die Decke, überlege lange.

Rufe meine Mama an.

Es klingelt.

"Piep .... piep".

Ich glaube, sie ist nicht zuhause. Ist bestimmt bei ihrem dreckigen Macker im Bett.

"Hier spricht der Anrufbeantworter von..."
Als ich auflegen will höre ich ihre Stimme.

"Hallo? ...Wer ist da?", spricht sie außer Atem.

"Hallo Mama."

"Abel? Wo bist du? Ich war gestern bei dir zuhause, keiner war da. Du hast seit Wochen den Müll nicht mehr rausgebracht. Es stinkt fürchterlich."

"Was hast du..."

"Deine Wohnung ist ein einziger Saustall und du bist das Schwein, das es bewohnt. Abartig ist das, Abel. Einfach nur abartig. Wie kann ein Mensch so dreckig sein und seine Sachen so schlecht behandeln. Überall Rechnungen, ungeöffnete Post. Mensch, Kind, du hast Post vom Gericht. Ich habe sie für dich geöffnet. 320 Euro sollst du bezahlen, bis vor zwei Wochen. Und du hast die Post nicht einmal geöffnet."

"Mama, ich habe dir doch gesagt, lass die Finger von meiner Post, es ist MEINE Post", schreie ich ins Telefon.

"Um die du dich nicht kümmerst. Geschweige denn um irgendetwas. Dein Leben ist ein Chaos. Überall Geschirr, benutztes Geschirr, dreckiges Geschirr. Es stinkt. Deine ganze Bude ist nur noch ein Drecksloch. Ich habe dir das Geld für die Wohnung gegeben, was hast du daraus nur gemacht? Aus dir wird nie etwas. So kann das doch nicht weiter gehen."

"Ich weiß...", spreche ich leise in den Hörer.

"Es tut mir leid, Mama."

Am anderen Ende der Leitung bleibt es für einen Moment still.

Ich verharre mit dem Hörer in der Hand auf meinem Sofa.

"Ach Abel. Immer tut es dir leid. Nie änderst du dich auch nur ansatzweise. Du warst schon immer ein ungehorsames Kind. Immer alles anders machen, nie dem System folgen."

"Mama, jetzt fang doch nicht wieder damit an", unterbreche ich sie.

"Wieso rufst du an? Was hast du ausgefressen? Brauchst du wieder Geld?"

Ihre Stimme ist eine Mischung aus Wut und Abscheu, Enttäuschung und Trauer, zumindest fühlt es sich für mich so an.

"Abel, wo bist du?"

"In Berlin, Mama."

"Ww-w-as...was um alles in der Welt machst du in Berlin? Um Himmels Willen, Abel. Ist es wegen Lejla? Ist sie dort?"

"Ja, Mama."

"Abel, lass das Mädchen doch einfach in Frieden. Sie will dich nicht. Hast du nicht schon genug Schaden angerichtet? Lass die Sache doch nun einfach ruhen. Finde dich damit ab."

"Aber Mama. Ich ... ich liebe sie. Sie ist alles, was ich habe. Ohne sie will ich nicht. Ich brauche sie."

Meine Stimme verwandelt sich langsam in ein Schluchzen.

"Ach Abel..."

Große Tränen laufen über mein Gesicht, platschen hinunter auf meine abgewetzte alte Jeans.

"Wie hast du überhaupt das Flugticket bezahlt?"

"Moishe hats mir geliehen", antworte ich kleinlich.

"Kind. Du hast über 30.000 Schulden. Ich kann nicht noch einen Kredit für dich aufnehmen. Du treibst mich in den finanziellen Abgrund. Komm doch endlich zur Vernunft."

Ich sage nichts. Ich antworte nicht.

"Komm nach Hause. Das ist doch kein Zustand."

Sie redet weiter auf mich ein, nun in einem wärmeren Ton. Versucht mich zu überzeugen zurückzukehren, zur Vernunft zu kommen.

Während sie auf mich einspricht schaukle ich vor und zurück, als würde ich in Mamas Schoß sitzen und mich trösten lassen. Mit ihrer Hand würde sie über mein Haar streichen.

Vor und zurück.

Vor und zurück.

Meine Augen sind geschlossen.

Ich wippe vor und zurück.

Vor und zurück.

"Human sympathy has its limits."

F.Scott Fitzgerald, The Great Gatsby

Lejla

"Es ist also jetzt so richtig offiziell mit euch?", strahlend schaue ich meine russlanddeutsche Freundin an und nippe an meiner heißen Tasse Tee.

"Ja, Fridas Worte haben wirklich Wunder vollbracht."

Ich habe Arina noch nie so glücklich und verliebt gesehen, wie jetzt. Ihre Wangen glühen, sie ist in ihrer vollen Blüte, vollkommen verliebt. Es ist so schön, ihr dabei zuzusehen, wie sie über Igor spricht, dabei an ihren Haaren herumspielt, manchmal an der Lippe kaut, wenn sie mit ein paar dreckigen Sexszenen rausrückt, weil ich so lange drum bettle und jedes Detail erfahren will.

"Ich bin einfach drei Mal hintereinander gekommen. Er ist perfekt, wirklich. Perfekt. Und wir hatten Sex an jedem erdenklichen Ort in meiner und seiner Wohnung. Wir waren sogar im Schlafzimmer von Mama und Papa."

"Pahhh, Ari, das ist nicht dein Ernst..." ich fange an zu lachen und sie stimmt mit ein.

"Und er kann *so* gut lecken, oh mein Gott. Wirklich, er ist ein Gott. Als wäre er dafür gemacht."

"Okay wow, solche Worte von dir. Du bist doch sonst immer so schwer zu beeindrucken. Der Junge muss es ja echt draufhaben.", anerkennend nicke ich ihr zu.

"Du glaubst gar nicht, *wie* sehr er es draufhat. Ich sag mal so, das sind die russischen Gene. Meine Eltern haben immer dafür plädiert, dass ich einen russischen Mann kennenlernen soll. Da haben sie was sie wollten."

"Ich glaube Sex im Schlafzimmer deiner Eltern war nicht so ganz damit gemeint", gebe ich lachend zurück.

"Man muss ja nicht alles so eng sehen", lacht Arina.

"Wo wir beim Thema eng sind... ich schwöre es dir, sein Schwanz ist so fucking groß, dabei bin ich so eng. Es turnt ihn an, dann turnt mich das noch mehr an, dass es ihn so anturnt. Das ist wie so eine Spirale, der ewige Kreislauf und so. Kommt der eine, ist der andere schon wieder so angeturnt von dem Stöhnen des Anderen, dass die nächste Runde vorprogrammiert ist."

"Holy Shit. Gimme more."

Ich bin sichtlich beeindruckt. So viel Sex-Talk gibt es von Arina doch recht selten. Ich liebe es.

Arina schmeißt mit einem Kissen nach mir und grinst allwissend.

"Erzähl doch mal mehr von deiner Lovestory. Was gibt es Neues im Land der Turteltäubchen. Ich muss nur einmal an unseren Trip an die Ostsee denken und bekomme straight wieder pochende Kopfschmerzen von eurem nächtlichen Getobe und dem lauten Stöhnen, dazu noch dein Geschrei, jedes Mal, wenn du gekommen bist. Irgendwann haben wir mit Igor aufgehört zu zählen."

"Wir mit Igor? Hattet ihr noch einen Hausgeist dabei, der akkurat eine Strichliste von unseren Orgasmen geführt hat?", ich fange an zu lachen.

"Achso, oh, ja nee. So ist das bei uns Russen. Wir sagen bei zwei Leuten immer wir, zumindest in der russischen Sprache. Kriege das schlecht raus aus meinem Sprachgebrauch -... ist ja auch egal. Erzähl jetzt. Pack raus die Details. Immernoch so gut?"

"Besser", gebe ich grinsend zurück.

Ich lehne mich im Sessel zurück und beginne zu erzählen, besser gesagt zu schwärmen.

"Am Anfang habe ich gedacht, es wäre nur so ein kurzes Ding. Ein gutes Ding, wie sich versteht. Aber irgendwie ist es echt mehr. Weißt du? Nicht nur, dass der Sex phänomenal ist..."

Ich mache eine kurze theatralische Pause.

"Er ist einfach wirklich gut zu mir. So richtig gut und ehrlich. Er ist für mich da, hört mir zu, muntert mich auf und ich kann ich mich auf ihn verlassen, mich immer mehr auf ihn einlassen, auch wenn ich es vorher gar nicht so wirklich geplant hatte.."

"So etwas plant man ja auch nicht. Da kommt ein Mensch, und dann machts Boom. Entweder ist man ihm verfallen, oder er ist es nicht", belehrt mich Arina.

"Ach ja? Und wieso genau, hat das dann so lange mit dir und Igor gedauert?"

"Das ist doch etwas ganz anderes. Erzähl weiter."

"Ne ne ne, Moment mal. So leicht kommst du nicht aus der Nummer raus. Wieso ist das denn etwas anderes?! Wieso hat es bei euch so lange gedauert? Wieso habt ihr das so in die Länge geschoben? Hat der Junge Leichen im Keller, oder warum wolltest du nicht mit ihm zusammen sein?"

"Igor und ich kennen uns schon wirklich lange."

"Ja, aber genau das meine ich doch", erwidere ich.

"Igor war vorher mit meiner besten Freundin zusammen. Bis wir was miteinander hatten, und die beiden nicht mehr zusammen waren. Und wir auch keine besten Freundinnen mehr waren."

"Fuck...", meine Augen weiten sich. Die Bombe ist geplatzt.

"Ich weiß, ich könnte jetzt sagen, es ist nicht so wie du denkst. Aber ja, ich bin die billige Schlampe, die sich den Typen ihres besten Freundes gekrallt hat."

"Puhh. Es gehören immer zwei dazu. Aber ja, beste Freundin ist hart. Wie hat sie reagiert?"

"Sie ist abgehauen. Für sie war Igor die Liebe des Lebens. Sie hat sich ihr ganzes Leben mit ihm ausgemalt. Wollte zwei Mädchen und einen Jungen, später mal in eine Kleinstadt ziehen und das typische Familienleben leben - daheimbleiben, Kinder versorgen. Igor sollte einen angesehenen Job haben, gut verdienen. So wie man es kennt, mit allem Drum und Dran. Nur leider hatte Igor dabei kein Mitspracherecht, es war nie das, was er wollte. Irgendwann habe ich mich mit ihr gestritten und mich in die Sache eingemischt, obwohl mich das Ganze null anging.

Igor und ich waren schon immer Freunde. Wir waren gemeinsam im Übergangswohnheim als wir nach Deutschland kamen. Wie du weißt, sind unsere Familien Spätaussiedler. Wir waren einfach noch so jung, haben uns immer gut verstanden. Wir waren einfach Freunde, haben mit anderen Kids auf der Straße gespielt, sahen total dämlich aus, weil unsere Eltern alle nicht viel Kohle hatten. Ich weiß noch, dass ich damals Probleme mit meinen Augen hatte und geschielt habe. Ich musste ernsthaft ein Pflaster auf meinem rechten Auge tragen, oder war es das linke, kein Pan mehr. Wie dem auch sei, es war grässlich. Manchmal schau ich mir die Fotos an und frage mich, wie meine Eltern mich so auf die Straße lassen konnten. Immerhin waren die Pflaster immer rosa und gepunktet, ein bisschen Modegespür hatte ich zur damaligen Zeit vielleicht ja doch. Irgendwann ging unser Leben weiter. Er ging in die eine Schule, ich in eine andere, er lernte neue Leute kennen, war in anderen Kreisen unterwegs. Aber wie das eben so mit uns Russen ist, sie kennen sich doch untereinander. Wie groß Berlin auch sein mag, man trifft dann halt doch immer mal wieder aufeinander. Ich war mit meiner damaligen Clique feiern und er war mit seinen Jungs da. Wir waren an dem Abend beide so besoffen, ich konnte kaum geradestehen. Meine Mädels waren voll in ihrem Film, haben sich den einen Shot nach dem anderen bestellt und irgendwann hingen Igor und ich aneinander und haben rumgeknutscht. Danach hatten wir erstmal wieder keinen Kontakt. Jeder hat sein Leben weitergeführt, aber irgendwie habe ich immer wieder an ihn gedacht – was er jetzt so macht, was aus ihm geworden ist. Manchmal habe ich unsere alten Fotos aus dem Übergangswohnheim ausgepackt und lange draufgestarrt. Wir sahen so sorglos aus, ich will nicht wissen, was damals in den Köpfen unserer Eltern vorging, es war ja echt keine einfache Zeit für die. Einfach so alles hinter sich zu lassen, sein ganzes Leben, Freunde, Verwandte, und in ein neues Land auszuwandern, dabei kein Wort Deutsch zu können."

"Das muss echt hart für euch alle gewesen sein."

"Ich glaube, wir haben nicht so viel verstanden. Wir Kids waren ja echt noch jung. Ich war einfach nur traurig, dass ich meine Kindergartenfreunde nicht wiedersehen konnte. Ich dachte mir: Dann spielen wir halt nächste Woche zusammen, auch wenn das doof ist.

Aber die nächste Woche im selben Land gab es nicht, und die übernächste ist auch nicht aufgetreten... egal sorry, ich bin abgeschweift. In der Oberstufe kam ich mit Katja in eine Klasse. Katja und ich waren wie Arsch auf Eimer, es hat direkt gepasst mit uns. Wir haben nur scheiße im Unterricht gemacht, total oft zusammen geschwänzt. Französisch war unsere Lieblingsstunde, weil wir nie da waren. Irgendwann hat sie mir von einem Typen erzählt, ihrem absoluten Traummann. Sie hat so vor sich hin geschwärmt und meinte immer: Arina, du musst ihn unbedingt kennenlernen. Du wirst ihn lieben. Sie behielt recht."

"Oh kacke. Ich kann mir schon denken, was jetzt kommt."

Gespannt höre ich zu.

"An ihrem Geburtstag hat sie eine Party bei sich zuhause geschmissen. Wir waren bestimmt so um die 20 Leute. Viel Alkohol, viel Essen und die Eltern außer Haus. Ich weiß immer noch nicht, wie sie die damals rausbekommen hat. Wie soll es auch anders sein, ich kam rein und sah meinen Kindheitsfreund mit meiner besten Freundin Arm in Arm umschlungen dastehen. Ich konnte wirklich meinen Augen nicht trauen. Es war irgendwie verrückt, innerlich hat sich alles in mir zusammengezogen. Von da an haben wir uns oft zu dritt getroffen, waren im Kino, am See, waren gemeinsam mit anderen Leuten feiern."

"Was ist dann passiert?", ich bin gespannt auf den Wendepunkt.

"Irgendwann haben die beiden sich nur noch gestritten. Es ging immer um dieselben Themen. Sie wollte, dass Igor jetzt sofort Geld verdient und in zwei Jahren der Hauptversorger sein kann. Er wollte studieren, leben, weiterhin feiern. Beide haben sich jedes Mal bei mir ausgeheult. Ich wollte nie Partei ergreifen, aber ich konnte meine Gefühle auch schwer verbergen. Irgendwann hat sie uns erwischt, wie wir in seinem Zimmer miteinander geschlafen haben, der Rest ist Geschichte."

Mit einem ernsten Blick schaut sie mich an, die Geschichte überrollt mich. So viele Emotionen, so viel Vergangenheit.

"Na los, sag mir, was für eine scheiß Freundin ich bin."

"Hey, mir steht das nicht zu. Klar, es war nicht die feine Art. Vor allem, dass sie euch beide dann auch noch bei ihm erwischt hat. Heftig, ja. Aber mir steht nicht zu, darüber zu urteilen. Und es ist lange her. Anscheinend sollte es mit den beiden nicht sein."

Arina schaut betroffen zur Decke, schuldig.

"Danach war unsere Freundschaft natürlich im Arsch. Ich habe mich damals auch von Igor distanziert. Klar, wir waren beide schuld, trotzdem konnte ich mir das nie verzeihen. Dann habe ich mit meinem Studium begonnen und siehe da, wer saß in meinem Seminar – Igor."

"Wenn das mal nicht Schicksal war", zwinkere ich ihr zu.

"So, genug von mir. Karten auf den Tisch, it's your turn", Arina schaut mich fordernd an.

"Was willst du wissen? Ich bin ein offenes Buch. Ich glaube du hast jede Sexszene von mir und Fabi bestimmt schon zweimal gehört."

Ernst blickt sie zu mir rüber.

"Du und ein offenes Buch? Das ist *das* Oxymoron höchstpersönlich. Bullshit. Ich will, dass du mir endlich erzählst, was es mit deinem Exfreund auf sich hat. Und jetzt lenk nicht wieder vom Thema ab. Ich habe es dir auch erzählt."

"Ja, aber das war doch was ganz anderes", erwidere ich, doch der Versuch scheitert kläglich.

"Komm, jetzt pack aus! Wieso kriegst du immer so geweitete Augen, wenn ich dich darauf anspreche? Ich habe dich beobachtet. Jedes Mal, wenn ich das Thema auch nur anschneide, ziehen sich deine Augenbrauen zusammen und bewegen sich nach oben. Dein Mund ist dabei immer leicht geöffnet und deine Lippen nach außen gespannt."

Ich fühle mich ertappt.

"Es ist einfach kein Thema, über das ich gern rede."

Flehentlich schaue ich sie an, in der Hoffnung, dass sie nicht weiter nachfragt, aufhört in der Wunde herumzustochern.

"Ach ja? Meinst du, ich rede gerne darüber, dass ich meine beste Freundin hintergangen habe und mit ihrem Freund im Bett gelandet bin, der nun mein Freund ist? ... Gott fühlt sich das gut an, das endlich laut auszusprechen. Ich fühle mich direkt zehn Kilo leichter. Probier es auch mal."

Irritiert schaue ich Ari an.

"Los jetzt. Ich kann auch gut zuhören."

Arina lehnt sich zurück und lässt sich in die Kissen fallen, sie schaut mich erwartungsvoll an.

Ich schaue auf die Decke, beginne leise zu sprechen. Höre immer mal wieder auf, weil ich das Gefühl habe, dass mir die Luft zum Atmen wegbleibt.

Langsam erzähle ich von uns, von mir und Abel, als Paar. Zuerst als ein recht glückliches Paar, dann von einer Katastrophe, die über mich einbrach.

"Am Anfang war alles so ... naja perfekt. Ich weiß, dass klingt komisch, aber es war wie eine Geschichte aus dem Bilderbuch. Er war so extrem charmant, alle anderen Frauen haben mich richtig drum beneidet, so einen Mann an meiner Seite zu haben. Ich habe damals sogar Hassnachrichten von einigen Frauen per Facebook bekommen, die meinten, ich würde ihn nicht verdienen. Und ja, auf all' die Anderen wirkte er auch immer extrem redegewandt und unterhaltsam, ein richtiger Frauenschwarm. Groß, breit, muskulös, gutaussehend. Wenn ich von ein paar Freunden eingeladen wurde und ihn mitnahm, was sowieso nicht oft vorkam, dann stahl er jedem die Show und hatte auf einmal immer super Laune, obwohl wir 30 Minuten vorher zuhause noch den größten Streit hatten, so war das einfach jedes Mal. Ich habe mich immer gefragt, wie das möglich ist, dass die Stimmung so schnell kippen kann, dass ein Mensch auf einmal ein anderer ist. Von einen auf den anderen Moment. Wenn wir beide zusammen waren, war er so pessimistisch drauf und hat mich regelrecht in diesen negativen Bann mitgezogen – kaum waren Menschen dabei, erblühte er in aller Frische. Am Anfang war er auch wirklich ein Traummann. Er hat mir immer Blumen mitgebracht, hat mir kleine und große Geschenke gemacht, bis die Geschenke so teuer waren, dass mir das sogar too much war. Irgendwann kippte die Stimmung, es war ein ganz schleichender Prozess. Die rosarote Brille wurde durch Finger, die ich auf meine Augen presste, ersetzt, um das Geschehene ungeschehen zu machen. Um Taten, die mich erschütterten zu verdrängen. Weil ich es nicht wahrhaben wollte, es nicht fassen konnte. Ich konnte nicht verstehen, wie aus dem Menschen, den ich zu lieben glaubte, ein Monster entstehen konnte. Und immer wieder habe ich mich gefragt, ob es meine Schuld ist, ob ich dafür verantwortlich bin, dass er durchdreht."

"Das darfst du nicht sagen", Arina schaut mich mitleidig an.

"Es fing mit kleinen Lügen an, eigentlich ganz nebensächliche Dinge, bei denen meine Intuition direkt Alarm schlug, dass etwas nicht stimmte. Gaslighting nennt sich das ... habe ich irgendwann herausgefunden. Er hat immer alles so verdreht und sich in den Lügen verstrickt, dass ich langsam selbst nicht mehr wusste, was wahr und was falsch ist. Ich habe mich immer unwohler unter Freunden in seiner Anwesenheit gefühlt. Es waren Momente, die belanglos erscheinen. Zum Beispiel waren wir mal unterwegs und es waren so viele wunderschöne Rosen auf dem Weg, über die wir uns noch unterhalten haben. Als wir dann bei meinen Freunden ankamen und ich über den Rosenweg erzählte, schaute er mich komisch von der Seite an und sprach so von oben herab, dass da nirgendwo Rosen waren, höchstens ein paar Brennnessel. Es klingt so banal, aber so etwas kam ständig vor. Irgendwann habe ich wirklich selbst schon an meinem Verstand gezweifelt, konnte mir selbst nicht mehr trauen, weil ich nicht mehr wusste, was wahr und was falsch ist. Jedes Mal machte er mir Versprechungen, die er dann Tage später abstritt, gemacht zu haben. Irgendwann fing er täglich an, mir Sachen an den Kopf zu werfen, die nicht stimmten, total absurd waren. Ich habe dann auch angefangen ihn anzuschreien, weil ich es nicht mehr aushielt. Er tat dann so, als sei er das Opfer, das nun verletzt wurde. Rannte dann direkt zu seinen Freunden und erzählte nur die halbe Wahrheit. Leider nicht nur zu seinen Freunden... er schrieb auch meinen Freunden. Erzählte ihnen ganz wirre Sachen, die ich über sie gesagt haben sollte. Manchmal tat er so, als wäre ich krank, hätte einen Knacks ab und schrieb meiner Mutter, dass ich Probleme habe. Es war alles so wahnsinnig. Mein ganzes Umfeld wurde manipuliert, er versuchte meine Freunde und meine Familie in seinen Bann zu ziehen. Er war der geborene Meister, Sachen zu verdrehen und die Opferrolle einzunehmen. Mich hat das alles verrückt gemacht. Ich verstand nicht, wie ein Mensch, der mich liebt, so sein kann. Ich habe angefangen nicht nur ihn zu hinterfragen, sondern auch mich und die Menschen um mich herum. Vertrauen wurde zum Fremdwort.

Damals habe ich täglich Tagebuch geschrieben, weil mein Hirn irgendwann einfach aussetzte. Mein Verstand konnte nicht begreifen was passiert, versuchte es wieder auszulöschen. Ich dokumentierte alles, damit ich wusste, was wirklich Realität war."

"Das ist grauenhaft. Lejla, das tut mir so leid", Arina schaut mich entsetzt an.

"Ich wusste ja, dass irgendetwas nicht ganz richtig bei dir und deinem Exfreund gelaufen ist, aber das grenzt an Wahnsinn."

Ich erzähle ihr alles. Von Psychospielchen bis hin zu seiner Verfolgungsjagd. Dass er auf freiem Fuß ist, obwohl er so viel verbrochen hat. Von seinen Gewaltproblemen. Ich erzähle ihr von meinen Ängsten, von seinem Hass auf andere Personen. Ich rede und rede und starre dabei immer weiter auf die schneeweiße Decke. Die Worte prasseln aus mir heraus wie ein Wasserfall. Bis ich erschöpft dasitze und sie ihre Arme um mich umschlungen hält.

"Du musst die Polizei rufen, vor allem wenn der Typ jetzt ernsthaft hier in Berlin ist."

"Das kann ich nicht, was sollen sie denn machen"

"Er ist wahnsinnig. Er gehört in den Knast, das ist komplett geisteskrank. Da steckt so viel Manipulation dahinter. Das ist ganz klipp und klar psychische Gewalt, was der Typ da betreibt. Ich habe erst letztens ein Mädchen gesehen, die darüber auf Instagram berichtet hat. Sie hat so einen richtig langen Post dazu geschrieben, woraufhin eine Welle ausgelöst wurde. Anscheinend war der Typ vorher mit einer anderen zusammen, der dasselbe passiert ist, diese hat wiederum einen Post auf ihrem Blog über psychische Gewalt veröffentlicht, deshalb komme ich jetzt drauf. Sie hat das alles echt richtig informativ geschrieben. Sie haben den Namen des Typen nicht genannt, wegen Rufschädigung und so, aber alle wussten natürlich direkt, wer gemeint ist. Ich habe dann nur noch mitbekommen, dass er auf jeden Fall ziemlich an Reichweite verloren hat und keiner mehr seine Produkte kaufen wollte, da der Typ selbstständig ist und ein eigenes Unternehmen führt. Der verkauft Klamotten und so ein Zeugs. Viele wollten dann auch raus aus dem Sponsorenvertrag, weil die sowas nicht supporten wollten."

"Wow, du bist ja bestens informiert."

"Ich meine das ernst. Lass uns gemeinsam zu der Polizei gehen, ich unterstütze dich da."

"Nein ... Es wird schon alles gut. Er wird schon checken, dass er hier nichts verloren hat."

Kritisch schaut Arina mich an.

"Falls du es dir noch anders überlegst, ich bin da", sie drückt meine Hand und ich lasse meinen Kopf auf ihre Schulter fallen, benommen und dankbar zugleich.

Arina hatte recht. Es hat gutgetan, sie einzuweihen, den Worten freien Lauf zu lassen, bis es nichts mehr zu sagen gibt, eine Stille den Raum erfüllt, während die Kerze im Zimmer abbrennt.

-35-

"Anxiety is the dizziness of freedom"

Søren Kierkegaard , The Concept of Anxiety: A Simple Psychologically Orienting Deliberation on the Dogmatic Issue of Hereditary Sin

Lejla

Erschrocken fahre ich hoch. Es ist 01:03 Uhr. Ich liege im Bett, wälze mich umher und wache von meinen Träumen auf. Ein Schauer läuft meinen Rücken entlang.

Gequält schüttele ich den Kopf, um meine Gedanken beiseitezuschieben.

Ich weiß nicht mehr weiter.

Tag für Tag denke ich an ihn. Jedes Mal schleicht er sich herein in meine Gedanken und verfolgt mich.

Doch noch schlimmer sind die Nächte.

Nacht für Nacht träume ich von ihm. Werde verfolgt auf Schritt und Tritt, er umfasst meinen Hals, versucht mich zu würgen, mir die Luft zum Atmen zu nehmen.

In anderen Nächten lauert er mir auf, ich sehe ihn hinter der Glasscheibe. Ich sehe ihn auf den Straßen Berlins, wie er auf einmal vor mir steht und mir in die Augen schaut, mich schnappt und mit in die Dunkelheit hineinzieht.

Ich kämpfe ums Überleben, während er mich in den Abgrund des Gewässers zieht. Ich schlucke dreckiges Wasser, wedele mit den Armen umher, versuche, mich über der Wasseroberfläche zu halten, doch es gibt nichts, woran ich mich halten kann. Das Gewässer ist schwarz, ich kann nicht sehen, was sich unter mir verbirgt.

Ich spüre seine Hände, die im Klammergriff an meinem Fuß ziehen, immer stärker, sodass ich mich nicht mehr oben halten kann, mir die Kraft aus allen Poren entweicht, meine Muskeln aufgeben, sich verkrampfen.

Und ich sinke.

Sinke hinab in den Untergrund.

Ins Schwarze hinab.

Meine Hand flattert noch einige Sekunden über der Wasseroberfläche, einzelne Finger bewegen sich mit ihrer letzten Kraft.

Dann werde ich meterweit heruntergerissen, mein Fuß ist nicht mehr in seinem Klammergriff. Mein Fuß hängt an einer Metallkette, die mich weiter nach unten zieht.

Ich verliere das Bewusstsein.

Nach solchen Nächten schrecke ich panisch hoch. Mein Atem geht schnell, ich setze mich auf die Bettkante, atme ein und aus.

Mein Verstand weiß, das sind nur Träume.

Und doch, schleiche ich in den Flur und schaue nach, ob die Wohnungstür auch wirklich verschlossen ist.

Ich blicke vorsichtig in das Guckloch, voller Angst, was mich hinter der Tür erwarten könnte.

Doch die Nacht ist schwarz, der Flur ist dunkel.

Ich traue mich nicht zu atmen, tappe zurück in mein Zimmer und schließe es leise hinter mir zu.

Lege mich erneut hin, wälze mich umher.

Schlaflos.

Schlaflos sind die Nächte, die vorüberziehen.

Lang sind sie, und ungewiss.

Denn ich kann sie nicht kontrollieren, sie nicht stoppen, weiß nicht, was diese Nacht über mich fallen wird, nur wer dahinterstecken wird.

-36-

"Die Selbsttäuschung beherrscht der Mensch noch sicherer als die Lüge."

Fjodor Dostojewski

Abel

"Kommste mit?"

Sascha steht im Türrahmen und schaut mich an.

"Klar", ich schließe die Tür hinter mir zu.

"Du wirst die Kleinen mögen. Kleine süße Pussys gibt's da. Da habe ich auch meine kennengelernt. Schickes Teil, sach' ich dir."

Ich lass es unkommentiert, doch Sascha scheint heute sehr gesprächig zu sein.

Wir fahren rein in die Hauptstadt, Richtung Tempelhof.

"Der Laden gehört meinem Bruder, fühl dich also wie Zuhause."

Sascha reißt die Tür auf. Ich sehe eine blonde ältere Frau, die uns zunickt, uns jedoch nicht weiter beachtet.

"Such dir ein paar schicke Teile aus, nur Finger weg von meiner Kleinen. Ansonsten ist alles dabei."

Ein paar Mädels stehen in der Schlange an der Bar, Sascha zeigt auf einige von ihnen mit den Fingern und gibt Kommentare ab.

"Hier die da, die hats echt drauf, was oral betrifft, 'ne ganz Spezielle. Da kommste nicht nur einmal, das sag ich dir aber."

Er zwinkert mir zu und lächelt dann kenntnisreich das Mädchen an.

"Hier auch ein paar andere Exemplare, falls du auf asiatisch stehst.... Ich meine natürlich die Frauenwelt, das Essen ist aber auch nicht schlecht."

Sascha beginnt zu lachen und schlägt dem Mädchen mit den Schlitzaugen auf den Arsch, der das einzig ansehnliche an ihr ist.

An einer anderen Bar stehen zwei Blondinen, ich schätze sie auf Ende 40, mit wabbelnden Titten und aufgequollenen Mündern, Milfs also. Sie schauen mich an, die eine zwinkert mir zu, ich drehe mich angewidert um und blicke direkt in ein süßes Gesicht mit straffen Titten und braunen Haaren.

"Hi, ich bin Zerafina."

Die Unschuld in Person.

"Das ist aber nicht dein richtiger Name, oder?"

"Nenn mich wie du willst", haucht sie mir ins Ohr und ich spüre jetzt schon meine Latte in der Hose.

Da kommt mir dieses deutsche Lied von vorhin direkt wieder in den Sinn ... Das geht ungefähr so: "Meine Latte in der Hose, die würd' gern mal mit dir reden, also mach den Mund weit auf, dann kann ich sie dir hineinschieben. Was? Du willst nicht? Dann raus aus meinem Haus. Doch bleibst du hier, Fotze besorg ich es dir."

Gutes Lied.

Und Tatsache, mit der Süßen hier würd' meine Latte tatsächlich gern' ein Kaffeekränzchen abhalten.

"Komm mit", sie zieht mich an der Hand, ich folge ihr aufs Zimmer.

Sie trägt ein dunkles Korsett, das ihre Brüste zusammengequetscht und betont. Dazu einen String.

Zerafine oder –fina, wie auch immer, stoßt mich aufs Bett und setzt sich auf meinen Schoß, blickt mir dabei in die Augen.

Ihre Augen sehen gierig aus. Ich weiß, dass sie mich will.

"Wie willst du es haben?", fragt sie mich.

Ich schiebe meinen Finger in ihre Pussy um zu prüfen, was so bei der Kleinen abgeht.

Und hell yes, sie ist feucht wie ein Wasserfall.

Ich greife ihren Arsch und hebe sich hoch, dabei höre ich ein leises Keuchen aus ihrem Mund.

Schnell drehe ich sie mit dem Gesicht zur Bettdecke und nehme sie Doggy. Statt meinen Schwanz in ihre Pussy zu stecken, stecke ich ihn in ihr kleines süßes Arschloch.

"Nein warte. Nicht so ..."

Ich schenke ihren Worten keine Bedeutung, lasse sie verblassen, indem ich ihren Schädel gegen die Wand hämmre, damit sie Ruhe gibt und ich weiter rammen kann.

Bevor ich komme, ziehe ich ihn wieder raus. Ich sehe, wie Blut aus ihrem Arschloch hervortritt.

Sie wandert auf allen vieren, ich glaub sie will zur Tür oder so.

"Nichts da. Wir sind doch noch gar nicht so weit."

Ich glaub sie winselt oder so. Lächerliches Ding.

"Deine Mama hat dir wohl nicht gesagt, dass man seinen Job richtig erledigen muss, wenn man damit begonnen hat."

Ich nehme mir einen Rohrstock und eine Strumpfhose und ziehe sie wieder zurück aufs Bett. Dann binde ich ihr die Strumpfhose um den Mund, sodass sie endlich ihre Fresse hält.

"Das kann ja keiner ertragen, dein Geheule."

Danach nehme ich einen dicken Faden und eine große Nadel, die sich in einem Behälter am abgedunkelten Fenster befinden und lege sie auf den Tisch.

Der Faden wird durch die Nadel gezogen.

Langsam und gekonnt nähe ich ihren Rücken von unten nach oben. Was man nicht alles so lernt, als Soldat.

"Jetzt hast du ein Korsett, dass du nie wieder anziehen musst."

Stolz betrachte ich mein vollbrachtes Werk.

Eins A. Sehr akkurate Leistung.

Ich höre keine Geräusche mehr aus ihrem Mund. Na also, geht doch. Sie lernt schnell.

Sie sollte dankbar sein.

Dann ziehe ich sie an ihren Haaren wieder zurück aufs Bett.

"Was machst du denn da?"

Sie winselt erneut, nimmt die Embryonalstellung ein.

Ich trete ihr in den Bauch. Eigentlich will ich das nicht.

Nur damit sie wieder gerade liegt.

Ich lasse mir doch nicht mein schönes Werk ruinieren, sie muss noch einen Moment still und gerade liegen bleiben, damit die Haut sich an die Fäden gewöhnen kann.

Wir wollen ja nicht, dass das Korsett Risse bekommt.

Dann spritze ich ab, das Sperma verteilt sich in ihren braunen Haaren.

Sie liegt nur noch da. Bewegt sich nicht.

"Tschüss Zerafina."

Sage ich zu ihr, ziehe meine Hose über und verlasse den Raum.

„Und es kam der Tag, da das Risiko, in der Knospe zu verharren,
schmerzlicher wurde als das Risiko, zu blühen."

Anaïs Nin

Lejla

Ich schmiege meinen Kopf an Fabis Schulter und lasse mich in seiner Umarmung fallen, schlafe erneut ein, bis ich vom aromatischen Kaffeeduft wach werde.

"Guten Morgen Schönheit", er sitzt mir grinsend gegenüber, mit durchgewuscheltem Haar.

Ein Anblick, der mich zum Schmunzeln bringt, an den ich mich nur zu gern gewöhnen würde.

Fabi schaut in seine Hand, in der sich eine gelbe Eieruhr befindet.

"Oh, es ist so weit, bin gleich wieder da", schon sprintet er los und lässt mich wieder allein in seinem Zimmer.

Ich lehne mich auf, nehme eine Tasse frischen Kaffee und lasse mich erneut vorsichtig in die Kissen fallen, damit nichts auf diese überteuerte Bettwäsche überschwappt, das würde mir Nadeschda wahrscheinlich nie verzeihen.

Die Bettwäsche ist schwarz und aus feinster Seide. Ich bin heute Nacht total darin versunken und in einen tiefen Schlaf gefallen, frei von jeglichen Alpträumen.

Fabis Bett ist aus einem schweren Holz gefertigt und hat große Pfosten an den Enden des Kopf- und Fußteils. Mal wieder fällt mir auf, wie pompös sein Leben im Vergleich zu meinem ist.

Ich nehme einen Schluck des Kaffees, der in meinem Mund nach nussiger Schokolade und einem Hauch Frucht schmeckt, genieße diese Stille, beobachte den kleinen Vogel auf Fabis Dachterrasse, während die Sonne scheint.

Wir sind alleine im Haus. Sein Vater ist mal wieder unterwegs, Lilly hat Ballett.

Nadeschda hat frei und ist mit ihrem Mann zuhause.

Fabi betritt erneut sein Zimmer mit einem riesigen Tablett.

Ich grinse ihm zu.

"Komm noch mal ins Bett", fordere ich ihn auf.

Er stellt das Tablett auf den Beistelltisch und legt sich noch einmal zu mir, legt seinen Arm um mich. Ich genieße die Wärme seiner Haut.

Seine Hand streichelt meinen Arm und bringt meine Haut zum Kribbeln.

Ich muss daran denken, was seine Hände sonst so mit mir anstellen...

Mir wird warm. Ich drehe mich zu ihm, meine Brüste drücken sich an seinen Oberarm. Sanft lege ich meine Lippen an seinen Hals und höre ihn schneller atmen, was meine Brustwarzen hart werden lässt.

Er dreht seinen Kopf zu mir. Ich sehe seine Augen funkeln, bevor er sich zu mir herunterbeugt und mich küsst. Unsere Zungen beginnen ein gemeinsames Spiel, erst ganz langsam, dann schneller, leidenschaftlicher.

Seine Finger gleiten zu meiner Brust, meinen harten Nippeln. Meine Hand streicht über seinen Bauch zu seinem Schritt.

Die Wölbung in seiner Boxershorts drängt sich gegen meine Finger und ich höre ihn leise stöhnen, als ich beginne, seinen Schwanz mit leichten Bewegungen zu massieren.

Ich liebe es, wenn sein Schwanz durch meine Berührungen härter wird und ich ihn zum Explodieren bringen kann.

Ich beiße ihm in seine Unterlippe und das Zucken seines Schwanzes bewirkt ein Ziehen in meinem Unterleib.

Ich will ihn, hier und jetzt.

Ich setze mich auf seinen Schoß und schlinge einen Arm um seinen Hals, meine andere Hand umfasst sein bestes Stück fester.

Ich lächle in mich hinein. Ich weiß genau, dass ihm das gefällt.

Fabi nimmt meine Brustwarze in den Mund, spielt mit ihr. Währenddessen legen sich seine Hände auf meinen Arsch und kneten ihn durch, dabei werde ich noch feuchter, als ich es eh schon bin.

Ich liebe es, wenn er meinen Arsch berührt.

Mit seinen Fingern schiebt er mein Höschen zur Seite und hat nun ungehinderten Zugriff. Meine Vagina zieht sich eng zusammen. Ich spüre seine zweite Hand dazukommt. Sie legt sich auf meine geschwollene Perle, streichelt sie, schenkt ihr ein Verwöhnungsproramm.

Er grinst und beobachtet mich, wie ich für ihn komme.

Sein Schwanz in meiner Hand ist noch härter geworden, ich ziehe seine Boxershorts herunter und befreie ihn vom Stoff, bewege meine Hand langsam auf und ab. Ich höre ihn leise stöhnen, erneut legen sich seine Hände auf meinen Arsch und drücken zu.

Er keucht leise in mein Ohr, sein Schwanz pulsiert so heftig und Fabi ist kurz davor zu kommen. Ich habe die Kontrolle darüber, ich liebe es.

Ich breche ab, sehe seine Lust in seinen Augen.

Ich schaue ihm tief in die Augen, schiebe mein Höschen zur Seite und richte seinen Schwanz auf, setze mich auf ihn und er dringt in mich ein.

Sein Atem geht schneller, während ich ihn reite und meine Hüfte kreisen lasse.

Ich schnappe mir seine Hand und bewege sie Richtung Perle, die er dann im Rhythmus bewegt. Fuck, es fühlt sich so gut an.

Meine Arme schlingen sich um seinen Hals, ich bin kurz davor zu kommen, dringe noch tiefer in ihn ein, er stoßt von unten zu, bis wir beide zum Höhepunkt kommen, ich mit einem lauten Stöhnen den Orgasmus einläute und er mir folgt.

Entspannt liegen wir auf den Laken, umhüllt in seidener Bettwäsche.

Fabi streichelt mir über den Kopf und ich nehme erneut meine Lieblingsposition auf seiner Brust ein. Er hebt leicht mein Kinn an, sodass wir auf gleicher Höhe sind und uns in die Augen schauen.

"Ich liebe dich", und er spricht sie aus, diese drei Worte, die so stark und gleichzeitig beängstigend sein können, weil deren Wirkung immens ist.

Ich lächle ihm zu.

"Ich liebe dich auch", antworte ich.

Meine Mundwinkel schießen in die Höhe, ich bin so glücklich und dankbar zugleich. Für diesen Moment und diesen Menschen, der in mein Leben getreten ist.

Ich lege meine Lippen auf seine und lasse mich erneut auf seine Brust fallen. Mein Ort, an dem ich mich zuhause fühle, geborgen.

Wir sind auf dem Weg Lilly von ihrer Ballettstunde abzuholen. Ich lege meine Hand auf Fabis Oberschenkel, spüre seine Wärme durch die Jeans hindurch.

Während ich so aus dem Fenster blicke, frage ich mich, wann ich das letzte Mal so glücklich war und ob ich überhaupt jemals mit einem Menschen so glücklich gewesen bin.

Es ist nicht so, dass ich mich alleine unvollkommen oder unglücklich fühle.

Es ist nicht so, dass ich nun eine "bessere Hälfte" gefunden habe.

Denn ich bin ein Ganzes, bin keine Hälfte, die eine andere Hälfte zur Existenz braucht.

Was, besser gesagt, wen ich gefunden habe, ist ein Mensch, der mein Leben bereichert, es noch schöner macht, als es ist.

Der mein Leben zum Strahlen bringt, mich sein lässt, wie ich bin – mit all' den Facetten, die ein Mensch so hat.

Der mich dauerhaft zum Lachen bringt, und der mir seine Schulter anbietet, wenn ich weinen möchte.

Der für mich da ist – nicht nur mit Worten, sondern auch mit Taten.

"Kommst du mit?", Fabi reißt mich aus meinen Gedanken.

"Klar", ich öffne meine Tür und springe aus dem Auto.

Lilly sitzt etwas abseits von den anderen Kindern auf dem Boden und betrachtet ein kleines Knäuel.

"Hey Lillymaus, wen hast du denn da?", fragt Fabi sie und kniet sich zu ihr herunter.

Lilly sitzt auf dem Boden und streichelt einen orangefarbenen Kater, der ein weiße Schnauze hat. Das Tier trägt ein Halsband.

"Schauen wir doch mal, wie der Gute heißt."

Fabi nimmt das Halsband in die Hand und dreht es zu sich, sodass er es lesen kann.

"Murkel. Das ist aber ein interessanter Name."

"Können wir ihn mitnehmen?", fragt Lilly ihn mit großen Augen.

Murkel humpelt ein wenig und schnurrt bei Lillys Berührungen.

"Das geht nicht Lilly. Murkel hat bestimmt ein Zuhause."

"Er sieht aber nicht so aus. Wieso ist Murkel dann hier? Was ist mit seinem Bein? Wir müssen uns um ihn kümmern", Lilly nimmt Murkel auf den Arm und schmust mit ihm.

"Ist ja gut, Murkel", flüstert sie in sein Ohr.

Unsicher schaut Fabi mich an. Ich weiß auch nicht wirklich was wir tun sollen.

"Ich glaube wir müssen das melden. Nicht, dass der Besitzer schon lange auf der Suche nach dem Kater ist", sage ich zu den beiden.

"Da hat Lejla absolut recht."

"Können wir ihn nicht einfach mitnehmen? Wir haben doch so viel Platz."

Lillys Mund fängt an zu beben, sie schaut uns beide mit ihren großen Kulleraugen an. Mein Herz kriegt Risse, wenn ich dieses kleine süße Mädchen so dasitzen sehe.

"Komm", Fabi versucht Lillys Hand zu schnappen, doch sie hält Murkel ganz fest an ihre Brust gepresst.

"Ich gehe nicht ohne Murkel."

"Ist ja gut, wir fahren erstmal ins Tierheim und fragen nach. Vielleicht wurde der Kater ja auch schon überall gemeldet."

Verunsichert schaut Lilly ihren Bruder an.

"Na gut...", sie behält Murkel in ihren Armen und folgt uns zum Auto.

"Kommt ihr drei, steigt ein", Fabi öffnet erst Lilly die hintere Autotür und lässt sie mit Murkel hineinschlüpfen.

"Komm, ich nehme ihn dir kurz ab, damit du dich anschnallen kannst."

"Nein", protestiert Lilly trotzig.

"Ich mache das allein."

"Ist ja gut", Fabi hebt abwehrend die Hände und schaut zu, wie Lilly sich mit dem Kater auf die Rückbank setzt und sich den Gurt umschnallt, ohne Murkel auch nur einen Moment aus den Augen zu lassen. Danach öffnet Fabi mir die Beifahrertür. Ich gebe ihm einen Kuss auf den Mund und steige ein. Die Sitze des Autos sind so bequem, ich könnte darin versinken.

"Weißt du, wo das ist?", frage ich ihn.

"Ja, es gibt eins in Falkenberg."

Ich tippe in Google "Berlin Tierheim" ein und erhalte eine Adresse, Hausvaterweg 39, Berlin Falkenberg.

"Na dann mal los", Fabi nickt mir zu, ich drücke auf "Route starten" und wir fahren los.

Ich google ein bisschen rum und finde einige Informationen über das Tierheim.

"Wusstest du, dass es Europas größtes Tierheim ist? ... Hier steht die Fläche des Tierheims beträgt 16 Hektar, was so groß sein soll, wie 22 Fußballfelder. Es gibt vier große Katzenhäuser, sechs Hundehäuser, ein Kleintierhaus, ein Vogelhaus und ein großes Gehege für freilebende Katzen."

"Krass, ich wusste schon, dass das Teil groß ist, aber nicht so", antwortet Fabi.

"Die haben sogar einen Tierschutz-Bauernhof für Schweine, Ziegen, Schafe, Gänse, Hühner und noch andere exotische Tiere...", ich lese noch ein bisschen weiter und öffne dann wieder den Routenplaner.

Noch 33 Minuten bis zum Ziel.

Ich lehne mich zurück und lasse mich von der Radiomusik berieseln, drücke kurz Fabis Hand.

"Sie sind am Ziel angekommen."

Das Navigationssystem reißt mich aus meinem Halbschlaf.

"Na dann wollen wir mal."

Wir befinden uns vor der Tiersammelstelle.

Fabi schaltet den Motor aus, zieht die Handbremse an und legt den ersten Gang ein.

Wir schauen beide auf die Rückbank.

Lilly liegt eingemummelt auf dem Sitz, Murkel fest an ihre Brust gepresst. Auch Murkel hat die Augen geschlossen.

Ich schaue zu Fabi, der den Blick nicht von seiner kleinen Schwester wenden kann.

Ich verstehe, was in ihm vorgeht, kaue auf meiner Lippe.

Er schaut mich an.

"Müssen wir das tun?", fragt er mich dann.

Ich atme schwer ein und aus, blicke zur Sammelstelle und wieder auf Lilly.

Wir wissen beide, dass sie Murkel schon ins Herz geschlossen hat, dass sie schon als kleines Mädchen große Verluste durchmachen musste. Wir wissen, dass es falsch ist, dass Murkel vielleicht einen Besitzer hat, der gerade verzweifelt durch die Straßen läuft und nach seinem Kater Ausschau hält ... und doch, sagen Blicke mehr als tausend Worte.

Ein verständnisvoller Blick, ein Nicken. Der Motor wird wieder eingeschaltet, die Radiomusik läuft.

Ein Zitat Theodor Fontanes kommt mir in den Sinn:

"In der Aufstellung unserer Grundsätze sind wir strenger als in ihrer Befolgung."

Lange muss ich darüber nachdenken.

Ist es richtig? Nein, doch was ist schon Moral.

"Lilly, wir sind da", sanft schüttet Fabi die Schulter seiner kleinen Schwester.

Lilly krallt ihre kleinen Finger in Murkels Fell.

"Keine Panik. Wir kontaktieren das Tierheim und lassen ihn erst einmal über Nacht hier. Dann schauen wir weiter, ok?"

"Aber er hat doch jetzt uns. Wir sind jetzt seine Familie", antwortet Lilly.

"Wir sind aber nicht seine Besitzer. Er hat doch schon eine Familie."

Lilly schlüpft aus dem Wagen, Murkel immer noch in ihren Armen.

Fabi setzt sich auf die Knie und schaut seiner kleinen Schwester in die Augen.

"Schau mal, Lilly. Ich weiß, du hast Murkel jetzt schon ins Herz geschlossen. Aber stell dir mal vor, Murkel wäre seit ein paar Jahren dein Kater und du hättest ihn verloren. Du wärst schrecklich traurig und würdest dich auf die Suche nach dem Kater machen. Du würdest dir ganz schlimme Sorgen machen, dass Murkel was passiert sein könnte. Wahrscheinlich könntest du kein Auge zudrücken."

Fabi drückt ihre Hand und streichelt Murkel über den Kopf.

"Er darf erst einmal hierbleiben, Lilly. Morgen schauen wir weiter. Komm, jetzt gehen wir seine Wunde versorgen."

Ich schnappe mir Lillys Sportbeutel und folge den beiden durch das Tor in das Haus.

"So, jetzt schauen wir uns das mal genauer an."

Lilly hält Murkel auf dem Schoß, während Fabi die Pfote des Katers begutachtet.

Währenddessen koche ich uns dreien Tee in der riesengroßen Küche und schaue Fabi zu, wie liebevoll er mit seiner Schwester und dem Tier umgeht.

Ein warmes Gefühl überrollt mich.

Einmal hat mir eine Freundin gesagt: "Ich habe aufgehört, nach dem perfekten Liebhaber zu suchen. Ich konzentriere mich lieber auf den zukünftigen Vater meiner Kinder", darin steckt so viel Wahrheit. Es geht mir nicht um eine zukünftige Kinderplanung mit meinem Partner, vielmehr handelt es von Zuversicht und tiefer Liebe, Geborgenheit und dem Gefühl von Zuhause. Einem Menschen, der dich auffängt, wenn du mal fällst. Dich liebt, schätzt, akzeptiert und respektiert, so wie du bist und dich nicht verändern möchte. Ein Mensch, der das Beste aus dir herausholt, ohne dir etwas aufzuzwingen. Es ist toll, wenn dieser Mensch gleichzeitig auch dein Liebhaber sein kann. Wenn er die Rolle von einem Sexgott einnehmen kann und just in time dein Fels in der Brandung ist.

Ich wende mich wieder dem Wasserkocher zu, der die Temperaturanzeige überschritten hat, die ich für den grünen Tee eingestellt hatte.

So ein Schickimicki-Teil, das höchstwahrscheinlich ein kleines Vermögen gekostet hat und es doch nicht taugt. Dann bereite ich den Tee für uns zu und stelle ihn auf den Couchtisch ab.

"Murkel hat eine offene Wunde an der Pfote. Ich werde jetzt erst einmal den Dreck oder Fremdkörper hier entfernen, dann waschen wir die Pfote aus und desinfizieren sie", Fabi holt die notwendigen Utensilien und platziert sie auf dem Boden.

Ich halte Lillys Hand, Lilly hält auf ihrem Arm Murkel und Fabi inspiziert die Wunde, desinfiziert sie, verarztet den Kater. Die ganze Zeit über halte ich Lillys Hand. Ich merke, wie sich ihre Hand jedes Mal verkrampft, wenn der Kater zuckt. Doch sie ist tapfer, für Murkel.

"Soooo, wir habens fast geschafft. Fein machst du das, Murkel."

Lilly drückt dem Kater einen Kuss auf den Kopf, sie baumelt mit den Füßen, sitzt aber ansonsten ganz still und bewegt ihren Oberkörper nicht mit, damit Murkel bestens verarztet werden kann.

"Jetzt decken wir die Wunde mit Zellstoff ab und umwickeln sie mit einem Tuch. Der Verband müsste auf jeden Fall genügen", Fabi erhebt sich vom Boden, klopft den imaginären Staub von seiner Hose ab und geht in die Küche, um sich seine Hände zu waschen.

Ich folge ihm in den Raum und drücke ihm sanft einen Kuss auf die Wange, er legt seinen Arm um meine Hüfte und haucht mir ins Ohr, was mich wiederum zum Kichern bringt. Wir sind wie ein verknalltes Teenie Pärchen, welches wahrscheinlich jedem Außenstehenden auf die Nerven gehen würde. Zum Glück interessiert uns nichts weniger als das.

"Behalten wir ihn? ... Beziehungsweise ihr", korrigiere ich mich schnell.

"Lass uns die Tierheime anrufen, und fragen, ob ein Kater vermisst gemeldet wurde."

Ich nicke ihm zu.

"Auf jeden Fall müssen wir es melden, sonst machen wir uns glaube ich strafbar. Auch wenn ich Lilly den Kater nicht wegnehmen will und es mir jetzt schon weh tut, sollte sich der Besitzer melden. Ich denke aber nicht, dass Murkel ein herrenloser Kater ist. Ich meine, er trägt ein Halsband mit seinem Namen. Irgendwer wird ihn wahrscheinlich schon suchen."

"Ja das kann sein, oder sein Besitzer hat sich nicht richtig um ihn gekümmert. Er ist richtig dünn."

"Da hast du auch wieder recht", stimmt Fabi mir zu. Dann machen wir uns ans Werk und telefonieren die Tierheime ab, melden den Kater, um unser schlechtes Gewissen zu stillen.

Nachmittags verschwindet Fabi erneut und besorgt Trockenfutter für Murkel, während ich mit Lilly im Haus bleibe. Sie spielt den halben Tag mit Murkel und ich lege einfach mal die Füße hoch und lese ein Buch aus dem riesigen eindrucksvollen Bücherregal.

Abends kochen Fabi und ich gemeinsam Spaghetti Bolognese, wobei man sagen muss, dass es nicht viel zu kochen gibt. Nichtsdestotrotz ist die Sauce uns besonders gut gelungen. Dazu schnipple ich Gemüse und bereite einen Salat aus Granatapfelkernen, Feldsalat, Tomaten, Gurken, Avocado und Pinienkernen zu, die ich vorher in der Pfanne anröste. Abgerundet wird das Ganze mit einer Essig-Balsamico-Sauce. Fabi schenkt uns ein Glas Rotwein ein, Lilly bekommt Apfelsaft und Murkel isst genüsslich sein Trockenfutter aus einer Schale, dicht neben Lilly.

Mein perfekter Abend.

-38-

"So mancher, der an sich gescheit,

Hält einen Wahn für Wirklichkeit."

Erich Limpach

Abel

Die Kamera in Lejlas Zimmer bleibt unbewegt, keine Spur von ihr. Wo treibt sie sich rum? An Tagen und Nächten, an denen sie doch daheim sein sollte, an mich denken sollte. In ihrem Bett, so wie ich an sie denke.

Tag für Tag.

Stunde für Stunde.

Minute für Minute.

Die Uhr tickt langsam, die Zeit vergeht kaum.

Sascha fährt wieder los zu den Nutten. Ich bleibe hier, habe keinen Bock mehr auf die dreckigen durchgenommenen Schlampen. Verbraucht sind sie allesamt. Verbrauchte Weiber und ausgeweitete Muschis, abgelaufen sind die Verfallsdaten. Ich muss mich auf meine Mission konzentrieren, darf meinem Plan nicht abweichen. Muss auf der Spur bleiben, Lejla wieder auf den richtigen Pfad lenken.

Sie scheint sich verirrt zu haben. Das kann mal passieren. Sie ist durcheinander. In dieser dreckigen Stadt ist jeder Mensch durcheinander.

Ich werde ihr zeigen, wo sie hingehört und wer sie wirklich liebt. Sie wird sehen, wen sie zu lieben hat. Ohne wen auch sie nicht leben kann. Wir beide sind eins. Nur zusammen können wir existieren, das weiß sie genauso gut wie ich. Ich werde ihr helfen.

Ich werde sie von Dämonen befreien, die in ihr schlummern, sie zur Vernunft bringen, gefügig machen und zurück nach Hause bringen.

Wie ein Spürhund sitze ich in der tiefschwarzen Nacht im Auto vor einer großen Villa.

Der Milchbubi, mit dem ich sie schon einmal auf der Straße gesehen habe, scheint etwas mit Lejla am Laufen zu haben.

Meine Fäuste sind wieder blutig.

Ich musste Wände schlagen, den Kopf gegen Beton hämmern, um nicht durchzudrehen, dem Typen nicht sofort und in einigen Millisekunden das Genick zu brechen.

Es wäre so einfach. Eine kleine Umarmung unter "Freunden" quasi, zwei Hände um seinen Kopf. Eine seitliche Drehung, woraufhin er all' seine Kraft aufopfert, seinen Kopf in die entgegengesetzte Richtung zu drehen. Eine schnelle Bewegung in die Richtung, die er sich wünscht.

Und Zack – Knick Knack.

Halswirbel C3-C5 erfolgreich gebrochen, zerrissen ist die Medulla oblongata, adieu Kumpel.

-39-

"friendship is a pretty full-time occupation if you really are friendly with somebody. You can't have too many friends because then you're just not really friends."

Truman Capote

Lejla

"Da bist du ja", Arina schaut mich vielsagend an.

"Sorry", ich grinse meiner Freundin unschuldig zu und bete, dass sie nicht länger als zehn Minuten im Lokal auf mich wartet.

"Deine roten Wangen verraten dich!"

"Ich bin gerannt, von der U-Bahn-Station hierher", versuche ich mich rauszureden.

"Und ich habe mir heute einen Wecker um 04:30 gestellt, um in der Früh Joggen zu gehen – ist klar."

Ich zwinkere ihr zu und lasse meine Tasche auf den Sitz neben uns fallen.

"Was ist eigentlich mit dir und deiner Libido los?", fragt mich Arina nebenbei.

"Steigt potenziell an", gebe ich grinsend zurück. Arina beginnt zu Lachen und ich stimme mit ein.

"Was darfs denn bei euch zu trinken sein?"

Die Bedienung schaut uns mit ihren grünen Augen freundlich an. Das Mädchen hat ein rotes Band in ihr blondes Haar eingewickelt, sie hat weibliche Rundungen und ein kokettes Lächeln im Gesicht.

"Ich glaube wir brauchen noch 'ne Weile", entschuldigend schaut Arina erst mich, dann das Mädchen an, und gibt ihr zu verstehen, dass ich der Grund für die Verzögerung unserer Bestellung bin.

"Klar kein Problem, lasst euch Zeit. Hier ist übrigens unsere Monatskarte".

Ich schnappe mir das Menü samt Monatskarte und lasse meinen Blick durch die Leckereien wandern.

"Rührei auf Sauerteigbrot mit Trüffel und Parmesan ?!", ungläubig schaue ich zu Arina, mir läuft wortwörtlich das Wasser im Mund zusammen. Ich rieche und schmecke den Trüffel regelrecht, bevor er überhaupt bestellt wurde.

"Oh mein Gott! Zeig her!", Arina reißt mir die Monatskarte aus der Hand, schaut abwechselnd zu mir und wieder zur Karte – beschlossene Sache.

Ich grinse unserer Bedienung zu, wir können es kaum erwarten, die Bestellung nun so schnell wie möglich zu tätigen.

Wir haben uns schon öfter über Trüffel unterhalten und sind mittendrin im Hype. Wie oft bin ich nun durch Instagram gescrollt und habe Spaghetti mit Trüffel gesehen. Trüffelpizza, Trüffelsalz, Trüffelgewürz, Trüffelpesto. Mein ganzer Feed war ein einziger Trüffel. Und doch muss ich gestehen, dass ich bisher nur mal ein Trüffelgewürz probiert habe – welches übrigens phänomenal war.

"Das ging ja schneller als gedacht. Ihr seid fündig geworden?", das Mädchen, welches wohl Lissy heißt, was uns ihr Namensschildchen verrät, schaut uns neugierig an.

"Ich hätte gerne einmal das Rührei mit dem Trüffel, und einen Flat White mit Hafermilch, bitte."

"Sehr gute Wahl, ist notiert. Und was darf es für dich sein?"

"Ich nehme auch das Rührei mit dem Trüffel, und dazu einen großen Cappuccino mit Mandelmilch", antwortet Arina.

Das Café ist süß, sehr mädchenhaft, pink und flauschig. Ein perfektes Instagram Szenario. Und auch das Klientel sieht nach einem Instagram Ebenbild aus, was keine Kritik sein soll, ganz und gar nicht. Wer von uns treibt sich nicht auf den sozialen Netzwerken rum?! Es ist mittlerweile eine Seltenheit, eine 0,1 prozentige Wahrscheinlichkeit, dass jemand unserer Mitmenschen kein Nutzer sozialer Netzwerke ist. Der Spruch "Mehr Schein als Sein" trifft es jedoch auf den Punkt.

Statt sich in die Augen zu schauen und zu unterhalten, zu lachen und den Moment zu genießen, starren unsere Tischnachbarn allesamt auf ihre Handys.

Wie Roboter scrollen sie den Feed herunter, bleiben immer mal wieder hängen, verziehen dabei keine Miene. Drücken dann ohne mit der Wimper zu zucken auf den "Gefällt mir" Button und scrollen weiter.

Mir scheint dieses Szenario ein wenig zu suspekt zu sein, nicht ganz der Sinn der Sache von gemeinsamen Treffen. Ich folge Arinas Blick aus dem Fenster.

Auf der Bank des Cafés sitzt eine junge Frau mit aufgespritzten Lippen und dunkelbraunen langen Haaren, die ihr bis zum Po reichen.

Sie nippt an einem Strohhalm und blickt in die Ferne, während ihr Freund Fotos von ihr schießt und genervt dreinschaut, als sie mehr als unzufrieden mit dem Ergebnis zu sein scheint und das ganze Prozedere von Neuem beginnt.

Die Getränke erscheinen wie von Zauberhand auf unserem kleinen Holztisch und lächeln uns herzhaft an. Arina nimmt ihre blaue Tasse in die Hand und kostet den Cappuccino, dabei schaut sie genussvoll in die Tasse und schließt ihre Augen.

Ich schließe mich an, lege beide Hände um die kleine Tasse und nehme einen großen Schluck meines geliebten Heißgetränkes, ohne dabei das Latte Art Herz zu ruinieren. Zufrieden schauen wir uns beide an und lächeln uns zu.

"Hast du nachher schon was vor?", fragt mich Arina.

"Was hast du geplant?"

"Ich dachte, wir könnten spontan in den Mauerpark und danach eventuell was mit den Jungs machen?"

"Klingt super. Ich bin' dabei."

Die Jungs. Mittlerweile unternehmen wir ziemlich oft etwas zu viert, es ist ein perfektes Match und ich bin froh, dass sich die Jungs untereinander verstehen. Sie haben sich sogar letztens zu zweit getroffen und waren zusammen Laufen.

"Zwei Mal das Rührei auf Sauerteigbrot mit Trüffel und Parmesan", Lissy stellt die Teller vor unserer Nase ab, lächelt uns vielsagend zu und verschwindet erneut in der Küche.

Die Portion ist nicht riesig, der Preis schon happig und doch grinst mich der Trüffel vielversprechend an und lädt mich zum Verspeisen ein. Das Wasser läuft mir wortwörtlich im Mund zusammen.

"Oh mein Gott ..."

"Das sieht so unfassbar lecker aus", beendet Arina meinen Satz.

"Und wie !!!"

Ich schnappe Messer und Gabel in die Hand, grinse über beide Ohren und wünsche meiner besten Freundin Guten Appetit. Gleichzeitig führen wir die Gabel zum Mund und lassen die Geschmacksexplosion auf uns wirken, wie ein Vulkan prasselt sie auf uns ein und bringt uns zum Explodieren. Meine Sinneszellen schütten etliche Nervenbotenstoffe aus, die dann weitere Nervenzellen aktivieren und Infos an mein Gehirn weiterleiten.

Der Trüffel hinterlässt eine erdige bis nussige, süßliche Note. Ich lehne mich zurück und grinse über beide Ohren.

"Fast so gut wie Sex."

"Aber auch nur fast", zwinkert mir Arina zu.

"Ganz ehrlich, ich habe keinen Plan wer oder was dieser Trüffel ist – aber es schmeckt phänomenal."

Arina schaut mich allwissend an.

"Also, wenn das so ist, dann will ich dich mal belehren. Trüffel sind Pilze, die der Gattung der Schlauchpilze angehören."

"Ich wusste gar nicht, dass du so großes Interesse an Pilzen hast", kritisch betrachte ich Arina. Sie macht eine Handbewegung und fährt fort.

"Trüffel leben mit den Wurzeln verschiedener Wirtspflanzen. Die knolligen Körper der Trüffel, die man dann oft sehen kann, werden unterirdisch ausgebildet. Ich habe mir sogar letztens ein Video auf YouTube dazu reingezogen. Da wurde etwas über die Geschichte davon erzählt und es ist so, dass in der Antike bei den Griechen und Römern dieser Pilz als Aphrodisiakum galt - verrückt, oder? Da ist so ein Stoff drin, Androstenol – der wird im Pilz produziert und wirkt sehr anziehend."

Ich lecke mir über die Lippen und muss direkt wieder an meinen Freund denken, der einfach nur lecker ist. Allein bei dem Gedanken an ihn wird mein Höschen wieder etwas feuchter.

"Gibt es eigentlich auch nur eine Sekunde, an der du nicht an Sex denkst?", fragt Arina mich ironisch.

"Hmm mal sehen... nein! Spaß. Aber wenn wir schon beim Thema aphrodisierend sind – so ein Abend, mit einem Glas Shiraz, Taglioni mit der schwarzen Liebesknolle und dem Jackpot a.k.a. Fabi an meiner Seite – da hab' ich nichts gegen einzuwenden."

"Das glaube ich dir aufs Wort."

Wir genießen weiter das Essen und unterhalten uns dann doch auch noch über andere Themen als Männer und Gerichte, kaum zu glauben. Unsere Handys bleiben in der Tasche und das ist auch gut so, denn die Erinnerungen werden nicht am Smartphone gemacht, sondern miteinander, oder eben allein. Jedoch nicht mit einem kleinen Gerät in der Hand, das so oft unser Leben an uns vorbeiziehen lässt, da die Zeit an uns vorbeirast, während wir monoton herunterscrollen.

Nachmittags spazieren wir durch den Mauerpark, nehmen die unterschiedlichsten Gerüche wahr, wobei das Weed ganz klar überwiegt. Dieser Ort ist wie eine kleine andere Welt. Ein winziger Kosmos fernab von Steuererklärungen und 08/15 Anmachsprüchen. Das einzigartige an Berlin ist nicht, dass jeder so sein kann, wie er oder sie es möchte, sondern dass die Person dies auch wirklich auslebt. Niemand kann bestimmen wer wir sind – das können nur wir selbst.

Doch Berlin macht es möglich zu erblühen, sich selbst neu zu definieren und zu hinterfragen, wer man eigentlich ist und wer man noch sein möchte.

Du kannst im Pyjama in ein Café stolzieren, oder nackt am Maybachufer entlang schlendern. Niemand judgt dich, denn hier ist alles "normal".

Im Mauerpark treffen wir auf so viele unterschiedliche Menschen. Wir tanzen zu Techno Musik, schlendern weiter und treffen Afrikaner, die ihre Fans zu ihren Hits einheizen. Einer spielt auf einer Bougarabou Trommel, der andere hält in beiden Händen eine Kalimba und spielt mit seinen Daumen, indem die Metalllamellen gezupft und dadurch in

Schwingung gesetzt werden – so hatte es mir zumindest mal mein Onkel erklärt.

Einer der Jungs nimmt unsere Hand, sodass wir uns zu dritt im Kreis bewegen und die Musik auf uns wirken lassen, die Trommeln immer lauter und schneller geschlagen werden und mir fast schon schwindelig wird. Lachend verabschieden wir uns nach dem Song von den Jungs und gehen weiter, sehen gut gebaute Typen, die Basketball spielen. Andere fahren Skateboard und packen krasse Moves aus.

Eine Menschenmenge sitzt vor einer Tribüne und applaudiert einem Typen, der ein Mikrofon an seinem Mund hält und das Lied "Gbona" von Burna Boy performt.

Ich sage bewusst "performt", denn neben seiner tollen Stimme, hat er das ganze Publikum für sich eingenommen. Die Leute wippen im Takt, bewegen ihre Hände durch die Luft und haben dieses zufriedene Lächeln im Gesicht, was bestimmt auch den Johnnys geschuldet ist. Lässig und entspannt bewegt er sich auf der Bühne, als wäre es sein eigenes großes Wohnzimmer und das Publikum seine Familie. Gerührt bleiben wir vor der Tribüne stehen und applaudieren laut, als das Stück vorbei ist.

Der Typ läuft einmal rum und klatscht den Zuhörern in die Hände, grinst ihnen gelassen zu, bevor er sich seine Tasche schnappt, sie sich über die Schulter wirft und in Sekundenschnelle verschwindet. Das, was bleibt, sind die positiven Vibes, fast schon ein Gefühl des Zusammenhalts der Zuschauer, die gerade noch alle denselben Menschen gefeiert haben, der dem gesamten Publikum ein gutes und zufriedenes Gefühl hinterlassen hat. Und irgendwie auch ein Heimatgefühl. Denn obwohl wir alle von ganz unterschiedlichen Ecken kommen, ob zugezogen oder waschechte Berliner, fühlt man sich heimisch und dazugehörend, angenommen und angekommen. Arina legt einen Arm um meine Schulter und ich lasse meinen Kopf auf ihre fallen, beide ein Bier in der Hand.

"Sind beim Klimmzugstand, wo seid ihr?"

Ich antworte Fabi, dass wir ihnen entgegenkommen.

Arina geht zu Igor, was ich nur noch vage mitbekomme, denn mein Sichtfeld wird von etwas Schönerem blockiert. Er steht direkt vor mir, schaut mich mit seinen leuchtenden blauen Augen an, in denen ich versinken könnte.

"Hey Babe", raunt er mir ins Ohr.

Ich lege meine Arme um seine breitgebauten Schultern und lehne meine Stirn an seine, nachdem er mir einen Kuss auf meine Stirn drückt, was ich nebenbei erwähnt wirklich liebe!

"Fabi, was ist mit dir? Machst du mit?", ruft Igor von hinten.

Ich schaue zu Igor, der sich in die Hände spuckt und sich dann an die Klimmzugstange hält.

"Nee lass mal, aber viel Glück!"

"Wieso macht der das?", frage ich Fabi.

"Man kann hier was gewinnen, 50 Euro für fünf Minuten an der Stange hängen."

"Dein Ernst?", erstaunt schaue ich ihn an.

"Los, Igor. Das packst du easy", höre ich Arina rufen, nachdem noch nicht einmal dreißig Sekunden vergangen sind. Wir gesellen uns zu ihr und schauen Igor zu, der seinen Gesichtszügen nach noch ziemlich entspannt zu sein scheint. Nach drei Minuten wendet sich das Blatt. Wir beginnen ihn anzufeuern.

"Komm Igor, noch zwei Minuten. Abendessen für dich und Arina ist saaaaafe", ruft Fabi ihm zu. Und auch Arina und ich schreien ihm nun zu, dass er durchhalten soll, jetzt bloß nicht aufgeben.

Ein Arm löst sich von der Stange, er schüttelt ihn aus, hängt sich wieder dran. Es sieht nach einer rutschigen Angelegenheit aus. Als die Stoppuhr 03:47 zeigt rutscht er ab.

"Shit."

"Mach dir nichts draus, Junge. Heute hats noch keiner gepackt", sagt der Typ zu ihm, der den Stand organisiert.

"Wer hat Bock auf "Kauf dich Glücklich"?", fragt Fabi in die Runde, nachdem er Igor aufmunternd auf die Schulter klopft.

"Kauf dich glücklich?", frage ich und schaue ahnungslos in die Runde. Arina rollt mit ihren Augen.

"Man, ich bin nicht von hier."

"Ich auch nicht", zwinkert Igor mir zu und ich lache.

"Also los."

Fabi und ich laufen vor, die Turteltäubchen direkt hinter uns.

Die Straße ist voll von aneinandergereihten, pastellfarbenen Häusern mit wunderschönen französischen Balkonen. Die Balkone sind fast alle mit Blumen dekoriert.

"Gibt doch nichts Besseres als warme Waffeln und guten Kaffee an einem Nachmittag mit seinen Freunden", sagt Arina in die Runde und führt grinsend die Gabel zum Mund.

Igor, Arina und ich haben uns für die süße Variante entschieden.

Meine Waffel mit heißen Kirschen und einer Cheesecake-Creme grinst mir verführerisch zu. Ich nehme einen Bissen und lasse mir das Stück auf der Zunge zergehen, dann pikse ich in Fabis Waffel. Er hat sich für die herzhafte Variante entschieden: Buttermilch Waffeln mit eingelegter Beete, Avocado Spiegelei, Kräutercreme und Salat – das Ebenbild eines Hipster-Festmahls. Dies wiederum ist wohl passend zum Bezirk, denn wir befinden uns im Szeneviertel Prenzlauer Berg, auch genannt Prenzl-Berg. Der Kiez ist bekannt für stillende, Latte Macchiato schlürfende Bio Mamas in Cafés und Spucktücher auf der Speisekarte.

Den Abend lassen wir in einer Shisha-Bar ausklingen, die orientalische Musik spielt und mich etwas an Tel Aviv erinnert. An abendliche Sonnenuntergänge in unserer Lieblingsstrandbar am Hafen. Die frische Meeresbrise. Den Blick auf das Meer gerichtet, das eine beruhigende Wirkung auf mich ausübt. Und während die Sonne sich langsam verabschiedet trinkt man den letzten Schluck des farbenfrohen Cocktails und machte sich auf Weg Richtung Rotschild.

"Hallo Lejla? Auch noch da?", Arina reißt mich wieder aus meinen Gedanken. Sie reicht mir ungeduldig den Schlauch der Shisha weiter und lehnt sich zurück. Ich nehme einen Zug und versuche Ringe zu formen. Der Tabak ist eine Mischung aus Brombeere und Feige und ich muss zugeben, es "schmeckt" besser als daheim. Ich gebe den Schlauch an Fabi weiter und nehme einen Schluck meines Minztees. Ich liebe das. Shisha und Minztee ist einfach der perfekte Mix. Jeder, der da widerspricht, hat einfach keine Ahnung.

"Du und dein Tee", sagt Fabi von der Seite und nimmt einen Schluck seiner Cola Zero.

Igor und ich schauen uns gegenseitig fast schon angegriffen an. Auch er ist begnadeter Teetrinker.

"WAS hast du gegen meinen Tee einzuwenden?", frage ich ihn neckisch.

"Zwei gegen eins. Deine Argumente kommen eh nicht an."

Igor gibt mir Zuspruch, was er gar nicht braucht. Niemand kann die Liebe zu mir und Tee kippen.

"Es sind gefühlt 100 Grad hier in dieser Shisha Bar. Wie könnt ihr beide da noch etwas Heißes trinken? Macht es doch noch schlimmer."

"Also ich bin nicht die, die hier schwitzt", gebe ich gelassen zurück. Dann packe ich meine Tee-Skills aus:

"Und ja, Tee geht auch bei 100°. Ist sogar noch besser als eine kalte Coke. Wenn du in der Wüste bist und deine kalte Coke aufsaugst, muss dein Körper viel mehr Energie aufbringen, um die Temperatur zu regulieren. Deshalb schwitzen Menschen dann nur noch mehr. Tee erfrischt und erweitert die Blutgefäße."

"Darauf erstmal einen Schluck", Igor prostet mir zu, Fabi hebt geschlagen die Hände.

Arina verhält sich die ganze Zeit über still, bis sie sich auf der Couch aufstützt und ihren Blick leicht anhebt.

"Alles ok?", frage ich sie.

Erst jetzt fällt mir auf, dass Arina die ganze Zeit still ist, was ihr gar nicht ähnlich sieht. Besorgt schauen wir drei in ihr Gesicht. Dann höre ich das Geräusch. Wie es ruckartig hochkommt.

"I..ch... g.g......muss...Bad", sie versucht die Worte zu formen, jedoch hat sich ihr Mageninhalt schon in ihrem Mund versammelt, sodass das Sprechen schwerfällt.

Ruckartig steht sie auf und schaut sich hilfesuchend um. Schnell springe ich auf, nehme ihren Arm und laufe mit ihr zur Frauentoilette.

Ich reiße gerade noch den Deckel der Klobrille auf, da kommt schon ein riesiger Strahl Erbrochenes aus ihrem Mund.

Ich versuche meinen Scrunchie um ihr Haar zu binden und einen Pferdeschwanz zu meistern, doch der nächste Schwall ist schon im Anmarsch. Erneut übergibt sie sich, klammert sich dabei mit der einen Hand an der Toilette fest. Die gesamte Kabine nimmt einen säuerlichen Geruch an, bei dem selbst mir schlecht wird.

Als ich dann auch noch in die Toilette schaue und bunte, schmierige Reste der Waffel sehe, die nun zu einem Brei im Klo schwimmen, muss ich kurz meinen Mund verziehen, denke dann jedoch wieder schnell an meine Freundin, die meine Hilfe gerade mehr braucht. Ich spreche besänftigende Worte zu ihr, wische ihre Haare aus dem blassen Gesicht.

"Lass alles raus, danach geht's dir besser."

Wenn doch sie mit jedem Strahl, der ihren Mund verlässt, ein wenig blasser aussieht.

"Ich frage mich, was in der Waffel war. Vielleicht sind die Milchprodukte darin abgelaufen oder so", überlege ich laut.

"Nein, wahrscheinlich hast du einfach die Shisha nicht vertragen. Zu viel Nikotin...", Arina lehnt sich an die Kabinentür, bleibt jedoch still.

"Gehts wieder?", frage ich besorgt und geselle mich zu ihr auf den Boden.

"Soll ich dir Wasser holen? Kaugummis? Keine Sorge, sind in meiner Tasche."

Ausdruckslos schaut sie auf den Boden.

Ich schaue, ob ich etwas auf dem Boden übersehen habe, aber nein, da ist nichts. Erneut gucke ich sie an. Sie verzieht keine Miene. Ihre Augen schauen nun auf die Decke.

Wie ein Roboter spricht sie die drei Worte:

"Ich bin überfällig."

"Sicher, dass du nicht mit nach Hause kommst?", fragt mich Fabi im Auto.

Ich drücke seine Hand und flüstere ihm zu: "Ganz sicher. Ich schreib dir morgen eine Nachricht."

Arina und Igor sitzen auf der Rückbank, schweigend.

Seine Hand liegt auf ihrem Oberschenkel, ihr Blick jedoch ist nach außen gerichtet.

Sie sitzt stumm und starr da, bewegt sich keinen Millimeter und stützt ihr Gesicht auf der Hand ab. Igors Hand bleibt unberührt.

Die Jungs lassen uns bei Arina raus. Als das Scheinwerferlicht sich vollends von uns verabschiedet, lässt Arina ihre Anspannung fallen und fällt in meine Arme. Ich streiche ihre Haare hinters Ohr und flüstere ihr beruhigende Worte zu, versuche ihr Zuversicht zu vermitteln.

"Was glaubst du, wie oft ich schon überfällig war. Mein Zyklus ist wie eine Überraschungstüte, unberechenbar und nicht kalkulierbar", lächelnd drücke ich ihre Schulter.

"Meine Periode ist immer on fleek", schluchzt sie.

"Okay komm, wir laufen in eine Notfallapotheke und holen uns so einen Test", ich ziehe sie an der Hand.

"Ich weiß nicht...", murmelt sie.

"Willst du ernsthaft eine Nacht warten und dabei kein Auge zudrücken?"

Sie schüttelt mit dem Kopf.

"Na komm", erneut ziehe ich an ihrer Hand und sie gibt nach. Währenddessen suche ich auf Google nach einer Apotheke, die um die Uhrzeit heute noch geöffnet ist.

400 Meter, easy.

"Was darfs sein?", fragt uns die Apothekerin.

"Einen Sch...", murmelt Arina.

"Wie bitte? Sprechen Sie bitte lauter, ich verstehe sie nicht."

"Einen Schwangerschaftstest, bitte", sage ich nun lauter als gewollt. Arina schubst mich in die Seite. Die Frau gibt uns den Test, mit zitternden Händen bezahlt Arina das Geld und nimmt ihn entgegen. Dann packt sie ihn schnell in ihre Jackentasche, sodass keiner es sehen kann.

"Du tust so als wäre das ein Verbrechen, was wir hier tun".

Mit glasigen Augen schaut sie auf die Straße.

"Meine Eltern bringen mich um."

"Scheiß mal auf deine Eltern und mal den Teufel nicht an die Wand, würden die Deutschen jetzt doch sagen", zwinkere ich ihr zu, doch sie lacht nicht, blickt weiterhin auf den Boden.

"Würdest du es denn behalten wollen, falls der Test positiv ist?", frage ich sie vorsichtig.

"Ich glaube nein", ich nicke, verständnisvoll.

Ich warte vor dem Badezimmer.

"Sag Bescheid, wenn du fertig bist. Dann stelle ich die Stoppuhr."

"Okay."

Sie macht ihre Tür auf und lässt mich reintreten. Arina sitzt auf dem Fußboden, Beine angezogen. Ich setzte mich ihr gegenüber, der Test liegt zwischen uns.

Ungeduldig schaue ich auf die Handyuhr. Noch zwölf Sekunden. Im Kopf zähle ich mit.

"Du kannst", sage ich zu ihr.

"Mach du", ich drehe den Test um, sodass wir beide drauf schauen können.

Ein Streifen.

Negativ.

Aus Arinas glasigen Augen kullert eine Träne. Sie lächelt, doch das Lächeln erreicht ihre Augen nicht. Arina umarmt mich, flüstert "negativ" vor sich her, doch die bedrückte Stimmung verflüchtigt sich nicht.

"War es nicht genau das, was du wolltest?", frage ich sie. Automatisch nickt sie, fast schon energisch.

"Doch. Genau das, was ich wollte", dabei drückt sie meine Hand fester zu. Ihre Fingernägel krallen sich in meine Haut und ich lasse es zu.

-40-

"Daß er sich töten will, verkündet der Barbar,

Und niemand hält ihn auf, ist das nicht wunderbar?"

Abraham Gotthelf Kästner

Abel

"Wie toll, dass ich sie mal kennenlerne. Arianne hat erzählt, dass ihr Bruder in Amerika wohnt. Da wird sich Lilly aber freuen, ihren Onkel wiederzusehen."

"Das ist richtig, ich komme aus dem wunderschönen Colorado. Waren sie schon einmal in den USA?", frage ich die Frau vor mir.

Ich schätze sie auf Anfang 50. Sie trägt blondes kurzes Haar, Perlenohrringe, und lächelt mir zu. Der Name Renate steht auf ihrem Namensschild, sie stellt sich mir als Pädagogin vor.

"Nein, leider noch nie. Ich wollte immer mal mit meinem Mann dahin. Der ist jedoch früh verstorben. Und so läuft das Leben vor sich her... Sie wissen bestimmt was ich meine. Ach was red' ich denn da für einen Humbug..."

"Sie sollten unbedingt mal nach Colorado kommen und sich den Rocky-Mountain-Nationalpark anschauen. Ein Naturwunder, das sag ich Ihnen. Der Westen wird Sie umhauen, mit seiner vielfältigen Landschaft aus trockenen Wüsten und schneebedeckten Bergen."

"Das klingt zauberhaft. Vielleicht schaffe ich es ja doch noch", entzückt schaut sie mich an.

"Kommen Sie. Ich führe Sie herum, damit Sie sich selbst einen Einblick von Lillys Kindergarten verschaffen können. Sie müssen wissen, wir sind kein normaler Kindergarten. Wir sind hier wie eine kleine Familie. Das Kind steht hier für uns im Mittelpunkt und wird mit viel Aufmerksamkeit und zahlreichen Spiel- und Lehrangeboten gefördert. Dabei verfolgen wir stets einen ganzheitlichen Ansatz und gehen immer auf die Besonderheiten der Kinder ein. Folgen Sie mir."

Ich folge ihr durch die Villa. Das Grundstück ist riesig, ich frage mich, wie viel der Spaß hier kostet.

"Das hier ist unser Raum für die musisch-ästhetische Bildung."

Wir betreten einen Raum mit einem großen Klavier an der Wand, darüber hängt ein gemalter Regenbogen. Eine Gitarre liegt auf dem Boden. Alles hat seinen Platz und seine Ordnung.

"Die musikalische Frühforderung hat bei uns einen enormen Stellenwert. Uns ist es wichtig, den Kindern altersgerecht musikalische Erfahrungen zu vermitteln und ihnen die Freude an klassischer Musik näherzubringen. Ich zum Beispiel liebe ja Brahms. Zu schade, dass er vor seinem Tode alles, was noch an unveröffentlichten Werken vorhanden war, vernichtete, nicht wahr?"

Ich nicke ihr verständnisvoll zu. Diese Frau langweilt mich.

"Das hier ist unser Atelier. Hier können die Kleinen ihre Kreativität entfalten. Und nun zum Obergeschoss."

Wir steigen die prunkvollen Treppen hinauf und betreten einen anderen Raum.

"Das ganze Obergeschoss ist ein Ort der Körper- und Bewegungserziehung. Wir verfügen hier über verschiedene Räume. Zum einen haben wir hier den Gymnastik- und Tanzraum. Da drüben im Souterrain ist eine Sauna mit Kinderpool, die Kleinen müssen sich ja auch mal entspannen", sie zwinkert mir zu. Mich wundert hier nichts mehr.

"Selbstverständlich bieten wir den Kindern die Möglichkeit an, Schwimmen und Reiten zu lernen. Draußen in unserem wunderschönen Garten verfügen wir über einen Spielplatz mit Sandkästen, einer Rutsche, einer Kletterwand, Holzhütten und viel Freifläche zum Toben", stolz schaut die Alte mich an.

"Großartig" gebe ich zurück, halte meine Fassade aufrecht. Es klingt, als wäre sie entweder Immobilienmaklerin oder in einer Sekte.

"Ach, entschuldigen Sie mich, Sie wollen bestimmt endlich Ihre Nichte sehen. Das kann ich verstehen, meine Enkeltochter wohnt mit meiner Tochter und ihrem Mann in München. Ich kriege sie leider auch viel zu selten zu Gesicht", sie wischt sich eine Träne aus dem Augenwinkel. Ich fühle mich wie im Film.

"Um 14 Uhr gibt es den Nachmittagssnack. Sind Sie sicher, dass Sie nicht doch noch ein wenig bleiben möchten mit Lilly?"
"Das ist sehr großzügig von Ihnen, vielen Dank. Jedoch bevorzuge ich die Zeit mit meiner Nichte, wir haben uns bestimmt viel zu erzählen."

"Aber natürlich. Wie schön, das verstehe ich."

Wir steigen die Treppen herunter und gehen in den Garten, der einem Erlebnispark gleicht.

"Lilly, schau mal wer da ist, dein Onkel aus Amerika ist heute gekommen, um dich abzuholen."

Renate geht einen Schritt zur Seite.

Vor mir steht ein kleines blondes Mädchen. Sie trägt weiße Strümpfe, rosafarbene Schuhe und einen gelben Anorak. Ihre Haare sind in zwei Zöpfe gebunden, sie stecken in großen Haargummis. Die Kleine zieht die Augenbrauen zusammen.

"Ihr habt euch bestimmt viel zu erzählen, wir sehen uns morgen, Lilly. War schön Sie kennenzulernen", Renate dreht sich um und wendet sich den anderen Kindern zu.

Ich gehe vor Lilly in die Knie.

"Hallo Lilly. Ich bin es, der Onkel Jens, Mamas Bruder."

Skeptisch schaut sie mich an.

"Willst du mit Onkel Jens spielen gehen?", ich strecke ihr meine Hand hin.

Nach einem kurzen Zögern legt sie ihre kleine zarte Hand in meine. Saubere kleine Fingernägel, eine sanfte, weiche Haut, die ich mit meinen trockenen, rissigen Händen umschließe.

"Komm, wir gehen spielen", ich ziehe sie mit mir mit und sie folgt mir. Schritt für Schritt entfernen wir uns von dem Kindergarten.

"Wohin gehen wir?"
"Wir gehen spielen. Du magst doch spielen, nicht wahr?"

-41-

"You'll undestand why storms are named after people."

F.Scott Fitzgerald

Fabi

"Von welchem Onkel sprechen Sie?!"

"Na ihr Onkel Jens, aus Amerika", verdutzt schaut Renate mich an.

"Mein Onkel ist vor einem Jahr ums Leben gekommen."

Erschrocken schaut sie mich an. Ihre Augen weiten sich.

"Oh mein Gott", sie hält sich die Hand vor den Mund. Rosafarbene Reste ihres Lippenstiftes zeichnen sich auf ihren nahezu strahlendweißen Zähnen ab.

"Aber.. das.. das.. er meinte, er sei der Onkel Jens, aus Amerika. Oh Gott, wer war er denn dann? Die arme kleine Lilly. Ach du meine Güte, es tut mir so leid."

Mein Herz rast.

Ich bin wie gelähmt. Schweißperlen bilden sich auf meiner Stirn.

"Wie konnten Sie meine kleine Schwester einem wildfremden Mann geben?!?!?!", schreie ich sie an.

Eine Erzieherin erscheint aus dem Nebenraum.

"Bitte, zügeln sie sich ein wenig. Die Kinder schlafen gerade."

"ICH SOLL MICH ZÜGELN??? Diese Irre hat meine Schwester weggegeben. An irgendeinen alten Mann. Ohne ihn nach Personalien oder Sonstigem zu fragen. Und sie erlauben es sich mir zu sagen, ich solle mich zügeln?"

Die Erzieherin kommt auf mich zu und legt ihre Hand auf meine Schulter, während Renate schluchzend im Sessel sitzt.

Ich bin derjenige, der heulen will und die Bude auseinandernehmen möchte, nicht Renate. Sie hat kein Recht, hier jetzt zu heulen.

"Es gibt doch für alles eine Lösung, beruhigen Sie sich."

Renate beginnt zu stottern: "J.j...je..ns... dieser Mann, er war noch nicht sehr alt. Vielleicht Anfang oder Mitte dreißig."

"Wie sah er aus? Woran können Sie sich erinnern? War er groß oder klein? Was hatte er an?"

"Er war … groß und gut gebaut. Seine Statur wirkte fast schon furchteinflößend, aber er hatte ein Lächeln im Gesicht. Seine Kleidung... lassen Sie mich überlegen."

Sie schnieft, schnäuzt in ein cremefarbenes Stofftaschentuch. Dann spricht sie weiter.

"Er hatte eine Kappe auf, deswegen habe ich seine Augen auch nicht so gut gesehen. Eine schwarze Kappe, genau. Und eine schwarze Jacke und Jeans. Blau waren die Jeans, ja genau, blaue Jeans."

Ich fasse mir an den Kopf.

"Ich glaube das einfach nicht."

"Er kam mir ein bisschen komisch vor", ich mache den Mund auf, bin kurz davor sie wie ein Wilder anzuschreien, schließe ihn dann doch wieder und schnappe mir mein Handy. Wie ein Irrer tippe ich meinem Vater und Nadeschda eine Nachricht, rufe Lejla an und renne los. Mein Vater wird diesen Schuppen verklagen, in den Abgrund reißen. Ich renne die Straße entlang und schreie Lillys Namen.

"Haben Sie ein kleines blondes Mädchen gesehen? Fünf Jahre alt. Mit einem Mann?... Nein?... haben Sie vielleicht ein kleines blondes Mädchen gesehen?", ich frage jeden, der mir über den Weg läuft, doch alle schütteln nur den Kopf. Schnellen Schrittes laufe ich weiter, fast überrenne ich eine ältere Dame. Diese schüttelt abwertend mit dem Kopf.

"Junger Mann, passen Sie doch auf, wo sie hinlaufen. Nur unnützes Balg hier. Früher, da war alles anders. Herbert. Kommst du mal? Hier ist schon wieder ein unerzogener Bub. Der will mir meine Tasche wegnehmen!! Heeerbert".

Die Frau presst sich ihre Gucci Tasche an die Brust und guckt mich verstört an.

Komplett Irre.

"Frau Seidel, beruhigen Sie sich. Der junge Herr wird nächstes Mal besser aufpassen und nach links und rechts schauen, nicht wahr?"

Ein Pfleger legt seine Hand auf den Arm der Frau und versucht mit ihr zurück zum Grundstück zu gehen.

"Wo wollen Sie denn hin mit mir? Ich muss doch zur Arbeit. Der Umsatz in der Parfümerie macht sich nicht von alleine. Ich muss schauen, ob alles rechtens läuft. Schauen Sie mal lieber zu, dass sie Herbert sein Lieblingsessen servieren."

Sie zerrt ihren Arm von ihm Weg und hält die Gucci Tasche lässig in der Armbeuge.

"Aber Frau Seidel, ihr Mann Herbert ist vor zwölf Jahren gestorben", der Pfleger spricht mit einer ruhigen Stimme auf sie ein. Verstört schaut sie ihn an.

"Kommen Sie, Frau Seidel", er versucht sie zu beruhigen, bis sie sich von ihm zurück zum Haus leiten lässt, was wohl ein Seniorenheim sein wird.

Mein Handy klingelt.

"Hast du sie?", frage ich Lejla.

"Nein, du auch nicht?"
"Nein, keine Spur", antworte ich niedergeschlagen.

"Wir finden sie."

"Kannst du Nadeschda anrufen und ihr sagen, sie soll zuhause warten, falls jemand zu uns kommt?"

"Natürlich, ich rufe sie sofort an. Bist du sicher, dass ich nicht zu dir kommen soll?"

"Ja, nein. Such du weiter im Park, ich renne die Spielplätze ab."

Ich versuche zuversichtlich zu klingen, doch in mir drin zerbricht etwas.

Zwei Stunden später bin ich verzweifelter als je zuvor.

Ich habe jeden Passanten gefragt, ob er Lilly gesehen hat, bin jeden Spielplatz und Park in der Nähe abgelaufen – keine Spur.

Ich bin wütend auf diese bescheuerte Renate, die meine Schwester an einen fremden abgegeben hat.

Wütend auf mich, dass ich Lilly nicht früher abgeholt habe.

Wütend auf meinen Vater, der immer noch im Büro sitzt, während seine eigene Tochter vermisst wird.

Und wütend auf diese Irre vom Seniorenheim, die nichts dafür kann.

Verzweifelt setze ich mich auf eine Bank und habe Tränen in den Augen.

Allmählich kriecht die nackte Verzweiflung in mir hoch. Ich stehe wieder auf, schaue nach links, dann nach rechts. Schreie erneut Lillys Namen. Die Passanten schauen mir nicht einmal hinterher. Sie scheinen sich nicht für mich zu interessieren, denken ich bin ein Wahnsinniger, der durch die Gegend schreit. Und tatsächlich bin ich kurz davor, wahnsinnig zu werden. Durchzudrehen. Mein Puls rast seit Stunden. Ich versuche mich zu beruhigen, erneut. Einen klaren Kopf in dieser Situation zu bewahren.

Wo könnte sie noch sein? Ich stehe wieder auf und laufe. Setze einen Schritt vor den anderen.

Langsam wird es dunkel, ich muss sie finden.

Mein Handy vibriert. Hoffnungsvoll schaue ich drauf. Es ist eine Nachricht von Lejla.

"Hast du sie? Sollen wir die Polizei einschalten?"

Ich drücke den Chat weg, stecke mein Handy wieder in die Hosentasche und laufe weiter.

Die Laternen beleuchten den Parkweg, langsam beginnt es zu dämmern. Im schummrigen Licht laufe ich den Hügel hinunter und sehe eine große Rutsche vor mir. Ich beschleunige meinen Schritt, diesen Spielplatz kenne ich noch nicht, eine leise Hoffnung wird in mir geweckt. Ein drehbarer Kletterturm steht mitten im Sand neben der Rutsche, leere Bänke.

Aufgeben.

Ich weiß nicht mehr weiter.

Wir hätten schon viel früher die Polizei anrufen sollen.

Es ist still hier, ein einziges Knirschen ist zu hören. Eine Netzschaukel, die sich minimal nach vorne und wieder zurückbewegt. Verzweifelt packe ich mein Handy aus der Tasche und wähle die 110. Ich laufe zur Schaukel und finde meine kleine Schwester, schlafend.

"Lilly? Lilly!! Wo warst du?", ich schüttele sie, nehme sie in den Arm, Tränen laufen mir über die Augen. Sie reibt sich mit ihren kleinen Fäusten den Schlaf aus den Augen.

"Wo warst du? Lilly, verdammt. Mach das nie nie, nie wieder. Hörst du? Nie wieder!", ich drücke sie fest an meine Brust, wiege sie hin und her.

"Fabi, wieso weinst du?", fragt sie mich verschlafen.

Ich drücke sie ein wenig von mir weg, um ihr in die Augen zu schauen.

"Weil ich mir riesengroße Sorgen gemacht habe. Du bist das Wichtigste, das ich habe. Und ich lasse dich von nichts und niemandem wegnehmen, verstanden? Also mach das nie wieder. Du kannst doch nicht einfach so verschwinden."

Sie nickt etwas unsicher.

"Du hast mir so einen großen Schrecken eingejagt. Ich meine das Ernst, mach das nie wieder."

Unschuldig schaut sie mich an und sagt fröhlich: "Ok", dann spricht sie heiter weiter.

"Fabi, ich hatte soooooo einen tollen Tag. Wir waren Eis essen. Ich durfte mir sogar drei große Kugeln aussuchen, mit vielen bunten Streuseln. Das war so lecker. Und dann waren wir den ganzen Tag spielen, und rutschen und klettern und Enten anschauen und...", heftiger als geplant schüttele ich sie.

"Mit WEM warst du, Lilly?"

Erschrocken schaut sie mich an.

"Lilly, sag mir mit wem du heute unterwegs warst. Wer hat dich vom Kindergarten abgeholt? Wie konntest du mitgehen? Wir haben dir doch so oft beigebracht, nicht mit Fremden mitzugehen. Nicht mit ihnen zu sprechen, nichts von Fremden anzunehmen. Das haben wir dir doch eingetrichtert, seitdem du ganz klein bist."

Ich mache ihr Vorwürfe, wobei sie nichts dafürkann. Sie ist noch ein kleines Kind, das an das Gute glaubt. Nichts Böses ahnt.

"Aber der Onkel ist doch kein Fremder. Das war Onkel Jens. Familie ist Familie, Fremde sind Fremde", belehrend schaut sie mich an.

Ich blicke ernst in ihre Augen.

"Lilly, wir haben keinen Onkel Jens. Unser Onkel aus Amerika lebt nicht mehr. Und wenn er leben würde, warum sollte er jetzt in Deutschland sein?"

"Aber doch. Das war der Onkel. Er hat mit mir auch ein bisschen englisch gesprochen und mir Worte beigebracht", dann brabbelt sie wirres Zeug vor sich her.

"Lilly, hör mir gut zu. Wir haben keinen Onkel in Amerika. Unser Onkel lebt nicht mehr. Das war ein fremder Mann und Gott sei Dank habe ich dich gefunden. Ich will mir nicht vorstellen, was alles hätte passieren können. Die Welt ist voll von grausamen Menschen. Du darfst NIE... hörst du nie nie nie nie mit fremden Menschen mitgehen. Nur mit mir, Papa, Lejla und Nadeschda. Das wars."

Sie schaut auf den Boden, ihre Unterlippe beginnt zu beben, ihre blauen kleinen Kinderaugen füllen sich mit Tränen.

"Tut mir leid", stammelt sie.

Ich nehme sie in den Arm, will sie nie wieder loslassen.

Meine kleine Schwester.
Mein Ein und Alles.

Meine Familie.

"Komm. Wir gehen nach Hause. Da warten alle auf dich. Und Murkel wird sich auch tierisch freuen, dich wiederzusehen."

Ich knie mich hin, damit Lilly ihre Arme und Beine um meine Schultern und Taille schlingen kann und trage sie Huckepack durch den Park hindurch zurück zur beleuchteten Straße, zurück zum Auto, zurück nach Hause.

"Human symphathy has it's limits."

F. Scott Fitzgerald

Lejla

Ich höre, wie die Tür ins Schloss fällt, renne in den Flur und sehen eine müde kleine Lilly in Fabis Armen.

Ich will gerade vor Freude losschreien, sie in die Arme nehmen, ganz fest, und nicht wieder loslassen.

Doch Fabi hält seinen Finger an den Mund und gibt mir ein Zeichen, sie nicht zu wecken.

Widerstrebend gehorche ich, für heute ist definitiv genug los gewesen. Fabi drückt mir einen Kuss auf die Wange und flüstert: "Ich bringe sie schnell ins Bett, bin gleich wieder da."

Ich drücke seine Hand, schalte den Wasserkocher ein und bereite uns einen Früchtetee mit Minze und Zitronenscheiben zu. Ich höre, wie sich eine Tür schließt und sehe Fabi in der Küche erscheinen. Meine Hände greifen automatisch um seinen Hals, seine um meine Hüfte.

"Wo war sie?"

"In einem Park, in einer Schaukel. Sie hat da drin geschlafen", murmelt Fabi.

Ich drücke ihn leicht von mir weg.

"Ja, aber was hat sie da gemacht? Wer war mit ihr unterwegs? Wir müssen Anzeige erstatten."

"Habe ich schon. Ich habe auf dem Revier angerufen. Bisher ist es Anzeige gegen Unbekannt. Renate kann zwar eine Aussage machen, doch ihr Wahrnehmungsvermögen liegt bei minus fünf."

Fabi lässt sich erschöpft auf die Couch fallen, ich folge ihm mit dem heißen Tee und setze mich zu ihm, lasse meine Beine auf seinen baumeln und streiche ihm am Hinterkopf entlang.

"Ich bin einfach nur froh, dass sie da ist. Ich will gar nicht daran denken, was dieser Geisteskranke noch mit ihr getan hätte. Ich weiß nicht, ob der Typ ein Perverser ist, oder ob er sie nicht vielleicht doch angefasst hat."

Ich lege meine Hand auf sein Knie, drücke ein wenig zu.

Ich würde ihm gerne etwas Beruhigendes sagen, doch mir fällt nichts ein, mir fehlen die passenden Worte.

"Sie ist wieder da", flüstere ich ihm zu.

"Das ist erstmal die Hauptsache."

Er legt seinen Kopf auf meinen Schoß und ich streichle seinen Nacken, fahre mit meinen Fingern über sein Haar, das ich so sehr liebe.

Wuschelig und weich, es riecht immer nach Meer.

"Ich kann nicht einschlafen", Lilly steht im Türrahmen, ihr kleiner Teddy in der Hand.

"Komm her, Kleines", sagt Fabi und streckt den Arm aus.

Lilly setzt sich zwischen uns und lässt ihre kleinen Beinchen baumeln.

"Kannst du nicht schlafen, Lilly?"

Frage ich sie und setze sie auf meinen Schoß.

Sie schüttelt mit dem Kopf.
Dann gebe ich ihr eine dicke, fette Umarmung, das ist das Mindeste, was ich momentan tun kann.

Lilly legt ihre kleine Hand auf meinen Arm und dreht sich zu mir.
"Oh, ich soll dich grüßen", sagt sie ganz unschuldig, dabei lächelt sie mich an.

"Wie, von wem?", frage ich sie und ziehe meine Augenbrauen zusammen.

"Na von dem Onkel Jens. Er hat gesagt, das nächste Mal kauft er dir ein Eis und dass er sich um dich kümmern wird, besser als jeder andere. Das soll ich dir ausrichten."

Dabei nickt Lilly voller Stolz, dass sie die Nachricht übermitteln konnte.

Und jetzt fällt es mir wie Schuppen von den Augen.

Abel.

Wie konnte ich bis eben noch nicht verstehen, wer dahintersteckt.

Ekel überkommt mich, Scham, die mich regelrecht auffrisst.

Ich beiße mir in die Wange, bis sich der metallische Geschmack in meiner Mundhöhle ausbreitet, ich das Blut schlucke und erneut zubeiße. Den Schmerz weg beiße, die Wut, die Reue.

"Was hast du denn Lejla?"

Meine Arme umschließen die kleine Lilly nicht mehr, sie krallen sich in die cremefarbene Couch, um nicht loszuschreien.

"Komm, Lilly. Wir lesen jetzt ein Märchen deiner Wahl, und dann geht's ab ins Bett. Heute war ein langer Tag", Fabi nimmt Lilly an der Hand, schaut zurück zu mir und flüstert:

"Bin gleich wieder da", dann sind sie weg.

Ich bin alleine in diesem Raum, Stille.

Wahnsinn.

Mich packt der Wahnsinn.

Ich beiße mit meinen Zähnen aufeinander, knirsche. Mein ganzer Körper ist angespannt, mein Gesicht gerötet. Mein Puls rast. Ich schließe meine Augen, denke an die Meditationsübungen von irgendwelchen Gurus, die sagen, alles würde sich beruhigen, wenn man nur drei tiefe Atemzüge nehme.

Ist klar.

Ich bin eine tickende Zeitbombe, die zu explodieren droht.

Nach einer gefühlten Ewigkeit erscheint Fabi im Wohnzimmer, setzt sich neben mich, nimmt meine Hand, streicht an ihr entlang.

"Es ist alles meine Schuld", flüstere ich.

"Du kannst nichts dafür. Du bist nicht dein kranker Exfreund."

"Doch. Es ist alles meine Schuld. Es tut mir so leid. Ich will nicht wissen, was alles passieren hätte können", ich beginne zu schluchzen, halte mir die Hände vor mein Gesicht. Fabi setzt sich auf den Boden vor mir, versucht meine Hände aus dem Gesicht zu schieben.

"Hey, schau mir in die Augen", sagt er leise.

"Du kannst nichts dafür. Es ist nicht deine Schuld. Nichts davon ist deine Schuld", beruhigend spricht er auf mich ein.

"Doch Fabi. Ich bin dafür verantwortlich und ich kann das so nicht länger. Ich will nicht, dass Lilly oder dir irgendetwas passiert. Wegen mir. Es tut mir so leid. Das wäre niemals passiert, wenn wir nicht zusammen wären. Ich glaube es ist besser wir lassen das mit uns."

"Nein", Fabi hält meine Hände fest, guckt mir fest in die Augen.

"Lejla, wir beenden hier gar nichts. Wir machen keine Pause, keinen Abstand, nichts davon. Wenn du mich nicht liebst, dann kann ich dich nicht davon abhalten zu gehen. Aber ich glaube nicht, dass das der Fall ist, oder?"

"Nein, natürlich liebe ich dich. Aber ich will nicht schuldig für etwas sein, was noch schlimmer werden k..", Fabi unterbricht mich, indem er mir einen Kuss auf den Mund drückt, seine Zunge in meinen Mund hineinschiebt und ich loslasse, mich fallenlasse, nachgebe, die Gedanken an alles drum herum vergesse, außer Acht lasse.

Nach einer gefühlten Ewigkeit löst er seine Lippen von meinen und schaut mir in die Augen, meine Hand liegt immer noch in seiner.

"Du bist mein Lieblingsmensch. Meine Nummer eins. Der Mensch, den ich sehen will, wenn alles andere schiefläuft. Der Mensch, dem ich alles erzählen möchte, egal ob es gut oder schlecht ist. Du bist alles, was ich mir immer gewünscht habe, auch wenn das kitschig klingen mag. Du bist einfach mein Mensch, und es gibt nichts, was uns auseinanderbringen kann. Du kannst auf mich zählen, immer, ok?", er küsst zärtlich meine Hand und nimmt mich in den Arm.

"Für immer ist ein starkes Wort", flüstere ich ihm zu.

"Und genau so gemeint, wie ich es sage!", Fabi drückt mir einen lauten Schmatzer aufs Ohr und ich beginne zu kichern Dann schlinge ich meine Arme um ihn, bevor er mich hochhebt und mich ins Schlafzimmer trägt, die Tür hinter uns zuzieht und mich alles um uns herum vergessen lässt, es nur noch uns gibt.

-43-

"Fear has two meanings:

Forget everything and Run

Face everything and Rise.

The choise is yours."

The Answer- Allan & Barbara Pease

Lejla

"Und Lilly, hast du dir denn schon überlegt, wen du alles einladen willst?", frage ich dieses süße Geschöpf.

Dieses kleine Mädchen ist mir so ans Herz gewachsen und wenn ich in ihre glänzenden blauen Augen blicke, die mich manchmal voller

Freude anschauen, platzt mein Herz vor Liebe und Glück. Ich bin so froh, dass Fabi eine kleine Schwester hat, die ein Segen für die ganze Familie ist und uns allen gute Laune bereitet. Die ein Grund ist, sich anzuziehen und zusammenzureißen, wenn die Welt stillt steht, wie es bei Monas Tod der Fall war.

Die, die uns alle für einen Moment vergessen lässt, wenn der Rest zusammenzubrechen droht. Mit ihrer Art, ihrem Lachen, ihren kleinen Fingerchen die, mein Gesicht berühren und mich manchmal trösten, auch wenn sie gar nicht versteht, worum es geht oder was los ist.

Die, mit der ich am liebsten Disney-Filme schaue, heiße Schokolade trinke und mich über Prinzessinnen unterhalte und die, der ich 24/7 aufwendige Zöpfe flechten würde.

"Ja... Fabi, du, Tante Nadeschda, Papa, Murkel... Emy, Laura...", Lilly beginnt aufzuzählen. Ich schnappe mir einen Stift und ein Blatt Papier und beginne unter der Überschrift "Gästeliste" Namen zu notieren.

"Max, Sophie, oder nein, Sophie nicht...", Lilly zieht die Augenbrauen zusammen, denkt kurz nach.

"Hm, Sophie... Sonst ist sie beleidigt, wenn Laura und Emy auch kommen. Und Ismail, ja der soll auch kommen."

Aufgeregt schaut sie mich an, während ich konzentriert die Namen der Reihe nach aufschreibe.

"Na Lilly, ist da jemand wieder ganz aufgeregt, weil er bald Geburtstag hat?", Fabi kommt in den Raum und wuschelt durch die Haare seiner kleinen Schwester, dann beginnt er sie zu kitzeln und sie läuft schreiend und lachend weg.

"Danke, dass du mithilfst."

"Ich bin fast genauso aufgeregt wie Lilly", grinse ich ihm zu und schreibe noch Ismail auf die Liste.

"Hallo ihr beiden Turteltauben", Nadeschda betritt die Küche und tätschelt meine Schulter, dann geht sie rüber zum Kühlschrank und bereitet das Mittagessen zu.

"Habt ihr schon die Gästeliste erstellt?"

"Ist erledigt!"

Schnell hebe ich die Liste hoch und zeige sie Nadeschda.

"Sehr gut. Ich habe schon mal die personalisierte Torte zum Auftrag gegeben. Lilly wird Augen machen. Luftballons sind auch bestellt, Dekorationsteam kommt nächste Woche. Die Kleinigkeiten werde ich diese Woche noch besorgen. Fabi, kümmerst du dich um die Musik, oder soll ich da noch ein Team anfragen?"

"Nein, das mach ich. Danke, Nadeschda."

"Weißt du schon ob euer Vater da sein wird?", fragt Nadeschda vorsichtig.

"Es wäre eine Tragödie, wenn er nicht einmal zum Geburtstag seiner eigenen kleinen Tochter erscheinen kann, die schon ohne Mutter groß wird. Und quasi ohne Vater, wenn man es mal genau nimmt.", Fabi schaut wütend auf den Esstisch.

"Tut mir leid, Fabian. Ich wollte dich nicht aufregen. Er wird es sich sicherlich einrichten."

Stumm nickt Fabi und schnappt sich seine Sporttasche.

"Ich bin mit den Jungs trainieren. Wir sehen uns heute Abend."

Dann drückt er mir einen flüchtigen Kuss auf die Lippen und ist weg.

"Lejla, soll ich deine Wäsche neu machen?"

Ein unangenehmes Gefühl steigt in mir hoch, ich will hier niemandem zur Last fallen, oder mich aufdrängen.

"Nein, auf keinen Fall. Danke Nadeschda."

"Du hast ohnehin kaum Kleidung hier. Mach es dir doch endlich bequem hier, du musst nicht dagegen ankämpfen, mein Kind", liebevoll schaut sie mir in die Augen, fast schon mütterlich.

"Fabi hat nur Augen für dich. Er liebt dich, er will mit dir zusammen sein und das allerwenigste, was er im Kopf hat, ist Abstand von dir zu haben. Und von Lilly müssen wir gar nicht erst sprechen. Die Kleine vergöttert dich. "

"Hmm...", nachdenklich schaue ich abwechselnd auf den Boden, dann wieder zu Nadeschda.

"Nichts da. Fühl dich einfach wohl und schaff dir ein paar mehr deiner Sachen her. Du kannst ja nicht ewig in Fabis Shirts rumlaufen und so tun, als wärst du nur mal eben über Nacht zu Besuch. Auch wenn dir seine überdimensionalen T-Shirts wirklich gut stehen, keine Frage. Aber glaub mir, du bist hier immer mehr als Willkommen."

Nach ihrer kleinen Moralpredigt dreht Nadeschda das mintgrüne Radio auf und schnippelt das bunte Gemüse.

Ich stehe ein wenig unbeholfen auf, sie nimmt keine Hilfe von mir an, nie. Zusehen will ich jedoch auch nicht, das erscheint mit irgendwie unangemessen, unhöflich. Schnellen Schrittes laufe ich in Fabis Schlafzimmer, sein eigenes ungestörtes luxuriöses Reich, schnappe mir meine Jeans, ein weißes Top und werfe es rasch über. Ich schlüpfe in die hellblaue Jeans, knöpfe den Knopf zu. Ziehe das Top wieder aus, da ich bemerke, dass der BH heute ein Muss ist - die Nippel heute nicht zu sehen sein sollen und werfe es dann wieder über. Danach gehe ich ins Bad, klatsche mir fix ein bisschen Concealer unter die Augen, bürste die Augenbrauen hoch und trage wasserfeste Mascara auf. Ich umrande meine Lippen mit einem roséfarbenen Lipliner und trage akkurat meinen Lippenstift auf.

Ein letzter Blick in den Spiegel. Jetzt bin ich gewappnet für den Tag.

Rasch nehme ich mein Handy in die Hand und entsperre den Menschen in meiner Kontaktliste, den ich am meisten verabscheue.

Dann schicke ich ihm eine Nachricht.

Nicht mal eine Minute später erscheint die Antwort auf meinem Display.

"Ich freue mich."

Er sitzt auf dem Sessel ganz hinten. Das Café ist mäßig besucht. Gerade noch so, dass genug Zeugen anwesend sind, andererseits nicht zu viele lauschende Ohren.

Sein Bein wippt hin und her.

Seine Haare sind gekämmt und nach hinten gegelt.

Ganz akkurat sitzt er da, das T-Shirt ist faltenfrei und glatt gebügelt. Ich blicke herunter auf meine zitternden Hände, balle sie zu Fäusten und schließe die Augen.

Dann zähle ich von zehn herunter.

Vier, drei, zwei, eins.

Ich setze einen Fuß vor den anderen, strecke meinen Rücken durch und gehe stolz erhobenen Hauptes geradeaus auf ihn zu, den Blick nach vorne gerichtet. Etwas verunsichert schaut er mich an, ein kleines Lächeln breitet sich in seinem Gesicht aus.

"Ich freue mich dich zu sehen, Lejla."

Ich könnte jetzt sagen, dass es ganz und gar nicht auf Gegenseitigkeit beruht, lasse es heute jedoch einfach mal stecken. Stattdessen setze ich mich wortlos auf den Sessel ihm gegenüber.

"Du hast mir gefehlt. Ich denke ständig nur an dich, an nichts anderes".

Er greift nach meiner Hand, automatisch ziehe ich sie weg.

Stumm schaue ich ihm in die Augen, mein Kopf ist leer und gleichzeitig ein einziger Wirrwarr an Worten, Sätzen und Gedankengängen.

"Ich wusste, dass du zurückkommst", grinsend sitzt er da, fast schon selbstgefällig.

Mein Blick verharrt in seinem Gesicht. Das Gesicht, das ich nie wiedersehen wollte, es in meinem Hirn ausradieren möchte.

Es ist nicht so, dass ich dieses Gesicht gerne gegen eine Wand schlagen würde, sodass es in kleine Fetzen zerspringt. Ich möchte es einfach unsichtbar machen, außerhalb meiner Reichweite. Ich möchte, dass dieses Gesicht aus meinem Hirn exzidiert wird. Anschließend soll am besten noch einmal mikroskopisch untersucht werden, ob wirklich alle Teile aus meinem Gedächtnis entnommen wurden, keine unscheinbaren Reste verwertet werden müssen.

Es soll ein Nichts bleiben.

Stattdessen sehe ich diese abartige Grimasse vor meinem Gesicht, die mir tagtäglich Alpträume bereitet, mich nachts schweißtreibend mit einem Gefühl der Hilflosigkeit aufwachen lässt. In diesen Momenten bin ich ausgesetzt, für einen kurzen Moment verloren, machtlos und starr vor Angst.

Ein Gesicht, das ich mal schön fand, vor langer Zeit.

Markante Züge, die ich einst mal bewundert habe, vor langer Zeit.

Eine Fratze, bei der mir nun zuwider ist, die mich widerwillig Ekel empfinden lässt und Vergangenes wiederaufleben lässt.

"Hallo ihr beiden. Was darfs denn für euch sein?", ein rothaariges Mädchen, ich schätze sie auf etwa Mitte zwanzig, grinst uns an. Sie trägt eine blaue Schürze und hat ihr langes Haar in einen Zopf gebunden. Ihre Zähne sind so weiß, wie die aus der Colgate Werbung.

"Einen Flat White mit Hafermilch, bitte", ich gebe meine typische Bestellung auf, die einzig Wahre.

"Gerne, und für dich?"

Ich beobachte, wie sie Abel anschmachtet, ihre Wimpern klimpern lässt, etwas schüchtern zu Boden schaut. Was sie nur nicht weiß ist, dass hinter diesem attraktiven Mann, der er von außen zu sein scheint, ein Monster steckt, welches alle mit in den Abgrund zieht, die ihm zu nahekommen.

"Einen schwarzen Kaffee, bitte", er lächelt sie kokett an, Prinz Charming durch und durch.

"Sehr gern. Ein bisschen Milch dazu? Zucker steht hier."

Sie zeigt auf die Zuckerschale auf unserem Couchtisch und hebt den Deckel an.

"Schwarz, danke."

"Oh, ja, ..ok..."

Etwas unbeholfen steht sie noch einen Moment da. Dann rötet sich ihr Gesicht, sie dreht sich schnurstracks um und läuft schnellen Schrittes zur Küche, bis nichts mehr von ihr zu sehen ist. Ich schaue ihr nach. Ein schönes Mädchen. Dann blicke ich wieder nach vorne. Abel schaut mich fokussiert an, seine Augen kleben an meinen wie Kaugummi. Kurz wandern sie zu meinen Haaren, dann zu meinen Lippen, bevor sie wieder die Augen fixieren.

"Du siehst so schön aus, Lejla."

Ich schlucke meinen Ekel herunter.

"Ich bleibe nicht lange. Ich möchte nur eins ein für alle Mal klarstellen. Halte dich von mir, meiner Familie und meinen Freunden fern", selbstbewusst schaue ich ihm in die Augen.

"Deine Freunde sind auch meine Freunde", gibt er zurück.

Wut packt mich. Ich versuche ruhig zu bleiben

"Ich meine es ernst. Halt dich einfach fern. Ich will dich nicht sehen. Flieg einfach zurück nach Hause. Keiner braucht dich hier."

Die Kellnerin erscheint erneut. Sie stellt vorsichtig unsere Tassen auf dem Tisch ab und bleibt noch einen Moment stehen.

"Ich kann euch den Bananenkuchen hier empfehlen", erneut schaut sie nur Abel an.

"Nein, danke", sagt Abel. Dann würdigt er sie keines Blickes mehr und nimmt seine Tasse Americano in die Hand, die bis zum oberen Rand mit der schwarzen Flüssigkeit gefüllt ist. Schnell verschwindet das Mädchen zurück zum Tresen. Ich schaue ihr hinterher, sehe, wie sie mit ihrer Kollegin tuschelt, uns beide musternd begutachten. Anschließend wende ich mich wieder von ihnen ab.

"Komm nach Hause, Lejla. Ich werde so lange auf dich warten, bis der Verstand wieder bei dir ist."

"Es gibt kein gemeinsames Zuhause. Flieg zurück. Wie oft soll ich dir noch sagen, dass du mich in Ruhe lassen sollst. Ich will dich nicht sehen und nichts von dir hören."

"Warum sind wir dann hier?"

Meine Hände beginnen wieder unter dem Tisch zu zittern. Ich halte eine mit der anderen fest, versuche stoisch seinem Blick standzuhalten.

"Du hast ein kleines Mädchen entführt. Weißt du, was das für Folgen haben kann?"

"Das Mädchen ist süß. Ich würde gerne noch einmal mit ihr spielen, ihr ein bisschen die Welt zeigen."

"Du ekelst mich an", erwidere ich.

Schnell packt er mein Handgelenk, drückt es zu. Ich bin zu langsam zu reagieren. Seine Fingernägel bohren sich in meine Haut.

"Na na na, nicht so frech, Liebling. Ich weiß von deiner kleinen Liaison. Der kleine Blondie, das kannst du doch nicht ernst meinen. Wem willst du etwas beweisen? Wir wissen beide, dass er nur eine belanglose Ablenkung ist."

Er drückt mein Handgelenk fester zu, zieht es näher zu sich heran, sodass mein Unterarm am Tisch festklebt.

"Ich sag dir jetzt mal was, kleine Lejla. Lass deine Finger von Blondie und co., du willst doch nicht, dass ich mich schmutzig machen muss, um das Problem zu beseitigen, oder?"

Meine Augen brennen. Du wirst jetzt nicht weinen, sage ich mir. Nicht auf den Tisch runterschauen, so rollen die Tränen schneller. Also schaue ich nach oben. Auf die Decke. Während er mein Handgelenk immer noch fest mit seinen Nägeln zerdrückt. Mit der anderen Hand ritzt er mir ein kleines A auf die Innenseite meines Handgelenks. Ein kleiner Bluttropfen verselbstständigt sich, tropft auf den Tisch neben der weißen Zuckerschale.

Abrupt reiße ich meine Hand aus seiner, stehe auf. Der Sessel hinter macht ein lautes Geräusch, kippt fast um. Meine Augen sind mit Tränen gefüllt, gegen die ich versuche anzukämpfen.

"Halt dich einfach aus meinem Leben raus", ich wiederhole erneut meine Worte, weil mir die Sprache fehlt. Ich keine Begriffe mehr finden kann, ich nicht mehr weiß, wie ich noch mit diesem Menschen artikulieren könnte, über welchen Kommunikationsweg wir uns noch verständigen könnten.

Ratlos, verzweifelt.

Ich drehe mich um, schnappe meine Tasche und bewege mich Richtung Ausgang. Es gibt nichts mehr zu sagen. Das gab es nicht und gibt es schon lange nicht mehr. Alle Worte, die aus meinem Mund sprudeln, prallen ab an der Betonmauer.

"Ich liebe dich", höre ich ihn noch hinterherrufen, als sich hinter mir die Tür samt meiner Hoffnungspforte schließt.

-44-

"It's all about finding the yin to your yang."

Caroline Picard & Selena Barrientos

Lejla

"Überraschung", höre ich Fabi euphorisch sagen. Seine Wangen sind ein wenig gerötet, seine Augen glänzen.

Ganz aufgeregt schaut er mich an, wie ein kleines Kind, das ein Überraschungsei öffnen darf. Obwohl ich doch diejenige bin, die etwas öffnen darf. Ich reiße den Briefumschlag auf, der mit einer dunkelroten Schleife dekoriert ist.

"Was ist heute? Wieso bekomme ich etwas geschenkt?", frage ich etwas unsicher, dennoch extrem aufgeregt. Ich liebe Geschenke über alles, Überraschungen sind mein Nonplusultra. Der Briefumschlag lag heute Morgen auf dem Nachttisch neben einer Vase roter Rosen, die mich quasi mit ihrem Duft aufgeweckt haben. Daneben Fabi, der mich mit einem Tablett eines vollbepackten Frühstückbüffets weckte. Besser gesagt der Duft frischer Brötchen und Croissants. Das Tablett hat er vorsichtig in die Mitte des Bettes gestellt. Frisch gepresster Orangensaft steht drauf. Salami, Hähnchenwurst, Butter, ein Salzstreuer (Butter ohne Salz ist quasi ein wahres Verbrechen), aufgeschnittene Avocado, Nutella, Himbeeren. Sogar Laugengebäck ist am Start.

"Jetzt mal wirklich, habe ich etwas verpasst?", frage ich ihn noch einmal.

"Jetzt mach auf."

Erneut grinst er bis über beide Ohren und strahlt mich an wie ein Honigkuchenpferd. Vorsichtig öffne ich den Briefumschlag, schaue ihn dabei schmunzelnd an. Meine Mundwinkel zucken in die Höhe, sie rasen regelrecht bis unter die Augen und formen gleichzeitig ein großes "O".

"EINE REISE????"

Ich kann mein Grinsen nicht verstecken, bin zugleich extrem baff und verblüfft.

"Im Ernst?", schreie ich fast schon.

Er nickt einfach nur. Ich schaue auf die Karte im Briefumschlag.

"Eine Woche nur zu zweit, ich in Shorts und du im Kleid", steht drauf geschrieben.

Dabei liegt ein Schlüssel mit einem Blau-Weiß-Roten Flaggen Anhänger und einer kleinen Palme.

"Wir fliegen nach Frankreich?"

Wieder nickt er, zufrieden.

"OH MEIN GOTT. OHHHH MEIN GOTT, wirklich? Im Ernst?"

Ich springe ihn wie eine Wahnsinnige an, stoße dabei den Orangensaft um, was mir gerade komplett am Arsch vorbeigeht. Dabei vergesse ich das Frühstück und die schlafenden Bewohner des Hauses.

"Wirklich jetzt? Oh mein Gott! Du bist der Beste!!!"

Ich klammere meine Beine um seine Hüfte wie ein Äffchen und gebe ihm Dutzende von Küssen auf sein Gesicht.

"Was, wie, wo, wann? Können wir jetzt einfach so weg? Also klar, Semesterferien, aber es ist doch bald Lillys Geburtstag. Die brauchen uns hier doch."

"Mach dir keine Sorgen, ich hab' alle notwendigen Vorbereitungen fürs erste getroffen", Fabi zwinkert mir zu.

"Und wenn wir zurückkommen, haben wir noch zwei Tage für den letzten Schliff."

"Du bist komplett wahnsinnig", sage ich ihm, kuschle mich gleichzeitig an ihn ran und bin auf Wolke sieben. Wolke siebzehn, Wolke zwanzig – gibt es das überhaupt? Mit ihm habe ich das Gefühl zu schweben, die Außenwelt zu vergessen, sie auszublenden.

"Ich weiß, und deshalb liebst du mich", erwidert er und küsst mich am Hals.

"Wann geht's los?" , frage ich ganz aufgeregt.

"Morgen früh. Also pack schon mal deinen Koffer, Babe. Eine Woche nur zu zweit, ich in Shorts und du im Kleid."

"Der Poet! Warte, morgen? Wirklich?"

Erneut nickt er. Meine Mundwinkel schellen in die Höhe, in meinen Kopf kreisen Tausend Gedanken - was packe ich ein, wie warm ist es dort, Vorfreude auf die Zeit zu zweit...

"Also.... Frühstück?"

"Frühstück", nicke ich zustimmend.

"Sagst du mir jetzt, wohin genau?", frage ich ganz aufgeregt, als wir vor der Departure Anzeigetafel stehen.

"Vive la France... Paris ist es nicht."

Ich schaue auf die Anzeigetafel im Tegeler Flughafen.

Mein Blick wandert herunter, bis er an Nizza kleben bleibt. Skeptisch schaue ich Fabi an, er grinst selbstgefällig und nickt.

"Wir fliegen nach Cannes, ernsthaft?"
"Oui, madame. Okay für mehr reicht mein français leider nicht aus. Wir fliegen nach Nizza an die Côte d'Azur und fahren von dort nach Cannes. Meine Eltern haben dort ein Apartment. Mein Vater hatte es meiner Mutter zum zehnten Hochzeitstag geschenkt, jetzt steht es eigentlich nur noch leer."

"Wow...", ich bin komplett baff. Wieder einmal fällt mir auf, wie unterschiedlich unsere Welten sind, zwei Paralleluniversen. Schnell schiebe ich den Gedanken beiseite. Ich bin hyped, freue mich extrem und kann mein Glück irgendwie nicht richtig fassen. Fabi nimmt meine Hand und küsst sie.

"Komm, Easyjet ist im Terminal D."

Er zieht mich hinter sich her. Wir haben beide nur einen Handgepäckrucksack, weniger ist mehr, lautet meine Devise bei Gepäck. Auch Fabi braucht nicht viel. Obwohl er in so viel Reichtum lebt, schert es ihn nicht, ob er die neuesten Nike Schuhe oder ein No-Name Shirt trägt. Schnell kommen wir durch die Sicherheitskontrolle, was mich immer erleichtert. Nicht, dass ich etwas zu verbergen habe. Ich mag einfach nicht dieses mulmige Gefühl, das Warten auf meinen Rucksack, während er durchgescannt wird.

"Passend zu Frankreich ein Snack bei Marché?"

Ich entscheide mich für ein Brötchen mit Parmaschinken, Mozzarella und Tomaten, das Brötchen ist ganz weich und warm.

Dann schlürfen wir unsere überteuerten Cappuccinos und schalten unsere Handys aus. Ein bisschen Ruhe von allem.

Statt eines Taxis für 80 Euro entscheiden wir uns in Nizza für den FlixBus, der uns für nur schlappe vier Euro von Nizza nach Cannes bringt.

In Cannes nehmen wir einen zweiten Bus Richtung "Alfred de Musset" und steigen bei der Station "Beausite" aus.

"Bist du sicher, dass du den Weg noch laufen willst? Es sind noch knapp zwei Kilometer bis Croix des Gardes."

Ich kann meinen Blick nicht von den Palmen und dem Meer abwenden, meine Augen versinken in den Wellen. Es fühlt sich hypnotisierend an, ein bisschen wie in Eilat bei meiner Mama.

"Ja ganz sicher, guck doch mal, wie schön es hier ist. Das lasse ich mir nicht von der Busfahrt nehmen. Durchs Fenster ist alles nur halb so schön."

Fabi lacht, nimmt meinen Rucksack in die Hand und schmeißt sich diesen auch über die Schulter.

Gefühlt bleibe ich nach allen drei Metern stehen und betrachte die Pflanzen, das satte Grün der Palmen und Bäume, violette Blumen. Immer wieder wandert mein Blick zum Meer, ununterbrochen höre ich das Wellenrauschen.

Desto näher wir dem Ziel kommen, desto wohlhabender sieht die Gegend aus. Wir sind umgeben von Wohnhäusern mit wunderschönen Parks, großen Villen und außergewöhnlichen Anwesen.

"So, da sind wir. Du musst den Schlüssel reinstecken."

Aufgeregt packe ich den Schlüssel aus meiner kleinen Tasche. Fabi geht einen Schritt zur Seite, sodass ich den Schlüssel ins Schloss stecken kann, ihn umdrehe und wir das Apartment betreten. Ich schnappe nach Luft. Es ist wunderschön.

"Ja also... fühl dich wie zuhause."

Fabi stellt unsere Rucksäcke im Flur ab. An der Wand neben dem Schlüsselhalter hängt ein Familienfoto. Ich schaue es mir näher an.

Lilly ist noch ein kleines Baby darauf. Fabis Mutter sieht wunderschön aus. Jung und frisch, dabei strahlt sie voller Lebensfreude...

"Willst du einen Kaffee? Ich glaube hier müssten sogar noch Bohnen sein."

"Ja gern."

Dann drehe ich mich um und laufe Richtung Terrasse, öffne die Tür und trete hinaus.

Es ist traumhaft. Von hier aus kann man das Meer sehen, es ist ganz nah an uns dran. Die Palmen, die vom Wind leicht hin und her bewegt werden, den Hafen und auch die Berge. Ich atme die frische Luft ein, die Meeresbrise und schließe meine Augen. Besser und schöner könnte es nicht sein.

"Komm, ich zeig dir ein bisschen, wo was ist."

Fabis Hände sind an meinen Hüften, ein Kuss am Hals, dicht steht er hinter mir.

Ich lehne mich an ihn, lege meine Hände um seine, spüre seine Körperwärme, seinen Duft. Und obwohl wir mitten in Frankreich sind, an einem Ort, den ich zuvor noch nicht gesehen habe, fühle ich mich zuhause. Angekommen und aufgefangen, geliebt und geborgen. Das Gefühl ist schwer zu beschreiben, es ist wie nach einer langen Reise nach Hause zu kommen, den gewohnten Duft einzuatmen, die Schuhe auszuziehen sich aufs Bett fallenzulassen, das kuschelige warme Bett, worin man versinkt. Frisch gewaschene Wäsche, das Vogelgezwitscher. Und dann ist da diese Person. Der Mensch, der Tage und nächtelang auf dich gewartet hat. Derjenige, der immer an dich denkt, in guten wie in schlechten Zeiten. Der dich morgens mit einem Kuss begrüßt und abends seine Hände um dich legt, dir das Gefühl von Heimat gibt. Dieser Mensch ist auch der Mensch, mit dem du ungewaschen und hungrig durch Timbuktu streifen kannst. Durstig und verschwitzt bei 42 Grad durch die Sahara schlenderst und dich trotzdem beschützt fühlst, zuhause. Ein Mensch, der im selben Augenblick auch ein Ort ist, dein Ort.

"Siehst du die Berge da drüben?, er zeigt mit dem Zeigefinger auf einen Fleck, ich nicke.

"Das ist L'esterel, ich glaube das wohl schönste Küstengebirge der Côte d'Azur. Es liegt zwischen Cannes und Saint-Raphäel. Wir sind früher öfter mal hingefahren, weil es da so ruhig ist und echt schön. Es gibt dort viele kleine Buchten und die Strände sind sehr sauber. Meine Mum wollte immer an den Plage de Calanque de Maubois. Dieser Strand hat sich irgendwann in mein Hirn gebrannt, so oft hat sie von ihm geschwärmt. Auch noch Wochen, nachdem wir wieder in Berlin waren, hat sie von ihm geredet und sich zurück an den Ort gewünscht. Ich glaube, am liebsten wäre sie hergezogen und hätte Berlin einfach hinter sich gelassen."

"Das klingt schön. Können wir da auch hin?"

"Klar. Wir können uns für den Tag einen Mietwagen nehmen, das ist einfacher. Also, Kaffee?"

Er zieht mich an der Hand und wir betreten wieder das Apartment, welches den Geruch von frisch gemahlenen Bohnen komplett eingenommen hat.

"Sorry, ich kann ihn dir leider nur schwarz anbieten. Aber wir können nachher in den Supermarkt gehen und uns ein bisschen mit Lebensmitteln eindecken."

Die Küche ist groß und geräumig. Ich setze mich gegenüber von Fabi auf den Barhocker und nehme einen Schluck pures Koffein zu mir. Danach packen wir schnell ein paar Sachen aus, schmeißen uns unsere Badesachen über und laufen in unseren Latschen zum Strand, der direkt vor unserer Haustür liegt. Desto näher wir zum Meer kommen, desto glücklicher bin ich. Schritt für Schritt minimiert sich die Distanz, Hand in Hand rennen wir hinein, tauchen unter, lachen, knutschen.

Sorglos, glücklich - ist meine aktuelle Gemütslage.

"Haben Sie reserviert?"

Das Restaurant befindet sich gegenüber vom Palais des Festivals.

Wir werden zu einem Tisch draußen geführt. Das gesamte Ambiente hier sieht edel aus und zum Glück hat Fabi reserviert, der Laden ist rappelvoll. Von hier aus haben wir gleichzeitig einen Blick auf den roten Teppich und das Meer.

"Auf unseren ersten Urlaub."

"Und mehr davon folgen", ich zwinkere ihm zu. Wir stoßen an mit einem Glas Rotwein, schauen uns dabei in die Augen und müssen beide ein wenig lachen. Es fühlt sich ein wenig surreal an. Vor ein paar Stunden waren wir noch in Grunewald, der Alltagstrott hat sich trotz einiger "Eskapaden" eingeschlichen und jetzt sitzen wir hier, mitten in Cannes.

Nach einer kleinen Vorspeise, bestehend aus gegrillten Auberginen, frischem Basilikum und einem pochierten Ei auf einem warmen Brioche Brötchen, die wir uns teilen, wird uns der Hauptgang serviert. Fabi hat sich ein Thunfischsteak in Sesamkruste mit Gemüse bestellt, mir wird gegrilltes Kalbskotelett mit Trüffelbutter und Kartoffelpüree serviert. Beim bloßen Anblick läuft mir das Wasser im Mund zusammen und es schmeckt köstlich.

Fabi schläft noch als ich mir schnell ein Kleid überziehe, in meine Sandalen schlüpfe und vorsichtig die Tür hinter mir zuziehe.

Nicht weit vom Apartment entfernt finde ich eine Bäckerei, die mich mit dem Duft frisch gebackener Brötchen und Croissants magisch anzieht.

Ich kaufe zwei Croissants und zwei Brötchen, schlendere noch ein wenig durch die Straßen, die bisher noch ziemlich ruhig sind und laufe dann zurück zum Apartment.

Fabi schläft immer noch seelenruhig. Dabei scheint die Sonne in sein Gesicht und lässt die kleinen Sommersprossen zum Vorschein kommen.

"Aufwachen", flüstere ich in sein Ohr.

Er öffnet noch halb verschlafen seine Augen und lächelt mir zu. Dieses warme Lachen, von dem ich nicht genug kriegen kann.

Genüsslich beißt Fabi in sein Croissant, welches er mit Nostrano Salami und Käse belegt hat. Dann räumen wir schnell das Geschirr weg, machen uns fertig und sind gewappnet für den Tag. Es ist zwar erst zehn Uhr morgens, doch die Sonne prallt schon auf uns herab, als wären es 36 Grad. Wir schlendern die Promenade de la Croisette entlang, beobachten das Meer und die Menschen, die Jogger und Mütter mit Kinderwägen, die Senioren, die sich auf den Bänken ausruhen und den Blick auf das Meer in vollen Zügen zu genießen scheinen.

Wir schlüpfen in kleine versteckte Boutiquen in den Seitengassen, wo ich einen Sonnenhut und ein kleines Armbändchen finde, landen im historischen Viertel von Cannes – le Suquet, und machen eine Pause in einem winzigen süßen Café, welches wir in einer verwinkelten Kopfsteinpflastergasse der Altstadt finden. Nach einer kurzen Kaffeepause flanieren wir durch die Markthalle am Rande der Altstadt. Fabi erklärt mir, dass der Marché Forville einer der beliebtesten Märkte an der Côte d'Azur ist und tatsächlich überzeugt der Markt mit frischem Obst und Gemüse aus eigenem Anbau, feinsten Spezialitäten von Huhn und Lamm, provenzalischen Oliven und unzähligen anderen Köstlichkeiten. Fabi zeigt mir die Rue d'Antibes, die parallel zur Promenade de la Croisette verläuft und die bekannteste Einkaufsstraße in Cannes ist. Mittlerweile ist die Straße voll mit Menschen, die in Geschäfte stürmen und sich neu einkleiden. Ein paar exklusive Boutiquen wecken meine Aufmerksamkeit, insbesondere die eine an der Straßenkreuzung, aus der eine wunderschöne Frau mit ihrem Mann Hand in Hand herauskommt. Sie trägt eine Dior Sonnenbrille und sieht aus wie ein Superstar. Auf ihren Lippen zeichnet sich ein Hauch von Rosé ab, ihre Bluse ist cremefarben und steckt in dem Plissee-Rock, der ihr bis unter die Knie reicht. Das Leben der Reichen und Schönen. Anschließend spazieren wir entlang der Kais, genießen die Meeresbrise, bestaunen die Mischung aus Luxusyachten und kleinen Fischerbötchen, bevor wir uns an einer Bar am Hafen niederlassen, wo wir einen Cocktail genießen.

Nach einem entspannten Strandtag in Cannes fahren wir am nächsten Tag für nur 3,60 Euro mit dem Zug nach Nizza. Meine Mama hat schon so oft von dieser Stadt geschwärmt, insbesondere weil Nizza durch das jährliche Jazz Festival Jazzliebhaber aus aller Welt lockt. Ich glaube, ich habe sogar mal etwas von einem Karneval in Nizza gehört und tatsächlich findet in dieser Stadt eine der größten Karnevalsfeiern der Welt statt. Was soll ich sagen, Nizza ist wunderschön. Glasklares Wasser, kilometerlanger Sandstrand, die umwerfende Altstadt – all das verleiht Nizza einen ganz persönlichen Touch.

Wir schlendern durch die kleinen Gassen der Altstadt und entdecken automatisch einige Sehenswürdigkeiten, wie zum Beispiel das berühmte Rathaus sowie die Cathédrale Sainte-Réparate. Ich kann nicht aufhören, durch die Straßen zu hüpfen, das Lied "Je veux" von Zaz rauf und runter zu trällern und von den gut erhaltenen und schön bemalten, alten Wohnhäusern zu schwärmen, die mich faszinieren Die Architektur der Altstadt grenzt an ein kleines Wunder, ein malerisches Mosaik terracottafarbener Dächer, die in den schillernden Farben eines Sonnenuntergangs gestrichen sind. Am Marktplatz Cours Saleya tummeln sich die Shoppingqueens, anschließend folgt die Rue Masséna, wo sich nicht nur kleine Souvenirläden befinden, sondern auch einige Schicki Micki Boutiquen.

Ein Mittagessen am Strand des azurblauen Mittelmeeres. Genüsslich führe ich die Gabel zum Mund, die mit Risotto und gegrillten Garnelen gehäuft ist. Förmlich inhaliere ich das Essen, so deliziös ist es. Schaue dabei dem Wellentreiben zu, lehne mich zurück und schließe für einen Moment die Augen.

"Alles ok?", fragt mich Fabi.

Langsam öffne ich die Lieder.

"Mehr als ok. Es ist wunderbar. Danke."

Liebevoll schaue ich ihm in die Augen, er streckt seine Hand aus und ich nehme sie, drücke zu.

"Bereit für noch ein bisschen mehr Luxus und Glamour?"

"Was genau hast du im Sinn?", frage ich ihn stirnrunzelnd.

"Komm, der nächste Zug kommt in elf Minuten."

Nach nur dreizehn Minuten Fahrtzeit erreichen wir unser nächstes Ziel.

"Ich präsentiere: Monaco, das Zuhause der Reichen und Schönen."

Fabi wedelt theatralisch mit den Händen.

"Monaco ist der zweitkleinste Staat der Welt nach dem Vatikan, der Inbegriff von Luxus, Stars und Sternchen. Eine Yacht größer und teurer als die andere."

Und tatsächlich, Monaco ist ein Juwel. Ein Ort wie kein anderer, dicht bebaut und doch wunderschön. Himmelblaues Wasser und prächtige weiße Villen auf einer felsigen Landschaft. Das Casino samt seinem Brunnen ist eine echte Augenweide. Der Yachthafen schreit nach Glamour und Reichtum. Erneut bin ich verliebt in die zauberhafte Altstadt mit ihren verwinkelten Gassen und den malerischen Häusern. Monaco-Ville befindet sich auf einer Halbinsel zwischen den beiden Häfen Port Hercule und Port Fontviellie, die Aussicht ist unglaublich.

Nach einem 15-minütigen Spaziergang erreichen wir das Palais du Prince, die offizielle Residenz der Fürsten von Monaco. Sie befindet sich auf einem Hügel, von wo aus wir erneut eine herrliche Aussicht auf die Stadt genießen.

Knapp fünf Minuten vom Palast entfernt erreichen wir den Jardin Exotique, ein botanischer Garten mit diversen exotischen Pflanzenarten. Wir setzen uns auf eine Bank und genießen die Ruhe abseits vom Metropolen-Trubel, saugen den Ausblick auf die Stadt und das Meer auf und schießen ein Selfie. Ein gemeinsamer Moment, den ich unbedingt festhalten möchte.

"Kleiner Abstecher in ein Café vor der Rückfahrt?"

Ich nicke euphorisch und lasse mich von Fabi an der Hand mitziehen. Das kleine Café befindet sich rechts vom Bahnhof. Entspannt trinken wir unsere Cappuccinos und machen uns dann auf den Weg nach Hause zum Apartment. Statt miteinander zu sprechen hören wir gemeinsam Musik, lehnen uns zurück und bewundern die Berge und das Meer.

Ziemlich erledigt kommen wir in unserer Unterkunft an. Ich schmeiße meine Tasche auf die Couch und lasse mich darauf fallen.

"Hast du das gehört?", frage ich Fabi und fasse mir an den Bauch. Mein Magen meldet sich mit einem lauten Knurren und schreit nach Essen.

"Ich sterbe auch vor Hunger. Hast du auf etwas bestimmtes Lust?"

"Du suchst aus", ich zwinkere ihm zu, auf seinen Geschmack ist Verlass.

"Bin' nur schnell duschen und mich frisch machen."

Ich hüpfe von der Couch und gehe Richtung Badezimmer, öffne die Tür, schaue noch einmal zurück.

"Willst du mit?"

Er öffnet leicht seine Lippen, die Pupillen sind geweitet, die Augen schreien nach Lust.

"Lass ich mir nicht zweimal sagen."

Dann kommt er auf mich zu, die Badezimmertür wird zugezogen, obwohl keiner im Haus ist, wir alleine sind, ungestört und ganz für uns. Ich ziehe mein Kleid aus und trete unter die Dusche, lasse Wassertropfen auf meine Haut rieseln und schließe die Augen. Er steht dicht hinter mir, küsst mich am Hals entlang. Ich spüre seinen harten und prallen Schwanz eng an meinem Körper, mein Atem beschleunigt sich. Seine Finger gleiten an meinem Körper entlang, kneten die Brustwarze, berühren gekonnt meine Perle. Alles in mir schreit nach mehr, mein Körper fühlt sich wie heißes Lava an, eruptiertes Magma, durch meinen ganz persönlichen Vulkan ausgelöst. Er kniet sich auf die Fliesen, zwei Finger verschwinden in mir. Seine Zunge beginnt wilde Spiele mit meiner Klitoris zu spielen. Ich hebe mein Becken leicht an, kralle mich mit der einen Hand fest an der Duscharmatur, die andere Hand wandert zu seinem Kopf, zieht ihn noch näher an sich heran.

"Nicht aufhören. Mach weiter", flehe ich ihn an, während ich seinen Kopf immer näher zu mir ziehe. Seine Zunge verdoppelt das Tempo, lässt meinen Puls rasend in die Höhe schellen, macht mich wahnsinnig - wahnsinnig an. Ich ziehe seinen Kopf von mir weg.

"Ich will dich in mir."

Schon gleitet sein Schwanz tief in mich hinein, ich stöhne auf. Spüre, wie sein Penis in mir verschwindet, sich wieder leicht hinauszieht und dann mit immensem Druck wieder hineinmanövriert. Mir wird mal wieder bewusst, wie gut bestückt er doch ist. Er hebt mich hoch und presst mich an die Wand, meine Beine klammern sich um seine Hüfte. Meine geballte Lust droht zu explodieren.

Ich bin eine tickende Zeitbombe, er mein Ventil.

Ich spüre, wie seine Hand sich immer fester in meinen Arsch krallt, weiß, dass er bald kommen wird. Gebe Gas, ich will glänzen. Will, dass er zum Höhepunkt kommt, sich dieser Moment in sein Hirn einbrennt. Mein Verstand lässt nach, meine Vagina zieht sich unwillkürlich zusammen. Ich spüre sein Sperma in mich hineinschießen, das Feuerwerk in uns explodiert.

Ich lege meine Stirn auf seine Brust, atme tief ein uns aus, während die Wassertropfen auf uns herabprasseln, die Hitze in der Dusche immer weiter ansteigt.

Abends liegen wir glücklich und vollgefressen im Bett, lassen den Tag Revue passieren, unterhalten uns über all' die lustigen Momente, die wir in der kurzen Zeit schon erlebt haben.

All' die Restaurants, die wir nun schon besucht haben, in denen wir das leckerste Essen genossen haben.

All' die Lachanfälle, die wir nun schon gemeinsam hatten.

All' die Insider, die sich bei uns eingebürgert haben.

All' die komischen und witzigen Zeitpunkte.

Wir unterhalten uns über uns.

Das pure Wir.

Es ist ein "Du und Ich". Zwei vollkommene Individuen, die zusammen ein ultimatives Unikat ergeben. Ein einzigartiges Exemplar, geschaffen auf der Grundlage einer sexuellen Aventüre. Entsprungen aus der Knospe einer lustvollen Erregtheit, einem leidenschaftlichen, wenngleich auch wildem Abend.

"Ich kann mir dich nicht mehr wegdenken. Du machst meine Welt so viel besser. Es gibt niemanden, der so gut zu mir passt wie du. Niemanden, mit dem ich lieber meine Zeit verbringen würde."

Ich drücke seine Hand, während er Worte zu mir spricht, die mein Herz erwärmen. Worte, die von jedem anderen kitschig und überspannt wären. Die ein "zu viel" für mich wären, aufgebauscht theatralisch und überspitzt, gleichzeitig eine Lüge. Außer von ihm. Bei ihm weiß ich, dass er es ernst meint. Und sie treffen mich mitten ins Herz.

Weil es mir auch so geht.

Weil ich mich genauso fühle.

Weil er mein Mensch ist.

Weil alles mit ihm noch so viel schöner und bunter ist. Aufregender und gleichzeitig vertraut.

"Ich bin so glücklich mit dir."

Ich schmiege mein Gesicht an ihn und habe seit langem das Gefühl, sicher zu sein. Keine Angst mehr bei bloßen Gedanken an die Zukunft verspüren zu müssen. Den negativen Gedankengängen keinen Raum mehr zu gewähren.

"Ich bin für dich da, Lejla. Das meine ich so, wie ich es sage. Du kannst dich auf mich verlassen, immer."

"Danke", flüstere ich.

Sicherheit.

Halt.

Schutz und Wärme - Ist das, was mich einschlafen lässt, wie ein Baby.

-45-

"Wir sehnen uns nach Hause.

Und wissen nicht wohin"

Joseph von Eichendorff

Lejla

"Bereit für den Rückflug?"

Ich schüttele energisch mit dem Kopf. Doch das Flugzeug beginnt schon zu Rollen, es gibt kein Zurück mehr. Willkommen zurück, auf dem Boden der Tatsachen. Wenn auch einem Boden, der mit einem kuscheligen Teppich gleichgesetzt werden kann, denn der Vertraute an meiner Seite bleibt ein und derselbe. Doch der bittere Beigeschmack der Ungewissheit bleibt bestehen. Ich ziehe meine Kopfhörer an, lehne mich zurück und falle in einen Halbschlaf.

"Da seid ihr ja. Erholt seht ihr aus."

Der verführerische Duft von frisch gebackenem Zitronenkuchen steigt mir in die Nase. Nadeschda schließt uns in die Arme, begrüßt uns herzlich, kneift Fabi in die Wangen.

"Kommt erstmal an. Stellt die Taschen ab, macht euch frisch. Ich habe Kuchen gebacken."

Nadeschda verschwindet wieder in die Küche, während ich aus meiner Jacke schlüpfe und sie auf dem Garderobenhalter aufhänge.

317

Fabi schnappt meinen Rucksack bringt ihn hoch, während ich mich zu Nadeschda geselle.

"Also meine Süße, wie war der Urlaub? Hat dir Frankreich gefallen?"
"Es war himmlisch! Es war so schön. Das Meer, die Sonne, die Palmen, das Essen...wie ein Traum."

Ich beginne von dem Urlaub zu schwärmen und wünsche mir gleichzeitig, wir hätten noch eine Woche länger drangehängt.

"Wie geht es Lilly? Ist sie beim Ballett?"

Fabi gesellt sich zu mir, stellt sich hinter mich und legt seine Arme um mich.

"Ja. Sie ist schon ganz aufgeregt, euch zu sehen. Aber noch mehr ist sie aus dem Häuschen, weil es in zwei Tagen soweit ist."

"Das sechste Lebensjahr ist ja auch etwas ganz Besonderes."

Fabi nickt Nadeschda wohlgesinnt zu.

Ich höre ein leises Schnurren und stelle freudig fest, dass Murkel um meine Knöchel streicht. Erst mit dem Kopf, dann mit dem Körper und abschließend mit dem Schwanz, wie eine kleine Umarmung, eine liebevolle Begrüßungsgeste. Ich beuge mich zu ihm runter und streiche über das weiche Fell, dann nehme ich Murkel auf den Schoß und widme ihm meine volle Aufmerksamkeit. Ein prächtiges kleines Wunder.

"Was müssen wir noch erledigen?", fragt Fabi in die Runde.

"Ich hole gleich die Checkliste, dann kannst du rüber schauen. Es ist so gut wie alles erledigt. Ich habe die Nummern angerufen, die du aufgeschrieben hast, Catering ist organisiert, Musik auch. Einladungen sind verschickt worden. Nun kommt aber erst einmal richtig an und lasst euch den Kuchen schmecken, die Liste läuft nicht weg."

Wir sitzen im Garten und trinken den herrlichsten Gyokuru Tee, einen der edelsten und teuersten Grüntees.

"Schmeckt dir der Tee?", fragt Fabi.

Ich nicke mit dem Kopf und nehme noch einen Schluck des Elixiers.

"Mein Vater hat ihn aus Kyoto mitgebracht. Drei Faktoren sind entscheidend für den perfekten Teegenuss dieses Exemplars. Das Verhältnis zwischen Tee und Wasser, das Wasser und die Wassertemperatur und natürlich die Ziehzeit. Meine Mutter hat mir beigebracht, dass die Ziehzeit bei diesem Tee möglichst kurz sein sollte, circa zwei Minuten. Dabei muss die Temperatur zwischen 50 und 60 Grad sein."

Anerkennend schaue ich abwechselnd zu Fabi und Nadeschda.

"Eine Wissenschaft für sich. Wir trinken zuhause immer frischen Minztee. Die Minze schmeckt dort ganz anders als hier."

Meine Gedanken wandern nach Israel, zu meinen Freunden und meiner Mama. Zum Meer, dem einzigartigen Hummus und dem unwiderstehlichen Baba Ghanoush. Ich merke , wie Fabi leicht meine Hand drückt.

46

"Es muss von Herzen kommen, was auf Herzen wirken soll."

Johann Wolfgang von Goethe

Fabi

"Na Lilly-Maus, aufgeregt?"

Meine kleine Schwester nickt euphorisch mit ihrem kleinen Köpfchen, während ich noch einmal die Checkliste durchgehe, die Nadeschda und ich erstellt haben.

Das Dekorationsteam hängt Heliumballons in Herzform im Garten auf, sie sind mit Anna und Elsa von Frozen bedruckt.

Pastellfarbene Ballongirlanden schmücken unseren Garten, buntes Konfetti steht bereit. Rosafarbene Papierfächer hängen an einer fliederfarbenen Girlande aus Seidenpapier.

In einigen Stunden sollte die Torte geliefert werden. Ich bin mir sicher, Lilly wird sie lieben. Nadeschda und ich haben intensiv gesucht, keine Kosten gescheut und die Beste der Besten ausgesucht.

"Na Lilly, bereit für morgen?"

Lejla schaut Lilly strahlend an, ihre Augen nehmen einen gewaltigen Glanz ein und mir wird sofort warm. Sie sieht aus, als hätte sie selbst morgen ihren großen Tag.

"Oh ja. Das wird toll. Ich freue mich schon so. Kommt Ismail morgen auch?"

Lejla beginnt zu lachen.

"Du bist ein wahrer Fan meines besten Freunds, oder?"

Lilly nickt.

"Keine Sorge. Er steht morgen zu deinen Diensten und wird der Prinzessin jeden Wunsch von den Lippen ablesen."

Dann verneige ich mich vor Lilly, nehme sie an ihrer kleinen Hand und drehe sie um ihre eigene Achse. Dabei flattert ihr Kleid in alle Richtungen, während sie unbeschwert lacht.

Das sind die Momente, die mich glücklich machen. Die zwei wichtigsten Frauen an meiner Seite sind hier, freudestrahlend. Sorglos und unbekümmert.

Ich lasse die beiden alleine und schaue nach den Geschenken, die vorbereitet und abgeschlossen im Klavierzimmer stehen.

Morgen früh wird sie in den Garten gehen und all' die Geschenke auffinden, sie wird Riesenaugen machen. Ich weiß, es hört sich verwöhnt und überbehütet an.

Maßlos, exzessiv und protzig.

Doch warum sollten wir es ihr verwehren, wenn wir diese Möglichkeit haben? Ja, wir leben ein überdurchschnittliches Leben, haben keine finanziellen Sorgen und Nöte, können uns Dinge und Aktivitäten leisten, von denen andere träumen. Die Selbstverständlichkeit jedoch ist nicht präsent. Ich weiß, dass es ein Privileg ist. Und doch, ist es nicht alles. Ja ich habe leicht reden. Wir leben von der Substanz meiner Eltern. Die Währung meines Vaters sind Finanzspritzen statt

Emotionen. "Reichtum bringt Ansehen" und "lieber investieren statt konsumieren" lauten seine Devisen.

Ich kann mir keine Emotion davon kaufen, keine Zuneigung. Kann mir keine Zeit damit zurückholen. Das Einzige, was ich versuchen kann, ist Lillys Lücken zu füllen und sanft vorhandene Wunden zu flicken. Sie davon abzulenken, ihren Geburtstag, ohne unsere Mutter verbringen zu müssen. Mit einem Vater, der minimal anwesend ist.

Sie wie eine Prinzessin fühlen zu lassen. Ich würde alles dafür geben, dass meine kleine Schwester glücklich ist und dass es ihr an nichts mangelt, wenn auch das Wichtigste unersetzbar ist. Die kostbarsten Dinge sind wie man so schön sagt – unbezahlbar.

Es sind die Menschen, die das Leben wertvoll machen. Es ist die Zeit, die durch unsere Hände gleitet und uns entrinnt, während wir an Probleme von morgen denken und dabei die Gegenwart außer Acht lassen.

Ich schnappe mir das Geschenkpapier aus dem Arbeitszimmer und betrete das Klavierzimmer. Danach verpacke ich sorgfältig ein Dornröschen Märchenschloss von Lego. Die Verkäuferin meinte, es sei ein Traum jeder Prinzessin, das Schloss hat sogar einen Zauberstab und eine Haarkrone im Set. Links daneben auf dem dunkelgrünen samtbezogenen Sessel liegt das Puzzleset mit Disney Prinzessinnen von Nadeschda. Schön verpackt in rosa Papier, ummantelt mit einer blauen Schleife. Nadeschda meinte, es fördere die Konzentration des Kindes und sei wichtig für die Entwicklung.

Lejla hat ihr schicke Inlineskates in einem knalligen Pink besorgt, deren Größe sich über einen Druckknopf verstellen lässt, sodass Lilly eine längere Zeit mit ihnen fahren kann. Ich schnappe mir das Holzpuppenhaus und verpacke es in ein Paket aus grüner Pappe. Immer wieder wandern meine Augen zum Geschenk meines Vaters.

Das Mountainbike ist eine Mischung aus himmelblau und pink, Rockstar und Barbie. Eine riesige rote Schleife schmückt das Rad und rundet es perfekt ab. Trotz des wunderschönen Geschenks, worüber sich Lilly mit Sicherheit extrem freuen wird, bleibt der bittere Beigeschmack. Mein Vater hätte sich nicht die Mühe gemacht, ein Fahrrad für seine sechsjährige Tochter auszusuchen.

Nein, den Job übernimmt seine Assistentin.

Dann höre ich das Läuten der Klingel und laufe Richtung Eingangstür. Das muss die Torte sein, die Lilly nicht zu Gesicht bekommen darf. Ich bedanke mich bei dem Lieferanten, reiche ihm das Trinkgeld und platziere die Torte auf dem Küchentisch.

Vorsichtig öffne ich die Verpackung.

Sie ist perfekt. Genauso, wie wir sie haben wollten.

Die dreistöckige Torte mit rosa Schleifen ist ein wahrer Hingucker. Jedes Stockwerk hat seine eigene Geschmacksrichtung. Der unterste Tortenteil besteht aus einem Vanillekuchen mit Zitronenfüllung, das mittlere Stockwerk ist eine Mischung aus Vanille und Himbeerfüllung und die Krone der Torte ist ein Kuchen aus Vanille mit Nougatfüllung. Doch das, was die Torte so besonders macht, sind die sieben Prinzessinnen auf ihr, perfekt in Szene gesetzt.

Schneewittchen sieht eins A genauso aus, wie in den Filmen, die ich mir nun schon öfter mit meiner Schwester angesehen habe, als How I met your mother. Neben Schneewittchen sind Cinderella, Arielle, Rapunzel mit ihrem prächtigen langen Haar, Elsa und zwei weitere Prinzessinnen, von denen ich tatsächlich keinen blassen Schimmer habe, wen sie darstellen sollen. Ganz so bewandert in der Disney Szene bin ich dann wohl doch nicht.

"Fabi?"

Ich höre Lillys helle Stimme, packe die Torte wieder rasend schnell in die pinke Verpackung und verstaue sie im Kühlschrank. Dann lehne ich locker am Tresen.

"Was gibt's?"

"Murkel braucht neues Futter. Und ein Geschenk."

"Hat der Vielfraß schon alles aufgegessen?", skeptisch schaue ich sie an.

"Er hat Hunger und ist ein guter Esser."

Lilly steht mit verschränktem Armen vor mir.

"Na gut. Wird erledigt. Und wofür braucht Murkel ein Geschenk?"

"Na, weil ich morgen Geburtstag habe. Und Murkel braucht auch ein Geschenk, sonst ist er traurig, wenn er nichts bekommt. Und dann will er nicht mehr bei uns bleiben und sucht sich ein neues Zuhause."

Lillys Augen beginnen sich mit Tränen zu füllen, ihre Lippen beben. Ich knie mich zu ihr.

"Murkel bekommt das schönste Geschenk überhaupt. Auch wenn er ganz bestimmt nirgendwo anders hinmöchte, weil wir ihn verwöhnen und es ihm supergut hier geht."

Dann nehme ich sie in den Arm, sie schließt ihre kleinen Arme um meinen Hals.

47

"Wie soll ein heller Mensch das dunkle begreifen?"

Ferdinand von Schirach - "Kaffee und Zigaretten"

Lejla

Ich werde von den Sonnenstrahlen geweckt, die früh am Morgen auf unsere Gesichter scheinen.

Vorsichtig und leise tapse ich zum Balkon, öffne die Tür und atme den frischen Morgenduft ein.

Es ist kälter geworden. Doch die Sonne ist da. Stufenweise tritt sie hervor und gibt mir ein gutes Gefühl. Ich schließe meine Augen, ein Lächeln breitet sich auf meinen Lippen aus.

Heute ist ein besonderer Tag. Lilly ist sechs Jahre alt geworden. Geburtstage sind etwas ganz Besonderes. Sie haben etwas Unvergleichbares an sich.

Geburtstage sind nur einmal im Jahr. Für mich, der schönste Tag des Jahres.

Es gibt zwei Sorten Mensch.

Die eine Sorte denkt schon einen Monat nach dem Geburtstag an seinen nächsten und fiebert darauf hin, freut sich auch noch mit Ende fünfzig wie ein Kleinkind auf diesen einen Tag, der fett im Kalender markiert ist. An diesem Tag lässt man es sich mehr als gut gehen.

Es gibt Geschenke, Kaffee und Kuchen. Vielleicht gibt es auch keine Geschenke. Vielleicht gibt es statt Kaffee und Kuchen auch Pizza und Burger. Statt ausgehen einfach mal ausschlafen. Vielleicht verbringt diese Sorte Mensch den Tag mit all' seinen Liebsten und schmeißt eine fette Party. Oder aber, sie bucht sich ein Ticket ans andere Ende der Welt, des Landes, der eigenen Stadt. Was diese Sorte Mensch gemeinsam hat ist die pure Vorfreude auf diesen einen Tag, die Glückseligkeit, die Unbeschwertheit. Das Wissen, dass dieser Tag einem selbst gehört, keinem anderen. Ein dauerhaftes Lächeln im Gesicht, weil es der Tag der Tage ist, auf den man jedes Jahr von Neuem hin fiebert.

Die andere Sorte Mensch hält nichts von diesem Tag. Ein Tag wie jeder andere. Ab und zu verpönt sie den Sorte 1-Typ, kann ihn weder ernst nehmen noch nachvollziehen, warum er solch ein Tamtam um einen Tag im Jahr macht, der doch genauso ist, wie jeder andere auch.

Ich gehöre definitiv zur ersten Sorte. Geburtstage sind mir heilig. Nicht nur meine, auch die meiner Liebsten. Ich will, dass sie an diesem Tag all' die Liebe spüren und empfangen, vor Freude Tränen lachen und sich feiern lassen.

Ich höre Typ-2 schon sagen: "Können sie denn nicht jeden Tag Liebe spüren?", jaja, der übliche Einwand. Doch, genau das können und sollen sie. Trotzdem finde ich, Geburtstage gehören gefeiert und geschätzt. Wir feiern, wen wir lieben. Umso aufgeregter bin ich. Lilly ist so klein und wird doch größer. Die Zahl sechs ist eine ganz besondere Zahl.Irgendwie sagt sie aus:

Achtung, ich komme. Schule, Freunde, Jungs im Anmarsch. Außerdem ist die Zahl sechs eine gerade Zahl.

Ich glaube daran.
Woran?

Daran, dass gerade Geburtstagszahlen etwas Besonderes sind. Genauso wie Jubiläen etwas Besonderes sind.

Ich schleiche mich zurück zum Bett und lasse mich auf Fabi fallen, der bis eben noch in einem Tiefschlaf verweilte. Sanft wecke ich ihn mit vielen kleinen Küssen. Er reibt sich den Schlaf aus den Augen.

"Wollen wir Lilly wecken?", frage ich ihn aufgeregt.

Es fühlt sich an, als sei heute mein Geburtstag, so aufgeregt bin ich. Auf Zehenspitzen laufen wir die Treppen hinunter. Fabi holt die Torte aus dem Kühlschrank.
Eine kleinere.

Eine, die für den Morgen bestimmt ist.

Eine, die als kleine Überraschung dient, das Einläuten eines Geburtstages definiert.

Wir stecken sechs bunte Geburtstagskerzen in die Torte.

Blau, gelb und rosa Mal zwei.

Wir zünden sie an.

Laufen erneut auf Zehenspitzen zum Kinderzimmer, inkognito. Das Haus ist still, noch ist keiner wach, außer uns beiden. Leise öffnen wir die Tür, treten hinein in das Mädchenparadies. Lilly schläft noch, als Kind ist man die Unschuld in Person, das Gute, Reine, Makellose.

Ein blauäugiges Wesen durch und durch.

In diesem Alter ist der größte Fehler, den man begeht, heimlich hinter dem Tresen Nutella zu löffeln.

"Happy Birthday to you, happy birthday to you, happy birthday liebe Lilly, happy birthday to you."

Langsam kommen wir mit der Torte ans Bett, während wir das Geburtstagslied trällern. Lilly reibt sich die Augen. Dann schaut sie uns aufgeregt an, ihr Augen strahlen pure Freude aus.
"Bin ich jetzt sechs?"

"Ganze sechs Jahre alt!"

Fabi grinst seine Schwester wie ein Honigkuchenpferd an.

"Und jetzt puste die Kerzen aus und wünsch dir was."

Fabi hält die Torte vor Lillys Gesicht. Lilly wird ruhiger, schaut zur Decke.

"Komm schon Lilly, die Kerzen..."

Lilly schaut runter zur Torte, dann kneift sie ihre kleinen Augen fest zu und pustet mit voller Wucht alle sechs Kerzen gleichzeitig aus.

"Hurraaaaaa!"

Fabi stellt die Torte auf dem Bett ab und umarmt Lilly.

"Happy Birthday kleiner Schatz."

Danach wuschelt er durch ihren blonden Lockenkopf. Anschließend bin ich an der Reihe. Ich nehme ihren kleinen Körper fest in den Arm, flüstere ihr "alles alles Gute" ins Ohr und drücke ihr einen Kuss auf die Wange. Gleichzeitig bin selbst ganz aufgeregt, was Lilly sagen wird, wie sie ihren Geburtstag finden wird. Fabi holt schnell ein Messer und drei Teller aus der Küche und wir genießen unser feierliches Frühstück am Morgen auf Lillys Bett.

Zum Nachmittag sind die Gäste eingeladen. Das Haus sieht wunderschön aus. Es strahlt voll Glanz und das Dekorationsteam hat unfassbar tolle Arbeit geleistet.

Ich habe noch nie so einen Aufwand um einen Geburtstag live erlebt, ein Traum für mich. Auch das Catering Team ist schon seit einiger Zeit hier und bereitet sich im Haus auf die Gäste vor. Langsam trudeln sie nacheinander hinein.

Ismail begrüßt Lilly mit einem Handschlag und einer langen Umarmung.

Wohlhabende Mütter kommen mit Lillys Freundinnen. Sie stellen sich mir freundlich vor, wir machen eine Zeit für die Abholung der Kinder aus und verabschieden uns erneut.

Das Haus ist voller Leben. Musik ertönt aus der Anlage, schreiende und lachende Kinder erhellen die Räume. Währenddessen trifft das Cateringteam die letzten Vorbereitungen im Garten, perfektioniert das Tischgedeck, legt das Besteck auf, zupft noch an den gefalteten cremefarbenen Stoffservietten, die die Form einer Bischofsmütze angenommen haben.

Plötzlich höre ich einen lauten schrillen Schrei eines Mädchens, der einer Explosion gleicht.

Lillys Stimme nimmt das ganze Haus ein, zehn Oktaven höher hämmert sie gegen mein Trommelfell.

Fabi lässt alles stehen und liegen und rennt in den Garten, ich laufe ihm hinterher.

Mein Gehirn setzt aus.
Für einen flüchtigen Moment nimmt mein Hirn einen Error-Code an,

den keiner dekryptieren kann. Doch weder mein Umfeld noch ich selbst, setzt sich mit der Decodierung meines Gehirns auseinander. Denn was sich vor uns befindet, lenkt die ganze brutale Aufmerksamkeit auf sich.

Ein Szenario, dass ich in meinen widerlichsten Träumen nicht auszumalen wagte.

Ein abartiges Bild, dass kaum der Realität entsprechen kann.

Fabi greift Lilly, die nicht aufhören kann zu schreien, und zerrt sie in das Haus.

Ismail drängt die restlichen Kinder hinein, die für den Rest ihres Lebens geschädigt sein werden.

Traumatisiert.

Ich bleibe stehen.

Mein Blick ist nach oben gerichtet.

Stumm und starr, vor mir befindet sich der tiefste Abgrund.

Ich kann mich nicht bewegen.

So gerne ich wegschauen würde, ich kann nicht.

Meine Augen sind fixiert. Sie kleben an der fliederfarbenen Girlande aus Seidenpapier, die nun eine Mischung aus rot und Brauntönen angenommen hat.

Murkel, besser gesagt das, was von ihm übriggeblieben ist, hängt an der Girlande.

Verstümmelt und misshandelt.

Ich trete einen Schritt nach vorne, mein Blick bleibt an ihm hängen.

Seine Ohren sind entfernt worden, sie sind einfach nicht mehr vorhanden.

Abgehackt, nicht mehr existent.

Er wurde mir präzisen Schnitten am gesamten Rumpf gehäutet, der Bauch ist aufgeschnitten.

Das abgezogene Fell hängt immer noch am leblosen schlaffen Körper.

Murkels Eingeweide hängen aus dem Unterleib heraus, sie sehen leicht verknotet aus.

Auf dem Boden hat sich eine Blutlache gebildet, es tropft noch immer aus Murkels formlosem Körper hinaus und lockt Insekten und Ungeziefer an.

Ich spüre die Übelkeit in mir hochkriechen, kann den Blick jedoch nicht abwenden von Murkel.

Unserem kleinen Murkel, der gestern Abend noch auf meinem Schoß saß und geschnurrt hat.

Murkels Auge ist auf brutalste Art und Weise ausgeschabt worden. Was geblieben ist, ist eine glitschige Mulde im Gesichtsschädel, an der einzelne Reste von Binde- und Fettgewebe herunterhängen.

In seiner knöchernen Augenhöhle steckt ein rechteckiges Etwas. Ein Fremdkörper, den ich nicht identifizieren kann.

Der Ekel wandert meinen Rücken entlang, ich spüre, wie sich mein Magen zusammenzieht.

Schwallartig kommt es hoch, entgegen der natürlichen Richtung.

Wie eine Welle bricht das Erbrochene aus mir heraus.

Ein bröckeliger, schleimiger, grünlich gelblicher Cocktail vermischt sich mit der klebrigen Blutlache und nimmt einen abartigen Gestank an.

Ein Arm legt sich um meinen Oberkörper, zieht mich hinein ins Warme.

Eine Decke wird um mich gelegt.

Ein Tee steht vor meiner Nase, wird mir in die Hände gedrückt.

Stille.

Keine Kindergeräusche, kein Dekorationsteam.

"Wo sind sie?", frage ich Fabi, meine Stimme ist kratzig.

Er streicht mir über den Kopf, hält meine Hand.

"Mach dir keine Sorgen. Nadeschda ist mit ihnen, mein Vater auch. Sie sind in einen Freizeitpark gefahren."

"Und die Eltern?"

"Haben wir kontaktiert."

Meine Stimme verwandelt sich in ein lautes Schluchzen, mein Kopf landet ín Fabis Schoß, der meine Haare aus dem Gesicht streicht und mir beruhigende Worte zuflüstert, die ich kaum wahrnehme. Ich weiß nicht wie viel Zeit vergeht - Minuten, Stunden. Irgendwann stehe ich auf, gehe ins Badezimmer und schaue mein Gesicht im Spiegel an, das einem Clown gleicht.

Meine vertrockneten Mascara-Tränen gehen mir bis zu den Mundwinkeln.

Ich sehe aus, wie der Joker höchstpersönlich.

Langsam setze ich mich auf die Badewannenkante und beginne mein Gesicht mit einem nassen Tuch abzuschminken. Mit schleppenden, schwerfälligen Bewegungen wische ich mein Gesicht mit Wasser ab, bis es wieder vollkommen atmen kann. Danach trockne ich es mit einem kleinen Handtuch ab und nehme einige tiefe Atemzüge, um zur Ruhe zu kommen.

Eine Melodie dringt durch die Badezimmertür hindurch.

Ein Gesang, den ich immer und immer wieder erkennen würde.

"I've been working on my knees baby it's alright

Everybody got disease maybe it's alright

You can steal from me baby that's just fine

You can say its free baby that's alright"

Peaches.

Ich stolpere in das Wohnzimmer, schaue mich suchend um. Mein Herz beginnt zu rasen.

"Schalt' es aus", verzweifelt suche ich Fabis Gesicht, fast schon flehend.

Irritiert dreht er sich um, das Lied läuft weiter, nimmt kein Ende.

Das tut es nicht, das tut es nie.

Es läuft in Dauerschleife in meinem Kopf ab.

"Kennst du das? Das war auf dem Stick in... Du weißt schon, bei Murkel."

Alles in mir sträubt sich.

Ich kann es nicht wahrhaben, will es nicht wahrhaben.

Das Lied, das Abel für seine eigene Beerdigung geplant hat, so abstrus es auch klingt.

Wenn es dunkel in einem ist, kommt man auf wirre Gedanken.

"Schalt' es aus", meine Augen verharren auf dem Notebook, während Fabis Blick auf mir verharrt.

"Schalt' es aus, verdammt", schreie ich ihn an.

Ich kann nicht anders, als laut loszuschreien.

Fabis Blick ist irritiert, verwirrt. Wie soll er mich auch verstehen, wenn ich selbst die Welt nicht mehr verstehen kann, sie mir unter den Füßen weggerissen wird.

Das Lied, das Abel an seiner Beerdigung gespielt haben wollte, seine einzige Bedingung. Das Lied, das ich mit nichts minder als dem Tod verbinde, spielt in diesem Wohnzimmer, während Murkel an einer

Girlande hängend den Verwesungsprozess abläuft und zu faulen beginnt.

48

Interner psychologischer Bericht

1. *Zuweisung und Fragestellung*

*Abel Dahan wurde vom Stationsarzt zur Abklärung der psychischen
Belastung zum psychologischen Einzelgespräch überwiesen.*

2. *Störungsspezifische Anamnese und Befund*

*Aufgrund der posttraumatischen Belastungsstörung und einem hohen Wert
in appetitiver Aggression wurde bei Herr Dahan vor zwei Jahren eine
stationäre psychotherapeutische Behandlung in der Abteilung für
Psychotherapie und Psychosomatik durchgeführt, die vorübergehend zu einer
Besserung führte. Eine weiterführende psychotherapeutische Behandlung, die
dringend empfohlen wurde, wurde daraufhin nicht in Anspruch genommen.
Die aktuelle depressive Symptomatik (gedrückte Stimmung, Schlaflosigkeit,
vermindertes Selbstwertgefühl, Schuldgefühle) habe sich in den letzten 12
Monaten wieder kontinuierlich entwickelt und zugenommen.*

3. *Befund*

*Im Gespräch ist der Patient bewusstseinsklar. Insgesamt wirkt der Patient
psychisch und körperlich stark belastet. Der Patient zeigt starke Formen eines
appetitiven Aggressionsverhaltens auf, Empathie ist nicht vorhanden. Des
Weiteren beschwert er sich über Angstzustände und Verfolgungswahn. Herr
Dahan leidet an extremen Stimmungs- und Gefühlsschwankungen,
Wahnvorstellungen, die die Lebensführung behindern, und unter starker
innerlicher Anspannung. Insbesondere der Größen- und Eifersuchtswahn
sind auffällig. Herr Dahan weist ein erhöhtes Gewaltpotential auf.*

4. *Diagnose*

Aufgrund der vorliegenden klinischen und testpsychologischen Befundung und störungsspezifischen anamnestischen Angaben wird derzeit von einer rezidivierenden depressiven Störung, mittelgradige Episode (F 33.1 nach ICD10) ausgegangen. Zudem erfüllt der Patient alle Kriterien der DSM-5 und der ICD-10 einer dissozialen Persönlichkeitsstörung. Die Wiederherstellung der Dienstfähigkeit wird nicht empfohlen.

5. *Epikrise*

Der Patient nahm an keiner der ihm verschriebenen Sitzungen teil

6. *Prognose*

Auf Basis der Befundlage gilt die Wiederherstellung der Dienstfähigkeit als Soldat als ausgeschlossen.

"There is freedom waiting for you,

On the breezes of the sky,

And you ask 'What if I fall?'

Oh but my darling,

What if you fly?"

Erin Hanson

Lejla

Ich wälze mich im Bett herum und greife ins Leere. Fabis Betthälfte ist immer noch genauso akkurat gemacht, wie gestern Abend, als er mit den Jungs in eine Shisha Bar gehen wollte und ich meinen Abend mit Netflix verbrachte. Gossip Girl hat mich mal wieder gepackt. Ich könnte die Serie rauf und runter suchten und kriege trotzdem nicht genug davon. War wohl doch eine etwas längere Nacht bei den Jungs. Ich schlüpfe in meine flauschigen Hausschuhe, die mir Fabi geschenkt hat, da meine Füße die größten Eiszapfen sind, ziehe mir einen dunkelblauen Bademantel über und latsche in die Küche.

"Gut geschlafen?"

"Es geht so, und du?", frage ich Nadeschda.

"Wie ein Stein. Kaffee?"

"Gern", ich nicke automatisch. Mein Hirn schreit nach Kaffee. Mein träger Körper befindet sich noch in einer Art Schlafstarre, die nur durch Kaffee durchbrochen werden kann. Nadeschda bereitet das pure Gold zu, während ich mich auf dem Barhocker niederlasse.

"Ist Fabi mal wieder laufen bei der Kälte?", Nadeschda schüttelt den Kopf.

"Ausnahmsweise nicht. Er war gestern noch mit den Jungs unterwegs, die haben bestimmt zu viel getrunken und sind bei einem über Nacht geblieben. Ich schreib ihm gleich mal." "Na Gott sei Dank. Ich dachte schon, der Junge hat vergessen, was Spaß überhaupt bedeutet."

Ich bedanke mich für den Kaffee und konzentriere mich die nächsten Minuten nur noch auf die Stille und die schwarze Flüssigkeit, die meine Kehle herunterrinnt und mich nach und nach ins Leben zurückbefördert. Es stimmt, die letzten Tage waren schwierig - für uns beide.

Mir sitzt der Schock mit Murkel immer noch tief in den Knochen, ganz zu schweigen von Lilly, die die nächsten zwei Tage nur stumm vor uns saß und keinen Mucks von sich gegeben hat. Fabi hat versprochen, Lilly in zwei Wochen ein neues Kätzchen zu holen, weswegen ihre Laune wieder von Heiterkeit geprägt ist.

Ich bedanke mich bei Nadeschda noch einmal für den Kaffee, wünsche ihr einen schönen Tag und laufe die Treppen hoch.

Heute ist der zweite Tag meines Blockseminars "Digitale Erschließung des europäischen Kulturerbes um 1800. Transkription und Edition von Handschriften". Ich kann nicht wirklich behaupten, dass das Seminar mich in den Bann hineinzieht. Es soll eine Grundkompetenz der historischen Quellenforschung vermitteln, die nicht nur für die Literaturwissenschaft, sondern auch für verwandte Fächer wie Geschichte zentral ist. Einer der Schwerpunkte liegt auf den exemplarischen Handschriften des Universalgelehrten Johann

Gottfried Herder. Es ist genauso langweilig, wie es sich anhören mag. Das einzige interessante sind die Märchen der Brüder Grimm, die wir noch genauer analysieren werden. Der Aufwand ist auch nicht ohne – Ein Testat, eine zehnseitige Hausarbeit und ein Prüfungsgespräch. Das Schöne ist: Arina schuftet mal wieder seit Tagen in der Bibliothek, das heißt wir können gemeinsame Mensa Dates zelebrieren. Ich schnappe mir meine Tasche, werfe einen Block und ein paar Stifte rein und ziehe mir ein weißes Strickkleid und Overknees an. Spät dran zu sein hindert mich mal wieder nicht daran, mir noch schnell ein bisschen Mascara, Concealer und Lippenstift aufzutragen. Ein letzter Blick in den Spiegel (der Aberglaube zwingt mich dazu), dann renne ich mit dem Handy in der Hand aus der Tür zur S-Bahn. In der Bahn schaue ich gedankenversunken aus dem Fenster. Der goldene Herbst zieht mich mit der wunderschönen und einzigartigen Laubfärbung der Blätter und Landschaften in den Bann. Bei uns in Israel herrschen im Oktober milde Temperaturen von 25 bis 30 Grad Celcius. Dort ist es warm, die Sonne scheint und das Meer lädt zum Baden ein. Hier können wir von Glück sprechen, wenn die Sonne uns im Oktober mit ein paar Sonnenstrahlen beschenkt. Heute ist sie besonders gnädig. Ich schnappe mir mein Handy und schreibe Fabi eine kurze Nachricht:

"Bin auf dem Weg zur Uni. Hoffe dein Abend war schön. L. <3."

Dann packe ich es schnell wieder in meine Manteltasche und sauge noch ein wenig den Ausblick auf, bevor der Tag so richtig losgeht.

"Nimmst du Hähnchen oder Spaghetti?"

Arina und ich betreten die Mensa und schauen auf den heutigen Speiseplan, der vielversprechend klingt.

"Ich bin heute mal dekadent unterwegs und probiere die Limetten-Spaghetti mit Erbsen, Pilzen und Cashewkernen."

Arina nickt mir enthusiastisch zu und schnappt sich ein Tablett.

Ich folge ihr, stelle mich jedoch bei Angebot drei für schlappe 2,60 Euro an. Die Hähnchenbrust mir roter Currysauce, Duftreis und Thai-Gemüse sieht tatsächlich ziemlich appetitlich aus.

"Wie geht's der kleinen Lilly?", fragt mich Arina, während sie eine lange Spaghetti in den Mund hineinsaugt.

"Ganz gut. Besser. Ich glaub sie hat's verdrängt oder so. Es sah wirklich schlimm aus."
Bei dem Gedanken an Murkel vergeht mir fast wieder der Appetit. Ich schüttele mich, um diese Rückblende zu verdrängen. Am liebsten würde ich diesen Erinnerungsfetzen mit einer feinen Splitterpinzette präzise aus meiner Hirnrinde entfernen, sie dann akribisch eliminieren, die Hirnrinde noch ein wenig desinfizieren, sodass auch wirklich keine unreinlichen Reste bestehen bleiben.

Meine Hirnrinde wäre an dieser Stelle wie ein kleines weißes sauberes Blatt Papier, bereit mit schönen Erinnerungen gefüllt zu werden. Wenn's so einfach wäre...

"Was gibt's Neues von Igor?", ich lenke unser Lunch-Gespräch auf etwas weniger Verstörendes und lasse mich berieseln von Zuneigung und Liebe, einem bevorstehenden Date im russischen Theater und den neuesten Serien auf Netflix. Kurz vor Pausenschluss schnappe ich mir noch einmal mein Handy.

Eine neue Nachricht von Mama.

Keine neue Nachricht von Fabi.

Nach dem Seminar fahre ich in meine WG. Mein ursprünglich geplanter Wohnort, der mittlerweile nur noch als Kleiderkammer fungiert. Ab und zu komme ich her, wenn ich mal Zeit für mich brauche, ein bisschen Abstand von allem. In letzter Zeit jedoch war ich kaum noch hier. Ich lasse mich aufs Bett fallen und merke in diesem

Moment auch einen der Gründe - es ist knallhart und unbequem, im Vergleich zu Fabis Bett, das mich im ins Land der Träume zaubert.

Ich greife mein Handy aus der Tasche, schicke meiner Mama eine Antwort, dass es mir gut geht (wie immer), dass die Uni gut läuft (wie immer) und dass ich mich demnächst melde (wie könnte es auch anders sein – wie immer).

Fabi hat immer noch nicht geantwortet, was mittlerweile ein wenig komisch ist. Wir beide sind zwar keine 24/7 Texter, doch eine "Guten Morgen" Nachricht bleibt mir nie verwehrt, wenn wir mal nicht die Nacht gemeinsam verbringen, was – wenn wir mal ehrlich sind – mittlerweile eine Rarität ist.

Ich schaue etwas skeptisch in unseren Chatverlauf, warte ob er eventuell mal online kommt – keine Spur. Vielleicht wartet er auch schon zuhause auf mich und kam einfach nicht dazu. Ich versuche negative Gedanken beiseite zu schieben und keine hysterische Freundin zu sein, greife in die unterste Schuld meines Nachttischchens und packe das Must-Have für all' die Ladies da draußen heraus. Dann streife ich mein Höschen hinunter, lehne mich entspannt zurück, spreize leicht meine Beine und platziere den Womanizer mit leichtem Druck auf die Klitoris. Langsam arbeite ich mich Stufe für Stufe hoch, bis ich auf der höchsten lande. Stufe zwölf bringt mich um den Verstand, ich greife mit der einen Hand meine angeschwollene erregte Brust und knete die harten Nippel, beiße mir fest auf meine Lippen, um nicht laut loszuschreien, als das Kribbeln sich auf meinem ganzen Körper ausbreitet und mich der Orgasmus wie ein Tsunami überrollt. Kurz packe ich das Teil zur Seite, atme tief durch und lasse zwei Finger in mir verschwinden. Als ich sie herausziehe, sind sie feucht und glänzen. Sie tauchen wieder hinein, der Vibrator gesellt sich dazu, er paralysiert jegliche Gedanken und öffnet mir Türen zu multiplen Orgasmen, die ich dankend zelebriere.

Etwaige Höhepunkte später, einer tiefen Ausgeglichenheit und ein paar sauberen Klamotten in meiner Tasche sitze ich auf dem Weg nach

Hause. Habe ich gerade nach Hause gesagt? Ich höre Lilly und Nadeschda lachen, als ich das Wohnzimmer betrete.

"Wie war dein Seminar? Genauso langweilig wie gestern?", fragt mich Nadeschda, während sie zum Wasserkocher geht und einen Tee zubereitet. Sie ist eine der aufmerksamsten Menschen, die ich kenne.

"Frag nicht. Es wird von Tag zu Tag langweiliger."

Ich schmeiße mich auf die Couch und gebe Lilly einen Kuss auf die Wange.

"Ist Fabi oben?", frage ich die beiden dann ein wenig hoffnungsvoll.

Nadeschda dreht sich skeptisch um.

"Nein. Er war heute noch nicht zuhause. Hat er sich nicht bei dir gemeldet?"

Ich schüttele langsam den Kopf.

In meinem Gehirn fängt es an zu rattern.

Prompt stehe ich wieder auf, bedanke mich abwesend für den Tee und laufe die Treppen hoch, nehme zwei gleichzeitig. Oben ist alles noch genauso, wie ich es heute Morgen hinterlassen habe.

Fabis perfekt gemachte Betthälfte, meine etwas faltige Seite.

Ich laufe ungeduldig im Raum herum, greife zum Handy, rufe ihn an. Drei Mal hintereinander. Jedes Mal geht die Mailbox an. Beim dritten Mal spreche ich drauf:

"Hey... ist alles ok bei dir? Du hast dich den ganzen Tag nicht gemeldet, irgendwie mache ich mir ein bisschen Sorgen."

Ich habe die leise Hoffnung, dass er ausnahmsweise mal seine Mailbox abhören wird.

Gedankenversunken setze ich mich auf die Bettkante. Erneut greife ich zum Handy, scrolle abwesend herum. Schaue durch meine Chats, aktualisiere Instagram, checke meine Mails, beginne die alten zu löschen. Deabonniere einige Leute auf Instagram, reinige mein Handy und lösche ein paar unbrauchbare Fotos.

Beginne geistesabwesend alte Tabs zu schließen, bis ich zu meinen SMS-Nachrichten gelange.

Der letzte Adressat ist Abel.

Die letzte SMS ist gesendet von... mir?

In meinen Händen kribbelt es. Ich schaue auf das Datum.

Die SMS ist von gestern, 19:46 Uhr.

In meinem Hirn beginnen Zahlenräder reibungslos ineinander zu laufen. Jeglicher restliche Sand verschwindet aus meinem Getriebe.

Fabi ist bei Abel.

Freiwillig.

Er hat ihm geschrieben, nicht andersrum.

Er will ihn zur Rede stellen, eine Lösung finden, Frieden für mich schließen.

Dabei weiß er nicht, dass Abel nicht mit Worten spricht, sondern Fäuste für sich sprechen lässt.

Alles in mir schreit.

Ich habe das Gefühl, innerlich zu verbrennen.

Eine blanke Angst wandert meinen Rücken entlang, gepaart von schierer Wut.

Ich ziehe meinen Mantel wieder über, renne die Treppen hinunter und lasse die Tür hinter mir ins Schloss fallen.

-50-

"In den Augen, da stimmte etwas nicht."

Anynonym

Lejla

Ich steige im Ortsteil Rehagen der Gemeinde Am Mellensee aus und gebe die Adresse in mein Handy Navigationssystem ein.

Der Himmel ist grau, es beginnt zu dämmern.

Ich fröstele, ziehe mir meinen Mantel enger zu und laufe los, begebe mich auf die Suche.

Fabi und Abel haben einen Treffpunkt ausgemacht, in diesem Niemandsland.

Der Ort ist klein, mehrere Häuser stehen aneinandergereiht.

Ich bemerke, wie mich Leute aus dem Fenster anstarren, ziehe meinen Mantel enger zu, gucke starr auf mein Handy und beschleunige meine Schritte.

Ich weiß nicht, was mich erwarten wird und wo ich gelandet bin.

Das hellbraune Tor steht offen. Mein Puls rast, als ich das Gelände betrete.

Ich fasse meinen Mut zusammen, gleichzeitig hämmert mein Herz, die Pulsfrequenz schellt ins absolute Maximum. Dann klingle ich an der Tür, mein Herz setzt aus.

Zwei Sekunden vergehen, dann drei, dann vier.

Ich klopfe zuerst ganz zaghaft, dann wild entschlossen.

Keine Reaktion.

Ein Geräusch, das Lachen. Sein Lachen, das durch den Wind geweht wird und in einem hohen Frequenzbereich meine Ohren erreicht.

Ich bewege mich Richtung Stimme, setzte Fuß vor Fuß.

Bei jedem Schritt werden meine Atemzüge tiefer, gleichzeitig beschleunigt sich die Atmung ins Unermessliche.

Mein gesamter Brustkorb zieht sich zusammen, es fühlt sich an, als werde ich von einem Messer durchbohrt.

Mir ist eiskalt, zugleich schwitze ich.

Im Dunkeln sehe ich eine alte Scheune, auf die ich mich zubewege. Erneut ertönt das Lachen, dunkel und dreckig schallt es in meinen

Ohren. Ich öffne die Scheunentür und betrete die Hölle auf vier Beinen.

Vor mir rollt ein zertrümmerter Schädel. Der Körper eines mir unbekannten Mannes liegt daneben, sein Oberkörper ist wild durcheinander gestochen.

Eine blutige Eisenstange.

Ein Fleischermesser, mit dem die Kehle durchtrennt wurde.

Eine Blutlache.

Blut, es ist überall.

Ich halte mir die Hand vor meinen Mund, beiße hinein, um nicht zu ersticken.

Um nicht laut loszuschreien.

Erneut höre ich Gelächter und Wimmern.

Sie müssen hinter der Scheune sein.

Leise ziehe ich die Tür zu, bewege mich weiter, Richtung Verderben.

Endlich sehe ich ihn.

Fabi ist nackt, er trägt nur seine früher einmal weiß gewesenen Sneaker. In seiner Hand hält er eine Schaufel. Dann sieht er mich, das Schaufeln seines Grabes kommt zum Stillstand. Er schaut mir direkt in die Augen. Seine herzensguten, liebenswerten Augen, die mich an das Meer erinnern, mir das Gefühl von "Zuhause" schenken, Geborgenheit in mir auslösen. Sie schauen mich an, entsetzt und gerötet, weit aufgerissen, groß und hervorstehend. Von dem blau ist kaum mehr etwas übrig.

Alles in mir schreit.

Der Schmerz, den ich in seinen Augen sehe, macht mich rasend. Er versucht leichte Kopfbewegungen zu machen, mich mit seinen Augen zum Wegrennen zu animieren.

"Na los, du Schwachkopf. Was starrst du denn da? Mach weiter, wir wollen doch nicht, dass noch mehr Köpfe rollen."

Abel stößt Luft aus und beginnt heiter zu lachen.

"Deine eigene Schuld, dass Sascha sterben musste. Er war mein Freund, weißt du? Wegen dir musste er gehen, wegen deiner bloßen Anwesenheit."

Fabi schaufelt weiter, kraftlos. Die Energiereserven sind aufgebraucht.

"Schön weiterbuddeln. Damit das Loch auch nicht zu klein ist. Du willst ja nicht im Sitzen da drin vergammeln. Wobei, wenn ich's mir recht überlege, vielleicht fressen die Viecher dich ja schneller auf während du am Faulen bist."

Schallendes Gelächter.

Ich versuche mich leise weiter von hinten heranzuschleichen.

Die rotbraune Eisenstange in meiner linken Hand.

Das vertrocknete Blut, das sich mit meiner DNA vermischt.

Abel, der seinen Kopf zu mir umdreht.

Ich sehe die Glock auf dem Klappstuhl, nur einige Meter trennen mich von ihr.

Sein Blick, der meinem folgt.

Die Eisenstange fällt aus meiner Hand, in letzter Sekunde greife ich die Pistole.

Das Magazin ist geladen, als ich es in den Griff einführe.

Ich drücke den Schlittenfang nach unten, richte die Waffe auf Abel.

Sein Blick ist verstörend.

Mein Blick ist starr auf ihn gerichtet.

Dann drücke ich ab.

Ein einziger Schuss, der durch die Nacht hallt.

Es stimmt, die Augen sind der Spiegel zur Seele. Meine Mama hat mir schon von Anfang an gesagt, dass sie Abels Augen nicht traut. Sie sagte, da läge ein Schleier drüber, sie seien dunkel, nicht gut.

Ein Mensch kann gute oder schlechte Augen haben.

Er kann gut oder böse sein.

Und doch ist ein Mensch beides.

Er ist weder schwarz noch weiß.

Er ist ein vermischtes Grau, in einem ständigen Wechsel seiner Nuancen.

"Hoffnung ist das Ding mit Federn, das in der Seele sitzt und summt die alte Melodie und hört niemals auf."

Emily Dickinson

Fabi

Ein Schleier, der meine Augen bedeckt.

Eine Blumenwiese, auf der ich liege.

Alles zieht in Rückblende an mir vorbei, verzerrt und doch real. Die Blumen, sie riechen nach Sommer.

Ich greife nach ihnen, doch meine Hände fassen sie nicht. Sie schnappen nach Luft.

Eine Hand, die meine nehmen möchte.

Ein Gesicht. *Das* Gesicht.

Meine Mutter, die mich anlächelt.

Ihre weißen Zähne kommen zum Vorschein, das Kleid bewegt sich im Takt des Windes.

Ihr Lächeln, das ich mir so lange hergesehnt habe.

Ich greife ihre Hand.

Schwarz.

-Epilog-

1 Jahr später

Fabi & Lejla

"Hiermit erkläre ich sie zu Mann und Frau. Sie dürfen die Braut jetzt küssen."

Fabi nimmt Lejlas zittrige Hand, die nun den schönsten Diamantenring an ihrem Finger trägt, zieht sie zu sich heran und küsst sie, langsam, vorsichtig und doch bestimmt.

Es ist anders, nicht mehr wie früher. Sie sind Mann und Frau.

Sie haben einen Pakt geschlossen, sind zusammengewachsen, sind ein Team – ein "wir".

"Ich verspreche dir die Treue, in guten und in schlechten Zeiten, in Gesundheit und Krankheit."

Worte, die sie sich mit voller Sicherheit und Zuversicht entgegneten, sich das Ja-Wort gaben.

Alles hat endlich einen Sinn.

Es sind nicht die Sachen, die uns glücklich machen.

Es sind die Menschen, die uns umgeben.

Die glücklichen Momente, die wir mit ihnen teilen.

Diese kostbaren Momente, die nie in Vergessenheit geraten werden.

Freunde und Verwandte des Brautpaars applaudieren.

Sie sind alle da, Lejlas Lieblingsmenschen aus Israel, Fabis Freunde, die nun auch Lejlas sind, Nadeschda, die von Sekunde eins an Glückstränen vergießt, während ihr Mann ihren Rücken tätschelt. Auch Frida ist gekommen.

Arina, die den Brautstrauß fängt und etwas unsicher abwechselnd zum Strauß und zu Igor blickt.

Lilly, die freudestrahlend der kleine Star des Abends ist, das Blumenmädchen.

Und Mogli, der kleine Welpe, der nun zur Familie gehört und mit dem Schwanz nach links und rechts wedelt.

Lejla schaut auf ihre Freunde und Familie, auf den kleinen Mogli. Sie betrachtet Fabi und ihren Ehering, während ihr Tränen am Gesicht herunterlaufen.

Tränen des Glücks.

Sie legt ihren Kopf auf seiner Brust ab, achtet penibel darauf, nicht die Schusswunde zu berühren, die sich noch im Heilungsprozess befindet.

Ein Heilungsprozess den beide durchmachen, körperlich und emotional.

Lejla dreht an ihrem Ehering.

"ewig dein, ewig mein, ewig uns."

Es gibt sie doch, die Happy Ends.

Wir alle haben unsere eigenen, ganz persönlichen Dämonen.

Der eine kämpft mit Schulden, der andere mit zwischenmenschlichen Beziehungen. Ein anderer wiederum leidet an den Folgen seiner nicht vorhandenen Erziehung.

An Glaubenssätzen, die ihn innerlich auffressen.

Wir alle sind gezeichnet, gezeichnet vom Leben.

Seit Tag Null, von Beginn an.

Seit dem Tag, an dem die Eizelle durch den Eileiter zur Gebärmutter wandert, sich dort in der Gebärmutterschleimhaut einnistet und ein Embryo seine Wurzeln schlägt.

Winzig klein, kaum größer als ein Nadelstich in einem Blatt Papier und doch anwesend.

Das Entscheidende ist jedoch, dass *wir* es sind, die unser Leben in der Hand halten und unsere Entscheidungen treffen.

Wir tappen in Fallen, gehen manchmal Wege ein, die uns lehren, laufen über Umwege in die entgegengesetzte Richtung, treten wortwörtlich in Scheiße, oder kommen gar nicht erst vom Fleck.

Es gibt Momente, da befindet sich ein Fuß über dem Abgrund.

Ein Kollateralschaden im Kopf.

Er schwebt verloren umher, ist kurz davor den Körper hinunterzuziehen in dieses schwarze Loch. Ins Nichts. Doch dann erscheint wieder die Sonne, eine Freundin schnappt sich deine Hand, die andere kocht dir den Tee.

Ihr redet, stundenlang.

Ihr lacht, weil das Leben doch schön ist.

Wie eine Blumenwiese, die immer wieder neue Überraschungen auf Lager hat.

Wie eine Rose, stachelig und wunderschön zugleich.

Danksagung

Ich danke meiner Mutter, die mich in die Welt der Bücher eintauchen ließ, mir regelmäßig Harry Potter auf Russisch vorgelesen hat, und aus mir einen Bücherwurm machte.

Liebe geht raus an meine zwei besten Freundinnen. Wir gehen seit Jahren durch dick und dünn, wachsen gemeinsam an den kleinen und großen Lebensaufgaben, dabei verlieren wir uns nie aus den Augen. Ihr seid die besten Zuhörerinnen, sprecht mir immer Mut zu, glaubt an mich, wenn ich den Glauben an mich verliere.

Das größte "Danke" geht an meinen Freund. Du bist mein Supporter, der Mann, der hinter mir steht und alles Unmögliche möglich erscheinen lässt.

Zuletzt möchte ich dem Menschen danken, den ich als meinen "emotionalen Personal Trainer" bezeichne. Ohne dich hätte es dieses Buch nicht gegeben.

Musik-Playlist

Fly Me To The Moon (In Other Words) – Frank Sinatra, Count Basie

Somethin' Stupid – Frank Sinatra, Nancy Sinatra

Waiting – Kian

Dos Locos – Monchy & Alexandra

До Утра – Artik & Asti

В темноте – Max Korzh

Georgia – Vance Joy

Recording 15 – Shannon Lay

People Change – Mipso

Fading – Alle Farben, ILIRA

On Call – Kings Of Leon

And We Danced (feat. Ziggy Stardust) – Macklemore

Breakeven – The Script

Summer Days – Martin Garrix, Macklemore, Fall Out Boy

With Or Without You – U2

Flags – SYML

Follow The Sun – Xavier Rudd

Gbona – Burna Boy

Je veux – Zaz

Peaches – In The Valley Bellow

Never Let Me Down – VIZE, Tom Gregory

Hand I Can Hold – Ziggy Alberts